polar

VERLAG

Roland Spranger

Tiefenscharf

Kriminalroman

Herausgegeben von Wolfgang Franßen

Polar Verlag

Deutsche Erstausgabe, 2. Auflage 2018

www.polar-verlag .de

Redaktion: Ursula Schötzig, Wolfgang Franßen
Umschlaggestaltung: Robert Neth
Umschlagfoto: Kerstin Petermann
Autorenfoto: © 2018 Hendrik Ertel
Satz/Layout: Martina Stolzmann
Gesetzt aus Adobe Garamond PostScript, InDesign
Druck und Bindung: CPI books GmbH, Leck, Deutschland

ISBN: 978-3-945133-59-0

No Exit

von

Wolfgang Franßen

Verbrechen fasziniert. Aufgeklärte Morde beruhigen. Gebrochene Ermittler sind en vogue. Manchmal reißt uns auch der Wahnsinn bei einem durchgeknallten Serientäter mit. Es gibt alles. Für jeden Geschmack. Serien bis ans Lebensende. Sogar die Ironie ist ins Genre eingebrochen und persifliert sich selbst.

Warum dann eine Reihe, die sich »Deutscher Polar« nennt? Verfügen wir nicht schon über genügend Etiketten? Müssen wir uns in der Flut an Noir-Schattierungen nicht jetzt schon gegen Wortgeschöpfe wie Screwball Noir zur Wehr setzen?

Ich war immer ein begeisterter Leser des französischen Polars. Nicht nur wegen Jean-Patrick Manchette, der dem Polar eine gesellschaftliche Verantwortung zuwies. Vor allem Melville hat mit seinen Filmen Autoren und Autorinnen geprägt. Wie wenig braucht es doch, um ganze Lebensentwürfe scheitern zu lassen, ohne das Verbrechen in einem gesellschaftlich leeren Raum stattfinden zu lassen. Der französische Polar war politischer als das amerikanische Ebenbild, dessen Hard-Boiled-Ausgabe allzu oft Stereotypen produzierte, die sich wunderbar auf die Leinwand bannen ließen. In Deutschland gibt es diese Tradition überhaupt nicht.

Von Anfang an, als ich den Polar Verlag gründete, wollte ich einen »Deutschen Polar« ins Leben rufen. Autoren eine Plattform bieten, sie ermuntern, sich abseits des Gängigen zu bewegen, vielmehr Risiken einzugehen. Ich war begeistert von Autoren wie Newton Thornburg und seinem Zorn in »Cutter und Bone«. Von Christian Roux und seiner gebrochenen Selbstironie, mit der er einen Arbeitslosen zum Bankräuber machte. Von Benjamin Whitmer, der das Risiko einging, seinen Patterson Wells nicht als in sich abgekapselte Figur nach schwerem Verlust zu zeichnen, sondern seinem toten Sohn Briefe schreiben zu lassen. Von Ken Bruen in seiner Brant-Reihe stilistisch, indem er schwarzen Humor mit einem gnadenlos reduzierten Stil verband. Alle diese Autoren gingen ein Wagnis ein.

Es ist also Zeit für keinen Kompromiss. Für kein Etikett, um das Marketing zu erweitern. Zeit für Autoren und Autorinnen, die etwas wagen wollen. Sei es stilistisch, sei es durch unbequeme Antworten. Geschichten müssen rebellieren. Nicht mit Krawall und Tumult, um effekthaschende Kulissen zu errichten, die alles für einen Platz auf der Bestsellerliste opfern würden.

Als ich Roland Sprangers leises, von der Sehnsucht nach dem Rausch geschriebenes Manuskript las, war gleich klar, dass ich mit ihm den »Deutschen Polar« in unserem Verlag einführen wollte. Hier dröhnt kein Autor mit Worten, die Leser von ihm hören wollen. Hier spürt ein Chronist seiner Welt nach, der weiß, dass die großen Zeitläufe woanders stattfinden, aber erst wirklich zur Geltung kommen, wenn sie am entferntesten Ort aufschlagen. Kein popkorngerechtes Gangstertum, zum Konsum angerichtet. Hier zerfällt eine Geschichte im Spiegel einer Handvoll Figuren, die ständig versuchen, sich selbst wieder zusammenzusetzen.

Was erwartet die Leser beim »Deutschen Polar«? Autoren und Autorinnen, die keiner Leseranalyse folgen, um ihnen die immer gleiche Geschichte aufzubereiten. Die unsere Sinne schärfen wollen.

Deutscher Polar? Wir amüsieren uns nicht zu Tode. Wir rebellieren.

Die riesigen Neon-Tafeln des Travel-Free-Shops leuchten aufreizend in den Nachthimmel. Auf dem Parkplatz davor stehen gut zwanzig Autos. Selbst um diese Zeit finden sich genug konsumgeile Bedürftige, die sich dankbar mit billigen Zigaretten und Schnaps eindecken.

Nach dem Travel-Free-Shop wird es finster. Nur ein paar einzelne Laternen streuen sparsames Licht.

Max fährt langsam über die Landesgrenze. Wie der vorsichtige Revolvermann durch eine Geisterstadt reitet.

Natürlich muss er seinen Ausweis nicht vorzeigen. Kein Licht in den verlassenen Grenzhäuschen. Jalousien hängen schief in den Fenstern. Nichts schaut hier aus wie eine richtige Grenze an der die Welt mal zerschnitten war. Schon lange her. Langweilige Fakten aus dem Geschichtsunterricht.

Nach einem Blechschild mit der Aufschrift Staatsgrenze und einem Wappen ist er wieder in Deutschland.

Von der tschechischen Polizei wird man selten kontrolliert. Und wenn, interessieren sie sich mehr dafür, ob man eine Ersatzbirne dabeihat, als für den Rest. Mit dem Rest verdient Max Kohle. Angefangen hat er mit Tabakwaren. Natürlich ist Zigarettenschmuggel ein Thema. Die ohne Steuerbanderole sind besonders billig. Die Vietnamesen bieten sie nicht jedem an. Manchmal sind nur Zeitungsschnipsel in den Zigaretten und kein Tabak. Dann bist du verarscht worden. Passiert, wenn du zu viel Vertrauen hast oder gierig wirst.

Max hat sich schon lange vom Zigarettenschmuggel zurückgezogen. Stattdessen hat er einen Druckverschlussbeutel in der Jackentasche, der nicht nur leichter zu transportieren ist als Zigaretten, sondern dessen Inhalt auch eine wesentlich bessere Umsatzrentabilität verspricht. Dafür ist das Geschäft risikobehafteter: Das Crystal bringt ein paar Jahre Knast mehr ein, wenn er erwischt wird.

Schließlich endet die beleuchtete Strecke. An der letzten Laterne gibt Max Gas. Bergauf macht sich die Entscheidung für das Auto besonders bezahlt. Manchmal ist mehr einfach mehr. Mehr PS zum Beispiel. Der Mond versucht, sich durch die wenigen Lücken zu kämpfen, die ihm die dicken Wolken lassen.

Tagsüber hat Max von der Bergkuppe eine weite Sicht. Jetzt blinkt ein Schwarm roter Lichter neben der Autobahn. Nachts rocken dutzende Windräder die Landschaft mit einer nervösen Lightshow.

An dem kleinen Parkplatz, der nur gebaut wurde, um Polizeikontrollen durchzuführen, wird Max nicht herausgewunken.

Max grinst. Die Bullen feiern vermutlich ihren Resturlaub ab. Es sei ihnen vergönnt. Jagen das ganze Jahr Typen hinterher, die cleverer sind als sie. Dazu auch noch schlecht bezahlt. Selber schuld. Wichser. Nachdem er auf die Autobahn gefahren ist, drückt Max gleichzeitig Gaspedal und den Power-Knopf der Audioanlage. Er stellt die Musik so laut, dass die Bässe jeden Teil des Körpers erreichen. Bauch. Eier. Gehirnlappen. Bis er die Fahrgeräusche des Autos nicht mehr hört und in einem dieser scheiß X-Wings zu sitzen glaubt. Oder in einem Tie-Fighter. Max verwechselt die immer. Irgendwas aus Star Wars. Plötzlich Blaulicht im Rückspiegel. Es leuchtet durch den ganzen Innenraum. Wie Photonentorpedo-Beschuss.

Einen Moment lang hält Max die Luft an. Die Zähne knirschen. Er will nicht in den Rückspiegel schauen, aber dann macht er es doch. STOPP! POLIZEI!

Max gibt Gas. Einen Moment lang sackt das Polizeiauto zurück, dann holt es sofort wieder auf.

Max beschleunigt. Mehr kann er das Gaspedal nicht durchdrücken. Das Auto vibriert. Der Motor spricht direkt zu ihm.

Er pegelt die Musik hoch. Dann fährt er das Beifahrerfenster nach unten und wirft das Plastikpäckchen nach draußen.

Noch ein Kilometer Höchstgeschwindigkeit. Autoverfolgungsjagden ohne Helikopter machen einfach keinen Spaß, seit man Luftverstärkung aus Videospielen gewöhnt ist. Max bremst ab, stellt die Warnblinkanlage an und fährt an der nächsten Autobahnausfahrt nach draußen.

Er bleibt im Auto sitzen, bis ihm der Bulle auf der Fahrerseite mit der Taschenlampe ins Gesicht leuchtet. Sein jüngerer Kollege rechts lässt zwischenzeitlich den Taschenlampenstrahl über den Innenraum des Autos gleiten. Auf einem Karton mit Karlsbader Oblaten auf dem Beifahrersitz beißt sich der Lichtkegel fest.

Max lässt das Fahrerfenster nach unten.

»Führerschein und Fahrzeugpapiere.«

Max klappt die Sonnenblende nach unten und holt das dort deponierte Mäppchen hervor. Er gibt es dem Polizisten, der prüfend darauf schaut.

»Herr Thoss, warum haben Sie nicht gehalten?«

»Ich hab doch gehalten.«

»Sie haben versucht, uns abzuhängen.«

»Ich hab euch Jungs gar nicht bemerkt. War da hinten etwa eine Geschwindigkeitsbegrenzung?«

»Nein. Können Sie dem Kollegen den Karton mal geben?«

Der Bulle leuchtet auf den Beifahrersitz. Max reicht die Packung aus dem Fenster. Vorsichtig öffnet der Cop die Verpackung.

»Karlsbader Oblaten«, sagt Max. »Ich mag die mit Zimt. Auf Schokoladenfüllung stehe ich nicht.«

Der Polizist nickt und gibt Max die Oblaten.

»Bitte bleiben Sie im Auto, Herr Thoss«, sagt der Polizist an der Fahrertür und geht mit den Dokumenten zurück zum Polizeiauto. Der andere Bulle geht auf der Beifahrerseite auf und ab und leuchtet ins Fahrzeuginnere.

»Darf ich rauchen?«, fragt Max.

»Das müssen Sie wissen. Gesund ist es nicht.«

Max zündet sich eine Zigarette an. Raucht. Lehnt den Hinterkopf an die Kopfstütze. Sie ist zu niedrig eingestellt. Wenn er einen Unfall hat, bricht sie ihm das Genick. Der entgegengesetzte Effekt ihrer Bestimmung oder so ähnlich. Wie lange dauert das noch? Der Rauch schaut scheiße aus. So zwischen Windschutzscheibe und Gesicht in einem unbewegten Auto.

Der Bulle an der Beifahrertür leuchtet wieder herein. Beleuchtet schaut der Rauch noch beschissener aus.

»Hatten Sie schon mal Probleme mit der Polizei?«, fragt der Polizist. Max kichert. Eigentlich doof, aber er kann nicht anders.

»Was für Probleme meinen Sie? So Probleme wie jetzt?«

»Sie müssen nicht antworten.«

»Natürlich muss ich nicht antworten.«

Max drückt die Zigarette aus.

»Wo lernt ihr so was? Im Kommunikationstraining, oder wie?«

Endlich wird eine Autotür geöffnet und wieder verschlossen. Max beobachtet im Seitenspiegel, wie der Bulle von seiner bekackten Bullenschaukel zurück zu seinem Auto kommt. Der Polizist reicht das Mäppchen mit Führerschein und Fahrzeugpapieren durch das Fahrerfenster. Max nimmt es und schiebt es wieder in den Gummihalter an der Sonnenblende.

»Haben Sie was getrunken?«

»Nein.«

»Dann haben Sie sicher nichts gegen einen Alkoholtest einzuwenden?«

Max seufzt und steigt aus. Als er versucht möglichst würdevoll mit den beiden Polizisten zum Alkoholtest zu schreiten, hält ein Bullenkombi mit Hundekäfig im Heck. Na super, denkt er. Während er von den Polizisten den Automaten erklärt bekommt, kann er bereits die Schritte des Drogenspürhunds auf dem Asphalt hören. Einmal bellt er sogar kurz.

»Fest blasen, bis ich *Stopp* sage!«

Max bläst fest. Während er bläst, schnüffelt von hinten ein Hund an seinem Schritt.

»Stopp!«, sagt der Polizist.

»0,0« zeigt das Gerät leuchtend rot an.

»Gehört das eigentlich dazu, dass mir der Hund von hinten an den Eiern rumnuckelt?«, fragt Max.

Der Hund wird weggezogen. Neben Max erscheint das Gesicht des Hundeführers.

»Stört Sie das? Hätten Sie lieber einen Finger im Arschloch?«, fragt der Hundeführer grinsend. »Da haben Sie sich das Zeug ja wahrscheinlich reingesteckt.«

»Dann hätte der Köter sicher angeschlagen.«

»Vielleicht stinkst du so sehr aus dem Arsch, dass der arme Hund die Drogen gar nicht riechen kann.«

Der jüngere Polizist, der Beifahrerbeamte, sagt »Is' schon gut jetzt« und schiebt den Hundeführer weg. »Mach deinen Job.«

Und der Hundeführer macht seinen Job. Läuft mit dem Hund um das Auto. Öffnet alle Türen. Den Kofferraum. Der Hund schnüffelt. Max merkt, dass der Hund nicht weiß, was er von der Sache halten soll. Er würde gerne was finden. Er ist sich fast sicher, dass etwas da ist. Bellen tut er trotzdem nicht, weil es nur so eine Ahnung ist. Hunde können nicht viel mit der Vergangenheitsform anfangen.

»Wir warten einfach, bis der Kollege fertig ist«, sagt der ältere Polizist.

Außerdem ist das Ice richtig sicher eingepackt. Besser als so eine Sendung von Amazon. Oder Zalando. Richtig gut eingepackt. Es liegt irgendwo neben der Autobahn. Zu gut eingepackt für den Hund. Der Hundeführer schüttelt den Kopf und geht mit Polizeihund zurück zum Auto.

»Mag der Hund Autofahren?«, ruft Max. Der Hundeführer dreht sich um.

»Na, klar. Er liebt seine Arbeit. Er freut sich schon drauf, das nächste Mal etwas zu finden.«

Max schaut abwechselnd zu den beiden Polizisten, die neben ihm stehen.

»Wollen Sie noch etwas sehen? Warndreieck? Warnweste? Erste-Hilfe-Koffer?«

»Haben Sie die dabei?«

»Logisch. Warnweste im Handschuhfach. Erste-Hilfe-Koffer und Warndreieck im Kofferraum. Leicht zu erreichen. Soll ich es vorführen?«

»Schon in Ordnung. Gute Fahrt.«

Die Polizisten steigen ins Auto. Max weiß, dass sie ihm hinterherschauen, als er zum Wagen geht.

»All Cops Are Bastards«, murmelt er. Er fühlt sich kurz wie ein Gewinner. Ein Gefühl, das an den Eiern kitzelt. Im Auto atmet er durch. Von einem Moment auf den anderen ist das Glücksgefühl weggeblasen. Das scheiß Päckchen. Er muss es wiederhaben. Da sind zwanzigtausend Euro in Kristallform drin. Natürlich denken die Bullen gar nicht daran, als Erste wegzufahren. Sie stehen hinter ihm und warten. Blöde Wichser. Er startet den Motor. Fährt. Scheiß Bullen. Scheiß Päckchen.

Mehrere verlassene Landstraßen später ist sich Max sicher, dass er nicht verfolgt wird. In einem Dorf bleibt er stehen und steigt aus. Er schaut sich um. Ein paar hingewürfelte Häuser mit einer Bushaltestelle, die nur werktags vom Schulbus angefahren wird. Max holt sein Handy aus der Tasche. Tatsächlich hat er sogar hier am Arsch der Welt Empfang.

Max mag die vernetzte Welt. Gute Freundin, die mobile Kommunikation. Allerdings muss man aufpassen, was man ihr verrät, denn sie kann nichts für sich behalten.

Am anderen Ende der Leitung ein müdes »Hallo«.

»Du musst sofort herkommen.«

»Hast du keine Sehnsucht? Ich hab schon geschlafen.«

»Oh, tut mir leid, dass ich dich geweckt habe, weil ich ausnahmsweise mal deine scheiß Hilfe brauche. Beweg endlich deinen fetten Arsch hierher! Jetzt!«

»Ich hab keinen fetten Arsch.«

»Natürlich nicht. Dein Arsch ist super.«

»Den Tonfall kannst du dir sparen. Er ist wirklich super.«

»Sag ich doch. Ich hab keinen Tonfall. Bitte, versuch deinen reizenden Popo möglichst schnell zu deinem Lover zu bringen.«

»Schon besser. Was ist denn eigentlich los?«

»Das willst du nicht wissen.«

»Doch.«

»Ich kann es dir nicht am Telefon sagen.«

»So schlimm?«

Max schnauft ins Telefon. Manchmal ist sie echt schwer von Begriff. »Okay. Wo bist du?«

»Keine Ahnung. In irgend so einem bekackten Hinterwäldler-Kannibalen-Dorf. Wir treffen uns an der Autobahnausfahrt bei der Bezirksklinik. Kennst du von deinem letzten Entzug.«

»Da fahr ich nicht hin.«

»Keine Angst, du landest schon nicht in der Anstalt. Nicht heute Nacht.«

Am anderen Ende der Leitung atmet es. Kira überschreitet deutlich die Höchstdauer für eine Antwort. Schließlich sagt sie:

»Ich will da nicht mehr hin. Da war ich schon zu lange.«

»Ehrlich nicht. Hey, solange du mit mir zusammen bist, fährst du da nie mehr hin. Du kennst mich: Ich beschütze dich. Vertrau mir.«

»Okay, ich vertrau dir. Ich bin in 20 Minuten dort.«

»Lass dir Zeit. Keine Geschwindigkeitsüberschreitungen. Wir können keine Cops brauchen.«

»Keine Angst. Für Cops habe ich ein eigenes Sinnesorgan.«

Sie legt auf. Max zündet sich ans Auto gelehnt eine Zigarette an. Es ist schweinekalt. Er schaut sich um. In ein paar Fenstern ist noch Licht und Fernsehen. Fußball, Porno, eine Talkshow, eine Krimi-Serie. Und warme Wohnzimmersitzlandschaften. Nicht mal so schlecht. Max tritt die Zigarette auf dem Asphalt aus. Das scheiß Päckchen.

Er fährt zur verabredeten Autobahnausfahrt und wartet, bis seine Freundin in ihrem Kleinwagen neben ihm hält. Beide lassen die Fenster herunter.

»Ich fahr da hinten in einen Feldweg und stell mein Auto ab«, sagt Max. »Wir nehmen deinen Wagen.«

»Und warum?«

Max seufzt. Er ist nicht der Sozialpädagogen-Typ, der gerne jeden Scheiß erklärt.

»Weil mein Auto heute schon mal in Erscheinung getreten ist.«

Nachdem Max seine Limousine abgestellt hat, holt er die Taschenlampe aus dem Handschuhfach und steigt in den Kleinwagen seiner Freundin.

»Okay, fahr auf die Autobahn.«

»In welche Richtung?«
»Süden. Bis zur nächsten Ausfahrt. Dann kehren wir um.«
»Warum?«
»Wir suchen was.«
»Und was?«
»Ein Päckchen, das ich verloren habe.«
»Was für ein Päckchen?«
Max umklammert ihr Kinn mit Daumen und Zeigefinger. Dreht den Kopf in seine Richtung. Sie schauen sich in die Augen. Max kann das gut. Er schiebt den ausgestreckten Zeigefinger zwischen die beiden Gesichter. Die vertrauten Gesichter.
»Du willst gar nicht alles genau wissen.«
Sie nickt.
»Will ich nicht.«
Sie startet den Motor und fährt auf die Autobahn. Bis zur nächsten Anschlussstelle sagt keiner etwas. Dann fährt sie in die entgegengesetzte Richtung wieder auf die Autobahn.
»Du bist zu schnell«, sagt Max.
»Häh? Sonst fahre ich dir immer zu langsam.«
»Heute nicht. Du musst in fünfhundert Metern auf der Standspur halten.«
»Okay.«
Max steigt aus. Geht zur Leitplanke und leuchtet den Abhang mit der Taschenlampe ab. Nichts, so sehr er auch seine Augen anstrengt. Nur Grün und scheiß Gras und sein Atem, der eine kleine Wolke bildet. Er hält den Atem an und leuchtet wieder. Kein Plastik.
Max steigt ins Auto ein.
»Fahr fünfzig Meter auf dem Standstreifen und halt dann an.«
Als sie wieder anhalten, springt Max aus dem Auto, lehnt

sich an die Leitplanke und leuchtet die bekackte Landschaft ab, während er den Atem anhält. Auf seinem Nacken spürt er etwas Kaltes, als würde er von einem Geist berührt. Max hebt die Taschenlampe und leuchtet nach oben. Einzelne Schneeflocken sind in der Luft.

Ziellos.

Max steigt wieder ins Auto.

»Scheiße, es beginnt zu schneien.«

»Der Jahreszeit entsprechend.«

»Ich kann die beschissene Jahreszeit nicht brauchen.«

»Was machen wir jetzt?«

»Du fährst fünfzig Meter auf dem Standstreifen.«

Das machen sie dreimal. Anhalten, Max steigt aus und leuchtet in die Landschaft, ohne dass im Lichtkegel der Taschenlampe etwas zu entdecken ist. Er ist angefressen. Schwer angefressen.

»Und nun?«

»Fahr erst mal von der Autobahn.«

Als sie bei der nächsten Ausfahrt die Autobahn verlassen, fängt es richtig heftig an zu schneien. Dicke Schneeflocken fliegen ins Scheinwerferlicht.

»Und jetzt?«, fragt Kira.

»Fahr über die Dörfer zurück zur Autobahn, damit wir die Strecke noch mal abfahren können.«

»Noch mal?«

»Ja. Kriegst einen Karmapunkt.«

»Ich scheiß auf den Karmapunkt. Ich will wissen, was los ist.«

»Was juckt's dich?«

»Ich fahre verkehrswidrig auf der Autobahn und auch sonst stinkt die Nummer.«

»Wie oft denn noch? Wir suchen ein Plastikpäckchen. Eher einen Beutel. Ein Beutel in 'nem Päckchen.«

»Ist da zufällig Crystal drin?«

»Nein. Es ist Biomüsli im Wert von zwanzigtausend Euro drin.«

Als sie zur Autobahnauffahrt kommen, bedeckt bereits eine geschlossene Schneedecke die Fahrbahn. Selbst auf der Autobahn sind die Verkehrsteilnehmer vorsichtig unterwegs. Nur ein schwarzer Audi überholt noch, aber schwarze Audis überholen immer.

»Halt nach zweihundert Metern auf dem Standstreifen an.«

»Klar.«

Max springt aus dem Auto. Drückt sich an die Leitplanke. Seine Hose wird feucht. Er leuchtet mit der Taschenlampe nach unten. Alles weiß. Max macht die Taschenlampe aus und steigt wieder ein.

»Und jetzt?«, fragt sie.

Max muss nachdenken.

»Und jetzt?«, fragt sie noch einmal.

Spontan hat er Lust, sie zu schlagen, aber er tut es nicht. Das ist gut. Er ist immer zufrieden, wenn er sich im Griff hat. Das scheiß Päckchen. Das scheiß Ice. Wenn sie noch einmal »Und jetzt?« fragt, haut er ihr auf die Fresse, das weiß er.

Stattdessen sagt sie: »Lass uns nach Hause fahren.«

Er nickt.

Kira gibt Gas.

Die Schneeflocken sind noch fetter geworden. Sie macht das Autoradio an.

Erst synthetische Chart-Musik. Dann die Nachrichten. Anschließend der Wetterbericht und die Verkehrsmeldungen. Der Verkehr bricht gerade überall zusammen. Scheiß Jahreszeit. Scheiß Schnee. Scheiß Cops.

Sascha öffnet die Wohnungstür.

Alles dunkel, nur aus dem Wohnzimmer fällt Licht. Lydia sitzt in ein Buch vertieft auf der Couch. Er lehnt sich an den Türrahmen und schaut sie eine Weile an. Als sie ihn bemerkt, legt sie das Buch weg und lächelt. Dabei dreht sie sich in seine Richtung. Das fällt ihr schwer wegen des Babybauchs. Sascha geht zu ihr und küsst sie. »Julian wollte auf dich warten«, sagt sie.

Julian liegt schlafend im Bett. Als Sascha ihn küsst, reagiert er nicht einmal. So einen Schlaf wünscht man sich als Erwachsener, aber Sascha erwacht bei jedem Geräusch. Bei jeder Berührung.

Als Sascha zurück ins Wohnzimmer kommt, liest Lydia wieder. Muss ein spannendes Buch sein. Trotzdem legt sie es gleich zur Seite, als er sich neben sie setzt.

»Wie war es beim Frauenarzt?«, fragt er.

»Alles in Ordnung.«

»Super. Tut mir leid, dass ich nicht mitkommen konnte.«

Lydia lächelt und küsst ihn.

»Wie gesagt: Alles in Ordnung. Wie war es beim Sender?«

»Ich spar dir die Details. Ich hab Bereitschaft.«

Lydia rutscht abrupt zwanzig Zentimeter von ihm weg – vielleicht sind es auch dreißig – und schaut ihn streng an.

»Können die nicht checken, dass du eine schwangere Frau zuhause hast, die im Mutterschutz ist? Bei der jederzeit die Wehen einsetzen können? Oder die Fruchtblase platzt plötzlich an einem peinlichen Ort. Beim Italiener. Oder im Supermarkt.«

Sascha zuckt mit den Schultern.

»Norbert ist krank geworden.«

»Der ist doch Hypochonder.«

»Ich glaube, er ist ausgebrannt.«

»Es ist noch nicht mal erwiesen, ob es Burnout überhaupt gibt. Ich hätte mir gerne mit dir einen gemütlichen Fernsehabend gemacht.«

Er stellt sich vor, dass seine Frau mit »Fernsehabend« so etwas meint wie heißer Sex ohne Tabus. Vielleicht ist es auch wirklich so. Seit Lydia schwanger ist, hat sie wieder mehr Lust. Die prallen Brüste, in die bereits die Milch eingeschossen ist, haben ihn total geil gemacht, als er sie das letzte Mal abgeschleckt hat. Er hatte sogar den Mut, es ihr hinterher zu sagen. Entgegen seiner Erwartungen ohrfeigte sie ihn nicht.

»Es muss ja nicht unbedingt ein Anruf kommen.«

»Es kommt immer ein Anruf.«

Sascha zieht Lydia zu sich und drückt sich so eng an sie, wie es trotz eines Babybauchs geht. Damit Lydia versteht, fährt er mit den Händen über ihre Pobacken.

»Wir können es einfach mal drauf ankommen lassen. Vielleicht kriegen wir ja einen gemütlichen Fernsehabend hin.«

Sie schiebt ihn liebevoll, aber doch bestimmt zurück.

»Es ist immer unentspannt, wenn du Bereitschaft hast. Weil du ständig auf das Handy achtest. Den Klingelton. Das Vibrieren. Ich achte auch darauf.«

Lydia liest weiter in ihrem Buch.

»Was liest du?«, fragt er.

Sie schaut vom Buch auf.

»Ein Buch über Träume.«

»Ist das was Esoterisches?«

Lydia lacht.

»Träume haben ein schlechtes Image. Das Buch ist reflektiert und gut recherchiert.«

»Willst du deine Träume verstehen, oder was?«

»Nein, ich finde sie einfach spannend.«

»Okay.«

Sascha findet das Video-Spiel spannend, mit dem er sich die Zeit vertreibt. Irgendwie mag er Endzeitszenarios, in denen er mit großen Knarren zwischen Mutanten überleben und sich ab und zu aus dem wenigen, was er hat, etwas basteln muss. Mit seinen Träumen hat er sich noch nicht auseinandergesetzt. Das ist so ein Frauending. Als er ins Bett geht, schläft Lydia schon. Ein Bein spitzt bis zur Pobacke aus der Decke. Da fällt ihm der Sex wieder ein. Natürlich wird er sie nicht wecken. Bei zehnmal Wecken kommen auf einen Spontanfick neun Tage schlechte Laune. Außerdem braucht sie ihren Schlaf. Sie ist schwanger. Und er muss sie beschützen. Sascha legt sich neben sie. Einen Moment ist er versucht, den Arm um sie zu legen, aber dann dreht er sich in die andere Richtung und schläft auf seinem Ellbogen ein.

Das Telefon klingelt um halb vier. Scheiß Bereitschaft.

Eine Großraumdisko an der Autobahn. *Gut zu erreichen, aber ohne Niveau.*

Bei Licht möchte man die Inneneinrichtung nicht sehen. Vor allem die Sitzbezüge. Der DJ mischt schlecht ab. Man merkt, dass er keinen Spaß hat. Egal. An die entlegenen Ecken mit den Sitzgruppen quält sich der Bass nur noch schwammig. Als hätte er noch genug vom letzten Tag.

Pascal lässt sich neben Luisa ins Polster fallen. Sein Gesicht ist bleich. Jede Viertelstunde wird sein Gesicht dem Bass ähnlicher, aber er gibt nicht auf. Er führt sich alles zu, was zu einem glücklichen Wochenende gehört. Diesmal ist es ein »Sex on the Beach«.

»Soll ich dir auch einen Cocktail holen?«

Luisa schüttelt den Kopf. »Ich muss doch fahren.«

Pascal nickt. Während er nickt, beginnt er zu lachen. »Du bist so vernünftig.«

»Vor allem bin ich müde. Wir müssen dann fahren. Meine Eltern wollen wandern gehen. Das Auto muss rechtzeitig zuhause sein.«

»Wenn ich mal Familie habe, den ganzen Scheiß, dann geh ich auch wandern und erzähle meinen Kids, was das für Bäume sind.«

»Welche Bäume?«

»Na, halt die Bäume, die wir beim Wandern sehen. Am Wegesrand.«

»Du passt doch nie auf in Biologie.«

»Gibt bestimmt eine Biologie-App.«

Pascal macht sich an seinem Handy zu schaffen. »Wir müssen dann wirklich gehen.«

Er hört auf mit dem Smartphone rumzumachen.

»Okay, dann ziehe ich mal los und sammle Felix und Michelle ein.«

Pascal verschwindet und taucht eine Viertelstunde nicht mehr auf. Langsam wird Luisa sauer.

Als Fahrerin bist du wirklich der letzte Depp. Volljährigkeit hat auch Nachteile. Langsam hat sie es satt, sich jedes Wochenende wieder überreden zu lassen. Der Laden ist scheiße. Der DJ ist scheiße. Ein Typ in einem »Wacken«-T-Shirt versucht sie anzubaggern. Der Typ ist auch scheiße. Trägt ein Metal-Shirt, obwohl er wie Justin Biber ausschaut. Diesen Abend kann nichts mehr retten. Sie ist müde. Die Bässe haben das Verfallsdatum endgültig überschritten. Spielen nicht mal mehr an ihren Zehenspitzen herum. Luisa legt ihren Nacken auf die Lehne. Sie schläft ein.

Jemand rüttelt an ihrer Schulter.

Groß vor ihr das Gesicht von Michelle. »Träumst du vom Märchenprinzen?«, fragt sie.

»Leck mich«, antwortet Luisa. Noch nicht ganz wach, aber schon genervt. Alle möglichen Muskeln sind verspannt, als sie sich wieder gerade hinsetzt.

»Wir rauchen noch was, bevor wir fahren«, sagt Pascal. Er wedelt mit einem bunten Tütchen vor Luisas Gesicht herum.

»Crazy Monkey. Willst du auch was?«

Luisa schüttelt den Kopf. »Ich muss doch fahren.«

»Ich warne Sie gleich mal vor, Herr Rost«, sagt der Polizist, der ihn zur Unfallstelle vorlässt. »Kein schöner Anblick.«

Sascha kennt das bereits. Gerade fährt er noch zivilisiert über eine Autobahn und plötzlich ist er an einem Kriegsschauplatz. Das Autowrack ist vollkommen zerfetzt. Wie nach einem Drohnenangriff. Aber dahinter steckt kein böser Feind. Ein Unfall. Ein paar Sekunden Unachtsamkeit. Und dann knallt der Zufall in die Karosserie. In den Körper. Macht alles kaputt. Metall auf Knochen und Glas auf Fleisch. Das Gewebe gibt nach. Zufall ist der schlimmste Feind.

Sascha muss sich zwingen, seinen Blick auf die Trümmer zu richten. Auf die menschlichen Überreste, die rumliegen. Er packt die Kamera aus. Und filmt. Mit der Kamera dazwischen geht es besser.

»Schlimm, oder?«, fragt der Polizist, der neben ihm steht.

Ja, schlimm. Sascha nickt.

Die Feuerwehr sägt das eingequetschte Dach ab. Funken sprühen. Langgezogener Lärm fräst sich in die Gehörgänge.

Metall wird gespreizt. Von dem Auto ist schon vorher nicht viel übrig gewesen. Sascha gibt sich Mühe, die Arbeit der Feuerwehr so zu filmen, dass nicht allzu viel von den Leichen zu sehen ist. Notfalls kann man hinterher noch verpixeln. Feuerwehrleute im Einsatz kommen immer gut. Verpixeln kommt auch gut.

Die Körper der Toten sind vollkommen zermatscht. Einige Gliedmaßen abgetrennt. Kommen in Tüten. Die Notfallpsychologen stehen schon bereit.

Sascha machen solche Szenen nichts aus, solange er eine Kamera zwischen ihm und den abgetrennten Körperteilen hat. Heran- und wegzoomen kann. Tatsächlich macht ihm nicht einmal das Heranzoomen etwas aus.

Noch ein paar Bilder von den Spuren im Schnee. Zwei parallel verlaufende Reifenspuren enden an einem Autowrack, das zusammengeknüllt an einem Baum hängt.

Der Baum gibt keine Interviews. Der Pressesprecher der Polizei ist auch eher kurz angebunden. Drei tote Kids in einem Auto. Was soll man dazu schon sagen?

Nur die Fahrerin hat überlebt. Wenn es einen Überlebenden gibt, ist es immer der Fahrer.

Sascha hasst die Wochenend-Rufbereitschaft. Nur Lydia, seine Frau, hasst die Rufbereitschaft vielleicht ein klein wenig mehr. Auch, wenn überhaupt nichts passiert, ist das Wochenende kaputt. Du kannst nicht wegfahren, du bist immer auf Abruf, du machst alles mit halbem Arsch, bist mit den Gedanken woanders und wirst unmittelbar nach dem Einschlafen von einem fiesen Signalton geweckt. An diesem Wochenende muss er bereits das dritte Mal nachts raus. Macht drei Mal mehr Augenringe als sonst.

Zurück im Medienhaus holt sich Sascha erst mal einen Cappuccino, obwohl er nicht die Vorstellung teilt, die der Automat von einem Cappuccino hat.

Beim Schneiden achtet er vor allem auf das Zeitfenster, den der Clip in der Sendung hat. Mitgefühl für die Opfer entwickelt er nicht. Das ist ja nur Filmmaterial, das bearbeitet werden muss. Da ist er professionell. Außerdem hat er keine Zeit für Emotionen im Arbeitsablauf. Hinterher ist es manchmal komisch. Man läuft durch die Redaktionsräume, als wäre man gar nicht am Match beteiligt, sondern als würde man sich nur unentwegt am Spielfeldrand warm machen.

Berger, der Chefredakteur, ist nicht in seinem Büro. Sascha trifft Ines, die Moderatorin, in der Kantine.

»Du schaust blass aus«, sagt sie.

Sascha nickt.

»Ich weiß. Ist der Unfall der Aufmacher?«

Ines nickt.

»Schön, dass ich den Hunger stillen konnte.«

»Den Hunger nach was?«, fragt sie.

»Nach Schicksal. Die Zombie-Medienlandschaft bedient ihre Zombie-Zuschauer.«

»Nach dem Unfall folgt natürlich erst mal was Positives.«

»Was ist heute positiv?«

»Die Wahl der neuen Bierkönigin. Sie schaut wirklich gut aus.«

»Ich finde Bier und Frauen gut.«

»Danach kommt eine Reportage über eine Musiklehrerin an einem Gymnasium, die ihre Schülerinnen ermahnt hat, nicht ohne Ausweis in die Schule zu kommen, da sie sonst nach einem Brand nicht identifiziert werden können und nur eine Schleife kriegen.«

»Was für eine Schleife?«, fragt er.

»Keine Ahnung. Wahrscheinlich an der großen Zehe.«

»Das ist in mehrerlei Hinsicht schwachsinnig. Zum Beispiel schmilzt der Ausweis ebenfalls, wenn die Schülerin bis zur Unkenntlichkeit verbrennt.«

Ines nickt.

»Es ist gaga. Deshalb berichten wir ja darüber. Angeblich ist die Schülerin traumatisiert. Kommst du mitrauchen?«

»Ich glaube, ich hab mir eine Zigarette verdient.«

»Auf jeden Fall«, sagt sie.

»Zuhause rauche ich nicht mehr.«

»Eine schwangere Frau gewissenlos Zigarettenrauch auszusetzen, wäre auch das Letzte.«

»Wenn es um Schwangerschaften geht, seid ihr Frauen euch alle einig.«

»Ich hol mir einen Cappuccino. Möchtest du auch einen?«

»Nee. Ich krieg davon Pickel. Klar will ich einen – scheiß auf die Pickel.«

»War es der schlimmste Unfall, den du je gesehen hast?«, fragt Lydia, während sie ihm eine Flasche Bier hinstellt.

Sascha öffnet den Schnappverschluss und nimmt einen kräftigen Schluck. Erst dann schüttelt er den Kopf.

»Der schlimmste Unfall ist immer noch der, bei dem der PKW in den Tieflader geknallt ist. Das Kind saß hinter der enthaupteten Mutter. Lebendig und sechs Jahre alt. Zuerst hat es geschrien wie am Spieß. Dann hat es aufgehört zu schreien. Wahrscheinlich, weil es einfach nicht mehr konnte. Hatte ja auch mit dem ganzen Körper gebrüllt. Die Stille war grusliger. Ein kleines, stilles Mädchen hinter der geköpften Mutter. Die

Feuerwehr brauchte stundenlang, um es zu befreien. In Echtzeit im Fernsehen würden die Zuschauer verrückt, aber ich musste es filmen. Okay, ein paar Freaks würden nicht verrückt. Die schauen alles. Im Endeffekt sind alle austauschbar. Die Zuschauer. Die Toten. Der Video-Journalist.«

Lydia berührt Saschas Finger. Vielleicht wollte sie die ganze Hand nehmen, aber sie kann sich nicht gut über den Tisch beugen, weil der Bauch im Weg ist. Neunter Monat.

»Man braucht ein Feierabendbier mehr, um die Scheiße nach unten zu drücken.«

Sie prostet ihm mit ihrem Früchtetee zu und lächelt.

»Wollen wir ins Bett?«, fragt sie.

»Bist du müde?«

»Ich bin ausnahmsweise mal nicht müde.«

Auch hochschwanger schaut Lydia sexy aus, wie sie sich durchs Haar fährt und ihre Augenlider auf eine unwiderstehliche Art senkt, als würde sie sich für ihre Fantasien schämen.

Am leichtesten geht es, wenn sie oben sitzt. Ihre Brüste und der Bauch sind schon wieder gewachsen. Gerade, als sie auf ihm Platz nimmt, beginnt Julian im Nebenzimmer zu schluchzen.

Lydia hält in den Bewegungen inne und lauscht. Ihre Oberschenkel drücken seine Hüften.

»Mama.«

»Was ist denn, Kleiner?«

Julian schluchzt lauter. Lydia hat Mühe, aus dem Bett zu klettern.

»Ich geh schon«, sagt er.

Sie schaut lächelnd auf seinen erigierten Schwanz.

»So kannst du doch nicht gehen.«

Er wickelt sich in die Decke ein.

Als seine Frau mit dem Sohn ins Schlafzimmer zurückkommt, hat sich Julian beruhigt. Zu dritt liegen sie im Bett. Das Kind zwischen ihnen. Schon nach ein paar Minuten sind Lydia und Julian eingeschlafen.

Der ausgebliebene Orgasmus macht Sascha unruhig. Er steht auf und schleicht zum Kühlschrank. Noch ein Bier. Er öffnet es möglichst leise, trinkt und geht ans Fenster. Der Atem lässt die Scheibe beschlagen. Draußen hat es zu schneien begonnen. Er leert die Flasche in wenigen Zügen. Zurück im Schlafzimmer liegt Julian quer im Bett. Sascha hat gelernt mit einem schmalen Streifen auszukommen, aber trotzdem kann er nicht einschlafen.

Sascha steht auf und schenkt sich einen Whisky ein. Gute-Nacht-Trunk. Daran kann ja nichts verkehrt sein. Oder an noch einem. Sicherheitshalber.

Sascha hält im Innenhof einer ehemaligen Schuhfabrik. Die Gewerberäume wurden aufwändig zu Lofts und Apartments im gehobenen Preissegment umgebaut. Auf der Rückseite des Gebäudes Balkone mit Blick auf den Fluss, der während des Wirtschaftswunders zu einer stinkenden Kloake verkam, auf der dicke Schaumflocken schwammen. Mittlerweile ist der Flusslauf renaturiert. Das dicke Rohr, aus dem ungefiltert Gerbemittel von der Schuhfabrik ins Wasser geleitet wurde, hat man beim Bau des Fahrradwegs aus der Uferböschung gebaggert. Eine zwei Meter große Spindelstanze erinnert im Eingangsbereich der Wohnanlage an die industrielle Vorgeschichte des Gebäudes.

Sascha trägt die Kamera in den dritten Stock und klingelt an einer Wohnungstür.

Eine junge Frau mit blauen Strähnen in den blonden Haaren öffnet.

»Sascha Rost. Wir haben telefoniert.«

»Alina. Komm rein.«

Er betritt das Apartment. Alina bleibt in der Tür stehen und schaut nach draußen.

»Kommen die anderen später?«, fragt sie.

»Es gibt keine anderen.«

»Du bist aber schon beim Fernsehen, oder?«

»Ja.«

»Es schaut irgendwie nicht so aus.«

»Die Öffentlich-Rechtlichen schicken manchmal noch richtige Teams raus. Einen Redakteur, einen Kameramann, einen Tonassistenten und noch einen Praktikanten, der das Auto umparkt. Im Gegensatz dazu macht ein Videojournalist beim Privatfernsehen den ganzen Scheiß alleine.«

»Kenne ich. Ich mach mittlerweile auch alles alleine für meine Video-Produktion.«

Sascha schaut sich nach dem besten Hintergrund für das Interview um.

»Schöne Wohnung.«

»Ja. Natürlich achte ich aufs Ambiente. Immerhin hat mein YouTube-Channel mehr als eine Million Abonnenten. Die ganze Community kennt meine Wohnung.«

»Wohnen Sie hier alleine?«

»Bis vor Kurzem hat mein Freund mit hier gelebt, aber wir haben uns getrennt.«

»Tut mir leid.«

»Nein, ist okay. Er war ein Arschloch.«

»Finanzieren Sie sich ausschließlich über den Vlog?«

»Ja, das ist manchmal schon stressig, wenn man mehrere Videos in der Woche produzieren und freischalten muss, aber nur mit neuem Content kommt man auf seine Klicks.«

»Ich glaube, wir machen das Interview zwischen den Bonsais. Und natürlich muss die Katze mit ins Bild.«

»O'Malley schläft.«

»Wir werden O'Malley wecken müssen. Er ist Ihr Co-Star in den Videos.«

»Können wir uns duzen? Zumindest während des Interviews? Das fänden in der Community alle voll blöd, wenn ich jemanden siezen würde.«

»Gut. Halten wir uns an die Netiquette.«

»Zuerst muss ich nochmal ins Bad und den Lidschatten nachziehen.«

»Ich finde den Lidschatten okay.«

»Okay ist nicht genug. Ich bin es meinen Followern schuldig.«

Alina verschwindet im Bad.

Sascha zoomt mit der Kamera durch den Raum, um sich mit dem Licht vertraut zu machen. Bonsais. Ein großer verschneiter Balkon vor den Fenstern. Ein Bücherregal, in dem Bücher stehen, die man vielleicht als Vloggerin gelesen haben muss oder die schöne Buchrücken haben. Dazwischen ein digitaler Bilderrahmen. Sascha nimmt die Kamera vom Auge und schaut sich die Bilder an. Alina mit einer Freundin im Urlaub in einer Strandbar. Lachen, ein Arm um die Schulter der Freundin und die andere Hand am Cocktail. Alina mit der gleichen Frau auf einer Party beim Karaoke-Singen und dann die zwei Frauen mit drei jungen Männern im Partygetümmel. Die Jungen reißen Grimassen. Auf dem nächsten Foto starren alle fünf in die Linse, während der Fotograf offensichtlich am Boden liegt.

Alina öffnet die Badezimmertür. Sascha schultert die Kamera.

Natürlich setzt sich O'Malley während des Interviews genauso gut in Szene wie sein Frauchen. Eitel, wie rotgetigerte Kater sind. Beide sind kameraerfahren und können Aufmerksamkeit generieren. Alina ist gesprächig. Wie in ihren Vlogs. Sie erzählt, dass ihre Rubrik »Outfit-Of-The-Day« (»Pailletten, darunter Glanz, nicht so bäm«) bei ihren Fans super ankommt und wie sie durch Zufall ihren Künstlernamen gefunden hat. Für den von ihr kreierten Organic-Burger bekam sie so viel Zuspruch, dass sie mit dem Gedanken spielt, einen eigenen Koch-Channel aufzumachen. Oder einen Beauty-Action-Channel, weil sie gerne sportlich und risikobereit ist, aber dabei immer perfekt gestylt. Nein, sie hat keine Angst, dass ihr der Erfolg zu Kopf steigt. Der Kontakt zur Community ist ihr sehr wichtig.

Nach dem Dreh fragt Alina, ob Sascha ein Bier möchte. Sie verbindet die Frage mit dem Zusatz:

»Ich weiß, es ist eigentlich zu früh, aber ich finde, wir haben es uns verdient, oder?«

»Auf jeden Fall.«

Alina holt aus einem riesigen, silbernen Retro-Kühlschrank zwei Bierflaschen und öffnet sie. Während sie mit den Bieren auf Sascha zugeht, verlangsamt sie ihre Schritte und lächelt so, dass man ihre Zähne sehen kann, wie es Leute in Werbespots machen. Dann prosten, trinken, weiter lächeln.

»Sag mir Bescheid, wenn das auf Sendung ist, damit ich in den sozialen Netzwerken Werbung machen kann. Ihr stellt es ja hoffentlich in die Mediathek?«

»Bestimmt. In meinem Beitrag geht es um ein Internet-Phänomen. Da wäre es blöd, wenn es nicht verfügbar wäre.«

»Betrachtest du es eigentlich als Vor- oder Nachteil, allein zu arbeiten?«

»Wie man's nimmt. Ich bin schnell vor Ort, weil ich kein ganzes Team koordinieren muss.«

»Das schätze ich auch, wenn ich alleine mit meiner kleinen Kamera unterwegs bin. Es gibt keine Verständigungsprobleme. Die ersten Filme habe ich sogar mit dem Handy gemacht. Die ganzen zwischenmenschlichen Probleme entfallen, der ganze Mist.«

»Ist ja auch eine Kostenfrage. An Idioten wie mir spart sich der Sender dumm und dämlich.«

»Dafür muss man aber auch schon ein spezieller Typ sein, findest du nicht?«, sagt sie und fährt sich absichtsvoll durchs Haar. Es gibt circa 92 Arten, auf die sich Frauen durchs Haar streichen, und Sascha kennt sie alle, weil sie von einer Kamera gnadenlos aufgedeckt werden. Auffällige Frisuren machen Sascha irgendwie nervös.

»Wofür?«

»So ...«

Sie lässt eine Pause, in der sie noch mehr lächelt.

»... alleine zu sein.«

»Ich komm klar. Außerdem bin ich nicht allein. Ich habe eine Frau. Sie ist im neunten Monat schwanger.«

»Das ist ja super. Meinst du, ich hätte eine Chance als Praktikantin in deinem Sender?«

»Du hast doch deine Internet-Fanbase, die dir Kohle einbringt.«

»Alle wollen zum Fernsehen.«

»Weil sie keine Ahnung haben, wie es beim Fernsehen zugeht.«

»Es würde helfen, wenn ich mich bei einer Filmhochschule bewerbe. Der Vlog ist ja nur Karriereeinstieg.«

Die Augen des Mädchens sind groß wie in einem Manga.

»Ich mag die Filme von Wes Anderson«, sagt sie.

»Ach du Scheiße. Mit Arthaus bist du aber bei uns an der falschen Adresse.«

»Was jetzt? Meinst du, ich hätte Chancen als Praktikantin?«

»Auf jeden Fall. Das ganze System ist auf schlecht bezahlten Praktikanten aufgebaut.«

»Könnte ich dann mit dir arbeiten?«

»Ich arbeite lieber alleine.«

»Sicher? Ich bin aber geeignet.«

Alina ist jetzt so nah, wie sie an die Kamera herangeht, wenn sie ihren Followern einen neuen Lidschatten präsentieren möchte.

Sascha geht einen Schritt zurück, trinkt das Bier aus und stellt die Flasche zwischen die Bonsais. Dann packt er geschäftig die Kamera ein.

»Als Videojournalist musst du belastbar sein«, sagt er. »Ist ja alles deine Verantwortung. Und du musst den ganzen Dreck mit dir alleine ausmachen. Die Sachen, die du siehst. Alles von allgemeinem Interesse, aber manches ist schon hässlich. Genau genommen gibt es eine Menge hässlicher Sachen. Und du hast beschissene Arbeitszeiten. Immer noch Lust auf ein Praktikum?«

»Hm. Klingt sexy.«

»Sag hinterher bloß nicht, ich hätte dich nicht gewarnt.«

Auf dem Rückweg ins Studio kauft sich Sascha ein Bier an einem Kiosk. Er trinkt es schnell im Stehen. Das Bier schmeckt ihm nicht einmal richtig.

Beim Schneiden bekommt Sascha Kopfschmerzen. Zu allem Überfluss schaut auch noch Berger, der Chefredakteuer, vorbei und macht einen auf dicke Hose. Quatscht was von Programmentwicklung und Qualitätsmanagement. Offensichtlich hat er von beidem keine Ahnung. Sascha hätte ein Bier mehr trinken sollen, um durch diesen beschissenen Nachmittag zu kommen.

Nach der Arbeit ruft er Lydia an und fragt sie, ob es ihr was ausmacht, wenn er mit Kollegen noch auf ein Feierabendbier in die Kneipe geht. Es macht ihr nichts aus.

Während Kira noch im Bad ist, bereitet Max alles für den Fernsehabend vor. Den gemütlichen Fernsehabend, an dem er nichts erzählen muss. Zum Beispiel davon, dass Torben und Eugen schon nachgefragt haben, wo die neue Eislieferung bleibt, weil ihre Kunden begierig auf die Ware sind. Schlange stehen, wie vor einer der angesagten Eisdielen, in denen es nicht nur *Waldmeister* und *Schoko* gibt, sondern auch *Kürbis-Nougat* und *Birne mit Parmesan*. Max erklärte den Lieferengpass mit Produktionsproblemen. Er konnte ja schlecht sagen: *Ich hab das Zeug aus dem Fenster eines fahrenden Autos geschmissen.* Im Geschäftsleben muss man Schlagkraft und Glaubwürdigkeit bewahren. Und Nerven. Den Anruf von Fabian hat er einfach weggedrückt.

Als Freiberufler kommst du nicht auf 30 Urlaubstage. Man muss mit Stress umgehen können. Bewegung ist gut. Deshalb trainiert Max regelmäßig und achtet auf ausgewogene Ernährung. Und die Organisation muss stimmen.

Max übernimmt den Transport aus Tschechien, aber auf der Straße oder im Club vertickt er das Produkt schon lange nicht mehr. Kundenkontakt hat er nur noch zu Altkunden, die er schon jahrelang betreut. Mittlerweile sieht sich Max mehr als Sales Manager, der den Vertrieb organisiert. Gelegentlich macht er auch ein wenig Marketing, aber den Großteil der Ware gibt er an seine Verteiler weiter.

Eugen ist fest verwurzelt in der Russenszene. Sie hat ihre speziellen Gesetze. Deshalb wird er wahrscheinlich früher oder später seinen eigenen Laden aufmachen. Damit hat Max kein Problem. Er ist nicht scharf auf Schlägereien in der Russendisko. Max durfte mal miterleben, wie Eugen Meinungsverschiedenheiten angeht. Eugen hört erst kurz vor der Intensivstation auf zu prügeln und zu treten. Das war aber ein Tag, an dem er gut gelaunt war.

Fabian studiert *Internationales Management* und verdient sich etwas dazu. Er bedient sowohl Fachhochschulstudenten als auch den soliden Konsumenten in der mittleren Einkommensschicht. Fabian ist kontaktfreudig und nett. Sein großer Vorteil ist, dass man nie auf die Idee käme, dass er so was macht, weil er wie Schwiegermuttis feuchter Traum ausschaut. Natürlich würde Fabian sich niemals mit Max anlegen. Er ist ein Typ, der einfach etwas Geld generiert und das Dealen irgendwann aufgeben wird, um sich mit den Ersparnissen eine bürgerliche Existenz aufzubauen. Kleinfamilie. Eigenheim. Garten mit Teich, aber gut gesichert, damit die Kinder und die Haustiere nicht ertrinken.

Torben ist der Verteiler, den Max am längsten kennt. Als Teenager machten sie miteinander ein bisschen in Hakenkreuze. Die waren schnell gesprayt. In einer Top-Nacht mehr als zwanzig. Wenn man die ganzen megatoleranten Opferspasten so richtig aus ihrem Tiefschlaf wecken wollte, musste man nur ein Hakenkreuz an eine Garagenwand schmieren. Oder an den Kiosk im Naherholungsgebiet. Oder an eine Schule, deren Schüler überwiegend einen Migrationshintergrund aufwiesen. Eine Zeitlang verfolgten sie gemeinsame politische Interessen in Kameradschaften. Freien Netzen. Dem nationalen Widerstand. Max hat damit abgeschlossen, weil es fürs Geschäft nicht förderlich ist, im Visier des Verfassungsschutzes zu stehen. Mittlerweile bedient Torben die Pimmelköpfe bei Hatecore-Konzerten und die Ufo-Esoterik-Nazis, die es gerne mal bewusstseinserweiternd wollen.

Im Bad öffnet Kira die Duschkabine. Sie trocknet sich ab. Das Haus ist hellhörig.

Max macht die Pipe fertig für den verabredeten, psychoaktiven Fernsehabend, wie ihn Kira mag: leichter Rausch. In der Liebe muss die Chemie stimmen. Im Fernsehen laufen dauernd Werbefilme der Industrie, die darüber aufklären, wie super Chemie ist. *Inspired by your visions. Science for a better life*. Und so ist es. Methamphetamin verbessert seit fast hundert Jahren in der kristallinen Version dein Leben. Haut die Müdigkeit mit einem Schlag kaputt. Macht dich effizienter. Risikobereiter. Bei der Arbeit. Beim Spaß. Beim Alltag. Beim Sex.

Kira kommt aus dem Bad.

»Bist du so weit?«, fragt er.

»Tun wir so, als wär nix?«, fragt Kira zurück. Max lächelt.

»Es ist ja nix.«

Er startet die Serie *Suits* bei Netflix. Obwohl sie am Arsch der Welt leben, ruckelt das Bild kein bisschen. Ohne funktionstüchtige Internetanbindung wäre er gar nicht hierhergezogen. Immerhin braucht er das Weltnetz auch geschäftlich.

Max zündet die Pipe an. Er zieht kräftig. Dann gibt er sie an Kira weiter. Sie nuckelt hingebungsvoll.

Max hat keine Ahnung, was Frauen an Anwaltserien finden. Außer sie wollen selber Anwältin werden. Oder sie mögen Intrigen, wie alle Frauen. Oder sie möchten gerne so einen sauber gescheitelten Typen im Anzug und mit korrekt gebundener Krawatte.

Das Ice breitet sich im Körper aus, als würde tiefgefrorene Lava sich durch alle Schaltkreise brennen. Am besten konsumiert man Meth, wenn man sich mit etwas beschäftigt, das man mag. Max mag *Suits* definitiv nicht.

»Warum rewatchen wir den Scheiß eigentlich?«

»Psst.«

»Diese aufgebrezelten Fliegenficker interessieren doch kein Schwein.«

»PSSSST!«

»Chill mal. Du kennst die Serie doch sowieso in- und-auswendig.«

»Ich bin halt ein Fan-Girl. Wenn du mich liebst, liebst du die Serie auch.«

Ein Hauptdarsteller steht nachts in seiner Wohnung, die von einer Designer-Stehlampe erhellt wird. Und von den Wolkenkratzern, die ihre Lichtverschmutzung durch ein Panoramafenster drücken.

»Baby, ich lieb dich, aber die Serie ist lame.«

»Ruhe.«

Dauernd fahren durch New York gelbe Taxis mit Top-Anwälten. Max weiß nicht, ob ihn die Juristen mehr ankotzen oder die Taxis.

»Stehst du auf den Hauptdarsteller?«, fragt Max.

»Auf welchen? Es gibt zwei.«

»Wahrscheinlich hättest du sie beide gerne als Fuckbuddies.«

Kira lacht und lehnt sich an ihn. Sie legt ihren Arm auf seinen Bauch. »Bist du eifersüchtig?«

»Natürlich nicht, aber ich merke ja, wie du die beiden Bratzen blickfickst.«

Kira drückt sich mit der Handfläche von der Brust ihres Freunds weg und schaut ihm in die Augen.

»Heul leise«, flüstert sie.

Max richtet seinen Blick wieder auf den Bildschirm. Wieder Anwälte. Eine Bar. Cocktails. Kira starrt Max weiter an.

»Was ist denn eigentlich los?«, fragt sie.

»Nix is los. Was soll schon los sein?«

»Hast du an der Autobahn nach dem Päckchen gesucht?«

Ohne zu antworten, geht Max an den Kühlschrank, nimmt sich ein Bier und öffnet es. In der Küche trinkt er die halbe Flasche leer, dann setzt er sich wieder neben Kira.

Sie schaut ihn wütend an.

Er steht auf und holt ihr auch ein Bier.

Eine Weile beobachtet er die Anzugtypen im Fernsehen, dann sagt er:

»Ich bin zur Autobahn gefahren, aber auf dem Weg haben mich die gleichen Cops gestoppt. Die haben superbeschissen fies gegrinst, als könnten sie mich jederzeit ficken.«

»Und?«

»Ich bin cool geblieben.«

»Weiter.«

»Ich habe im nächsten Ort an einer Bäckerei gehalten und mir einen Cappuccino mit Croissant gekauft. Das Angebot des Tages.«

Sie nimmt ihn in den Arm und gemeinsam schauen sie noch eine Weile zu, wie Typen im Anzug mit Frauen in engen Kostümen reden.

»Ich bin kein Noobie«, sagt Max. »Ich krieg das hin.«

»Ich weiß.«

Kira streicht ihm über das Haar. Max zieht den Kopf weg. »Vertraust du mir nicht?«, fragt er.

»Zwanzigtausend Euro. Das ist viel Schotter.«
»Ich kann schon rechnen.«
»Wir haben das Geld von meinem Vater geklaut.«
»Du kannst deinen Vater nicht leiden.«
»Ein Hund musste dafür sterben.«

Scheiße. Gegen tote Tiere kommt er nicht an. Der bescheuerte Hund. Lass uns das Geld von meinem Vater organisieren, hatte Kira gesagt. Sie hatte mit ihrem Vater eine Rechnung offen, seit er ihre Mutter wegen einer anderen Frau verlassen hatte, die nicht mal hübscher war. Lass uns das scheiß Gold holen, hatte sie gesagt. Der Vater hatte eine eiserne Reserve in Gold angelegt. Falls die EU zerfällt und der Euro nichts mehr wert ist. Falls es einen Atomkrieg gibt. Falls die Finanzmärkte zusammenbrechen. Für alle Fälle halt. Die Gelegenheit war günstig. Kiras Vater amüsierte sich mit der neuen Frau im Urlaub auf Lanzarote. So viel war sicher. Massig Fotomüll auf Facebook. Eine Mittvierzigerin in knappem Bikini auf schwarzem Lava-Stein. Sonnenuntergänge. Bilder vom Essen. Tapas. Der ganze Ferienscheiß halt. Der Einbruch war ganz easy. Eine Alarmanlage gab es nicht und Kira kannte die Schwachstellen des Hauses. Ein gemeinsamer Einbruch ist schon sexy. Romantisch. Während Kira das Gold einsackte, ging Max durchs Haus, um noch nach anderen Wertgegenständen zu suchen. Und plötzlich stand der Hund vor ihm. Das war eine ganz üble Überraschung. Wer kam schon auf die Idee, dass jemand seinen Hund zuhause ließ, wenn er in Urlaub fuhr? Max versuchte noch, das Pfefferspray aus der Tasche zu ziehen, aber der Hund hatte sich schon im Arm verbissen. Deshalb stach er mit dem Messer zu. Einem von der verbotenen Sorte, die leicht aufklappt.

Es dauerte lange, bis der Köter gestorben war, aber Max

wollte nicht noch mal zustechen, weil Kira schon neben ihm stand.

»Ich hätte Axel beruhigen können«, sagt sie. Ihre Stimme hört sich immer noch traurig an. Max wusste bis zu dem Tod des Hundes nicht mal, dass sich Kira was aus Tieren macht. »Ich hätte ihn beruhigen können.«

»Tatsächlich? Ich habe Narben am Arm von den Bisswunden. Vielleicht hättest du erst mal checken können, wo der Familienhund ist.«

»Woher sollte ich wissen, dass ihn eine Nachbarin füttert und ausführt?«

So ein sterbender Hund schaut einen blöd an. Das Weiße in den Augen. Dann blutiger Schaum vor dem Mund. Das Winseln ist unerträglich. Und Rechtsanwälte im Fernsehen sind es auch.

»Das mit dem Hund tut mir leid«, sagt Max.

»Axel war ein guter Hund. Jetzt ist er tot. Und das Geld ist auch weg.«

»Die Hälfte ist weg.«

»Die andere Hälfte brauchen wir für Neuseeland. Danach brauchst du mich gar nicht zu fragen.«

»Ich frag dich gar nicht. Max ist cashy. Trotzdem könnte der Fall eintreten, dass schnell ein paar Euros mehr flüssig gebraucht werden.«

»Neuseeland. Verstanden?«

»Vertraust du mir nicht?«

Kira zuckt mit den Schultern.

»Ich weiß nicht. Was würdest du an meiner Stelle tun?«

Sie starrt nach vorne auf den Bildschirm. Anwälte laufen durch Manhattan.

Max steht auf und geht zum Terrarium. Er hat sich Mühe

gegeben es möglichst komfortabel für die Schlange einzurichten und sie nach dem aztekischen Schlangengott Quetzalcoatl genannt. Vorsichtig nimmt er die Königspython vom Kletterbaum, um den sie sich gewickelt hat, und geht damit zurück ins Wohnzimmer.

Kira ist immer noch ganz fasziniert von den Verwicklungen im Anwaltsmilieu, von den Anzügen, den Kostümen. Wahrscheinlich würde sie selbst gerne so ein Kostüm tragen. Mit nichts darunter. Und einen Anwalt verführen.

Max legt ihr die Schlange um den Hals.

Erst zuckt seine Freundin zusammen, dann hört sie auf sich zu bewegen. Sie sitzt ganz still.

»Spinnst du? Tu die Schlange weg.«

Die Schlange sucht nach Halt. Schlingt sich um den Hals.

»Das ist nicht witzig.«

»Vertraust du mir?«

»Max, nimm die Schlange weg!«

»Erst, wenn du sagst, dass du mir vertraust.«

»Mir ist das Geld nicht wichtig.«

»Lüg nicht! Quetzalcoatl kann das spüren.«

Kira reißt sich die Schlange vom Hals und wirft sie in ein weit entferntes Eck des Wohnzimmers. Quetzalcoatl verschwindet sofort hinter das Regal.

Kira springt von der Couch und rennt an Max vorbei. Als er versucht, sie aufzuhalten, stößt sie ihn zur Seite. Sie zieht ihre Schuhe an und läuft zur Haustür.

»Bleib da. Es tut mir leid«, ruft er.

Keine Antwort. Kira rennt nach draußen.

»Fuck!«

Max schlägt sich mit der flachen Hand gegen die Stirn.

»Fuck!«

Vorsichtig holt er die Schlange hinter dem Regal hervor. Sie wirkt depressiv, obwohl sie nach einem aztekischen Gott benannt ist.

»Tut mir leid«, sagt Max.

Zurück im Terrarium verschwindet Quetzalcoatl sofort in seiner Höhle.

Max holt seine Stabtaschenlampe. Vor der Haustür leuchtet er in alle Richtungen. Er läuft den nahegelegenen Feldweg entlang.

»Es tut mir leid«, ruft er. »Es tut mir leid.«

Keine Antwort.

Max geht den Hügel hoch. Viel Wald. Entfernt die Lichter einer Kleinstadt. Die roten Lampen der Windkraftanlagen. Keine Frau. Er geht wieder bergab. In den Wald. An die Stelle, an der sie einen Steinkreis gebaut haben.

»Es tut mir leid«, ruft er noch einmal.

Statt einer Antwort kann er nur seinen zu schnellen Atem hören. Er hat einen trockenen Hals. Das scheiß Ice macht immer Durst.

Wieder im Haus findet er Kira im Schlafzimmer. Weggedreht von der Tür. Die Decke bis zum Hals gezogen.

Max zieht sich aus und legt sich neben sie. Er legt seinen Arm um sie. Er kann sie unter den Decken kaum spüren. Sie dreht sich um und sagt:

»Arschloch!«

»Du kannst mir vertrauen.«

»Das mache ich auf keinen Fall.«

Dann haben sie Sex. Kira verbietet ihm, ein Handy-Video davon zu machen. Max ist zu geschickt darin, Dreck zu verkaufen. Er lächelt, legt das Handy weg und legt sich voll ins Zeug. Sie lässt ihn nicht von hinten ran, sondern nur so, dass sie alles beobachten kann. Während er kommt, schaut sie ihm in die Augen. Lächelnd. Sie hat keinen Orgasmus, und das lässt sie ihn spüren.

Max liegt neben Kira. Sein Atem beruhigt sich und er kann wieder denken.

»Ich suche morgen nach dem Päckchen«, sagt Max.

»Hauptsache, du baust keinen Scheiß«, antwortet Kira.

»Warum vertraust du mir nicht?«

»Du hast einen Hund getötet.«

Max springt auf. Er schlüpft in die Unterhose, zieht wütend die Jeans hoch und schließt schnaubend den Gürtel. Kira schaut ihm gelangweilt zu.

»Morgen.«

Kira lächelt.

»Morgen hole ich das Päckchen«, sagt Max.

Die Tür des Chefredakteurs ist immer geöffnet, weil er angeblich durchgehend gesprächsbereit ist. Tatsächlich schaut Berger sofort entspannt lächelnd von seinem Bildschirm hoch, als Sascha ins Büro platzt.

»Was kann ich für Sie tun, Herr Rost?«

Sascha hält ein DIN-A-4-Blatt hoch.

»Sie sind der Einzige, der noch was ausdruckt«, sagt Berger.

Sascha will den Ausdruck auf Bergers Schreibtisch schmeißen, aber dann schwebt das Blatt nur langsam auf die Oberfläche.

»Was soll ich mit so einer Meldung anfangen?«, fragt Sascha.

Berger liest.

Ein 61-jähriger Arbeitsloser hat sich gegen polizeiliche Maßnahmen gewehrt. Der ältere Mann hielt sich in einer Telefonzelle auf. Als er die Polizeibeamten bemerkte, drehte er sich sofort weg und wollte gehen. Die Beamten forderten den Mann auf, stehenzubleiben. Dieser ignorierte die Aufforderung und ging einfach weiter. Als die Beamten dem Mann folgten und ihn erneut aufforderten, sofort stehenzubleiben, drehte der sich plötzlich um und spritzte eine bislang unbekannte Flüssigkeit ins Gesicht einer Beamtin. Bei der anschließenden Festnahme wehrte sich der Mann mit Leibeskräften. Verletzt wurde jedoch niemand. Wie sich bei der Festnahme schließlich herausstellte, hatte der 61-jährige Mann eine Spritzpistole in Form einer Schildkröte in seiner Hand.

Berger hebt den Kopf.

»Haben Sie schon herausgefunden, um was für eine Flüssigkeit es sich handelt?«, fragt Berger.

»Sicher nichts Chemisches. Es wurde ja niemand verletzt. Bei Farbe oder Blut wäre von Sachbeschädigung die Rede. Bleibt Urin oder Wasser.«

»Meine Güte.«

»Ich mache auf keinen Fall einen Urin-Gag in meiner Reportage.«

»Haben Sie recherchiert, ob Polizeibeamte einfach so einen Passanten kontrollieren dürfen?«

»Das ist erlaubt. Heißt: verdachtsunabhängige polizeiliche Maßnahme.«

»Schöne Wortschöpfung. Gibt es überhaupt noch Telefonzellen? Sind die nicht alle abgebaut?«

»Ich bin gerade zum Tatort gefahren. Da steht noch eine.«

»Das wird eine hammermäßige Reportage. So was wollen die Leute sehen.«

»Na, super. Und warum muss ich das machen?«

»Weil das Ihr Job ist.«

»Kennen Sie meine Reportagen von dieser Woche? Reiner Leupold, der Puzzle-König. Der hat sich ein Puzzle aus 33600 Teilen fertigen lassen, das er auf 40 Pressspanplatten in seinem Wohnzimmer verteilt hat. Zuletzt hatte ich eine YouTube-Queen, die in ihren Videos gerne Möbel umstellt. Dazwischen eine beschissene Nacht mit toten Teenagern, die unter einem Sattelschlepper zermalmt wurden. Warum berichte ich nicht über das Theaterfestival, sondern kriege den ganzen Dreck?«

»Herr Rost, ich weiß nicht, ob ich es schon mal erwähnt habe, aber ich habe hier jeden Tag ein Dutzend Bewerbungen von Leuten, die mit einer Kamera umgehen können. Das hat heute quasi jeder drauf. Wollen Sie kündigen?«

»Ich glaube nicht, dass Sie mit mir unzufrieden sind.«

»Sollte ich?«

Sascha schaut Berger noch ein paar Sekunden an, dann hebt er entschuldigend die Hände.

»Verzeihen Sie die Störung.«

Sascha geht zur Tür.

»Herr Rost.«

Sascha dreht sich um. Berger lächelt.

»Grüßen Sie Ihre Frau von mir. Ich hoffe, es geht ihr gut.«

»Ja, danke«, sagt Sascha und macht sich auf den Weg zur Cafeteria. Zumindest steht *Cafeteria* auf dem Türschild. Tatsächlich stehen in dem kahlen Raum ein Kaffeeautomat und ein ausgemusterter Esszimmertisch mit ein paar Klappstühlen, auf denen eigentlich nie jemand sitzt, weil alle zum Rauchen nach draußen gehen. Und zwar in das Eck des Hinterhofs, das vom Büro des Chefredakteurs nicht eingesehen werden kann.

Sascha lässt sich einen doppelten Espresso aus dem Kaffeeautomaten. Während er doppelt Zucker in die schwarze Brühe kippt, kommt Ines Vidon herein. Sie trägt noch Jeans und T-Shirt. In ihr Kostüm schlüpft sie erst kurz vor der Moderation.

»Hast du Lust, eine mitzurauchen?«, fragt sie, während sie einen Becher in den Schacht des Kaffeeautomaten stellt und die Milchkaffee-Taste drückt.

»Ich will es mir ganz abgewöhnen. Wegen des Babys und so.«

»Ach, komm schon: passiv.«

Auf dem Weg nach unten bewundert er ihre schwarzen Locken. Ines ist die Tochter eines Kroaten und einer französischen Mutter, die sich in Deutschland kennengelernt haben. Beide Musiker in einem Symphonie-Orchester. Cello und Bratsche, aber Sascha hat sich nicht gemerkt, wer von beiden welches Instrument spielte. Eine Zeitlang quälte sich Sascha mit der Frage, während er Ines auf den Hintern schaute, ob Ines Vidon ihr richtiger Name oder ein Künstlername war. Der Name passte einfach zu gut zu ihr. So gut, wie sonst Namen eigentlich nie passen. Sie hatte den Hintern dafür. Die Nase. Das Lächeln und den Augenaufschlag. Alles passte zu perfekt zum Klang ihres Namens.

Eines Tages fragte er sie:

»Ist Ines Vidon eigentlich dein richtiger Name oder ein Pseudonym?«

Sie zögerte.

»Fifty-fifty«, antwortete sie. »Ines ist mein richtiger Vorname, aber eigentlich trage ich den Nachnamen meines Vaters. Babic. Für meinen Geschmack heißen aber schon zu viele Fußballspieler und Kriegsverbrecher so. Deshalb habe ich mir den Mädchennamen meiner Mutter als Künstlernamen zugelegt. Es ist nicht mal so sehr gelogen.«

Ihre schwarzen Locken schwingen bei jeder Treppenstufe. Er fragt sich, ob es ihre natürliche Haarfarbe ist. Vermutlich nicht.

Der Hinterhof ist aufgeräumt bis auf den Aschenbecher, in dem sich ausgedrückte Kippen zu einem Hügel auftürmen. Schaut aus, als würden die Kippen aneinander hochklettern, um aus ihrem Gefängnis zu entkommen. Der Großteil des Hofs liegt im Schatten, nur auf die gegenüberliegende Hauswand fällt Sonne. Spiegelt sich. Eines der Fenster wirft einen Lichtstrahl auf den übervollen Aschenbecher.

Ines zündet sich eine Zigarette an. Sascha nimmt die Packung und schaut sie an.

»Ohne Zusätze«, sagt er.

»Ich weiß schon. Ist voll im Trend. Wahrscheinlich hast du was dagegen einzuwenden. Du lehnst ja alles ab, was andere Leute mögen.«

»Überhaupt nicht. Zigaretten ohne Zusätze sind voll gut. Man stirbt gesünder.«

Ines bläst Rauch durch ihre Nase. Dabei beben ihre Nasenflügel. Eine Nase wie Jeanne Moreau. Sachen, auf die man kommt, wenn man weiß, dass eine Frau eine französische Mutter hat.

»Mit jemandem zu rauchen, der es aufgegeben hat, macht einfach keinen Spaß.«

Sie bläst den Rauch absichtlich in seine Richtung und lächelt dabei. Sie ist sexy und sie weiß es.

»Ich bin immer erstaunt, wenn in alten Serien alle irgendwo im Büro rauchen. Oder im Polizeipräsidium«, sagt Sascha.

»Ich schau mir keine alten Serien an. Dafür bin ich zu jung.«

»Bei *Mad Men* rauchen die auch ununterbrochen. Das schaust du doch.«

»Klar, ich mag diese 60er-Jahre-Klamotten. Aber die rauchen ja sogar, wenn Kinder in der Nähe sind. Ich finde, das geht gar nicht.«

»Die Tabaklobby hat eine Zeitlang verhindern können, dass die Leute erfahren, wie schädlich Rauchen ist.«

»Woran arbeitest du gerade?«

»Ein Mann hat eine Polizistin mit einer Wasserpistole beschossen, nachdem er in einer Telefonzelle kontrolliert wurde.«

»Es gibt noch Telefonzellen?«

»Ich konnte es auch erst nicht glauben.«

»Also, wer heute noch von einer Telefonzelle aus telefoniert, ist irgendwie verdächtig. Findest du nicht? Das macht man nur, wenn man sich zu einem Drogengeschäft verabreden will. Oder zu einem Terroranschlag.«

»Manche Leute telefonieren einfach nicht gern mit einem Handy.«

»Ja klar – weil es geortet werden kann. Sag ich doch.«

»Weil es das Hirn grillt.«

»Was?«

»Mobilfunk ist so ähnlich, als würdest du deinen Kopf in eine Mikrowelle stecken.«

Fast zeitgleich zwei Signaltöne. Sascha und Ines holen ihre Smartphones aus den Taschen.

Nachricht von Lydia: *Vergiss nicht Milch mitzubringen.* Ines wirft genervt die Kippe auf den Boden und tritt sie aus.

»Alles klar?«, fragt Sascha.

»Beziehung«, antwortet Ines und setzt ihr Moderatorinnen-Lächeln auf. Es verrutscht ein wenig.

»Ich will es gar nicht wissen. Kommunikation verbessert eine Beziehung nicht.«

»Ohne geht es nicht.«

»Wenn ich mal in Rente gehe, will ich keine Kommunikation mehr haben. Kein Smartphone. Kein Internet. Nichts. Eine Blockhütte in Schweden. Die Schären sollen sehr schön sein.«

»Mit deiner Rente wirst du dir Schweden nicht leisten können. Ich weiß ja, wo du arbeitest.«

»Oder halt die Seenplatte in Mecklenburg-Vorpommern.«

»Klingt nach 'nem Plan. Ich geh wieder nach oben. Die Arbeit ruft.«

Ines geht. Die schwarzen Locken schwingen. Ihr Po zeichnet sich gut in der Jeans ab. Sieht man leider nicht im Fernsehen. Die Nachrichten sind immer von vorn.

Um an ein paar zusätzliche Informationen im Fall des Wasserpistolen-Attentäters zu kommen, beschließt Sascha seine Verbindungen bei der Polizei spielen zu lassen und Kriminalhauptkommissar Grosch anzurufen.

Sascha kennt ihn seit der Schulzeit, damals hieß er aber noch nicht Kriminalhauptkommissar mit Vornamen, sondern einfach Björn. Klassenkameraden seit der 7. Klasse. Sie tauschten Comics und kifften gemeinsam am Badesee. Gegrillt wurde damals noch nicht überall. Sie tanzten gemeinsam. Der DJ legte jedes Wochenende die gleichen Songs auf. Hoher Wiedererkennungswert. Björn hatte zuerst punkige Klamotten an. Mit dem Siegeszug von *Nirvana* stieg er auf Holzfällerhemden um. Sein Tanzstil änderte sich dadurch nicht.

Exzessiv genug, um den Mädchen aufzufallen. Sascha war immer von Kopf bis Fuß in Schwarz. Sogar schwarze Unterwäsche und schwarze Socken. Anstatt zu tanzen, nickte er mit einem Bier an die Wand gelehnt existenzialistisch den Spitzen seiner Cowboy-Stiefel zu. Das fiel auch ein paar Mädchen auf, aber es waren meistens die, die über Literatur diskutieren wollten.

Nach dem Abitur machte Sascha in Geisteswissenschaften. Björn bewarb sich bei der Polizei. Fast hätte er den Eignungstest nicht bestanden, weil er drei Wochen vor dem Termin beim Fußball übel gefoult wurde. Ging aber noch mal gut. Er war bereits dabei, eine Bande rumänischer Geldautomatenknacker zu verfolgen, als Sascha nach dem Studium noch Taxi fuhr. Hatte ihm ja jeder geraten: bloß keine Geisteswissenschaften!

Dauerte aber ein bisschen, bis Sascha darauf kam, dass die Pragmatiker recht hatten. Eine angemessene Bezahlung gibt es für Ökonomen und für Ingenieure, aber nicht fürs Denken in größeren Zusammenhängen. Außer man gründet eine neue Religion. Im Studium war es ganz gut gelaufen. Die Verachtung, die Naturwissenschaftler seinen Studiengängen entgegenbrachten, legte sich meist schnell, wenn sie die überwältigende Zahl weiblicher Studentinnen in den Hörsälen der geisteswissenschaftlichen Fakultät wahrgenommen hatten.

Am meisten genoss es Sascha, auf einer Decke im Universitätsgarten bei einer Flasche Rotwein vor blonden Kommilitoninnen eloquent über Jacques Derrida und Gilles Deleuze zu referieren. Im Plauderton. Lässig. Als hätte er sich seit der Vorschule mit nichts anderem beschäftigt als der systemkritischen Analyse von Texten zur alternativen Metaphysik. Für diese Momente, in denen sich Geisteswissenschaftlerinnen verlieben, waren nach Saschas Ansicht verschiedene philosophische Disziplinen überhaupt erst entstanden. Und dann findest du dich in deiner Heimatstadt in einem Taxi wieder und fährst während der Kneipennacht Betrunkene von einer Location zur nächsten. Natürlich alle gut drauf. Voll gut drauf. Als Fahrer bist du schon froh, wenn keiner ins Taxi kotzt.

Während des Studiums war der Kontakt zu Björn eingeschlafen, aber dann wurde er einmal von ihm verhört, weil ein Taxifahrer überfallen worden war und auch scheinbar unwichtige Beobachtungen der Polizei weiterhelfen konnten. Tatsächlich wurde der Räuber ein paar Wochen später gefasst; das lag aber daran, dass er von einer Taxifahrerin rundgemacht wurde. Das volle Programm. Pfefferspray in die Augen. Glasflasche über den Kopf. Der Typ war einfach an die Falsche geraten.

Wegen der vielen Verrückten machte Taxifahren keinen Spaß. Und wegen der Langeweile. Und der schlechten Bezahlung. Das Taxi war Sascha wieder losgeworden, aber Unterwegssein und schlechte Bezahlung hatten sich an ihn geheftet. Mit der Kamera unterwegs zu einer Massenschlägerei. Der Show eines abgenudelten Schlagerstars in einem Möbelmarkt. Dem Auftritt eines Star-Kochs in einem Küchenstudio. Sascha war schon froh darüber wenn eine chinesische Delegation erschien, die sich an einem nahegelegenen Stausee darüber informierte, wie man Algen mit ökologischen Mitteln eindämmen konnte. Wenn Sascha nicht gerade dreht, dann hockt er die meiste Zeit im Auto oder vor dem Computer. Deshalb kneift der Rücken. Früher dachte er gar nicht daran, dass er einen Rücken besitzt.

Björn dagegen ist in Form. Er klettert und läuft Halbmarathons. Außerdem hat er im Einsatz schon von der Schusswaffe Gebrauch gemacht. Ehestreit. Die Frau schrie wie am Spieß, bis ihr Mann sie ans Bett fesselte und knebelte. Björn verschaffte sich mit einem Kollegen über eine unverschlossene Kellertür Zugang zum Haus. Der Ehemann war dabei, seine ans Bett gefesselte Frau mit Benzin zu übergießen. Als er ein

Feuerzeug aus der Hose zog, schoss ihm Björn ins Knie. Sofort sackte der Irre zusammen. Der Kollege sprang auf ihn, aber das Feuerzeug wollte der Mann einfach nicht hergeben. Erst als der Ringfinger gebrochen war, ließ er es los. Sascha hatte damals darüber berichtet. Die Reportage hat bis heute die meisten Klicks auf der Sender-Homepage.

Jetzt also der Wasserpistolen-Schütze. Die Story ist nicht einmal so schlecht. Weniger brutal, aber schön skurril. Bringt bestimmt auch viele Klicks auf der Homepage.

»Grosch«, meldet sich der Kriminalhauptkommissar am Telefon.

»Hier ist Sascha.«

»Dienstlich oder privat?«

»Na ja.«

»Du weißt, dass ich dich an unseren Pressesprecher verweisen muss. Worum geht's denn?«

»Der Wasserpistolen-Amokläufer in der Telefonzelle.«

»Welche Telefonzelle meinst du?«

»Sehr witzig.«

»Sitzt der Joker noch in Untersuchungshaft?«

»Der Joker landet nicht in Untersuchungshaft, sondern im Arkham Asylum.«

»Also ist der Täter in der Bezirksklinik?«

»Geschlossene. Wahrscheinlich ist er in ein paar Tagen raus. Die Bezirksklinik ist bis unters Dach voll mit Crystal-Junkies.«

»Wird es die Polizistin überleben? Ist ihr Zustand stabil?«

»Das war eine Wasserspritzpistole. Und bevor du fragst: Nein, die Flüssigkeit war kein Urin. Die Kollegin musste sich schon genug sexistische Sprüche anhören.«

»Danke. Wir machen eine Top-Meldung daraus.«

»Ich will nicht genannt werden.«

»Klar. Du bist noch nie genannt worden. Wir haben ja Informantenschutz. Wie geht es Katharina?«

»Sie ist ausgezogen. Sie treibt es jetzt mit so einem Investmentfond-Idioten.«

»Tut mir leid.«

»Früher oder später kriegen wir den am Arsch. Das ist nicht sauber, was der Kerl macht.«

»Und was hast du jetzt vor? Ich meine: mit deinem Single-Dasein. Mal ganz privat gefragt.«

»Ich werde die Tür nicht aufmachen, wenn sie heulend davorsteht und zurück zu mir will.«

»Würde ich auch nicht machen.«

»Die Drecksschlampe.«

»Frauen kommen meistens nur zurück, wenn man einen Lottogewinn macht.«

»Dann sollte ich nicht anfangen, zu spielen.«

Max kriecht über die verschneite Böschung. Immer wieder rutscht er weg und muss sich mit den Händen Halt suchen. Wenigstens sind die Handschuhe dicht. Ziegenleder mit Fleece-Innenteil. Die Nähte doppelt verstärkt. Die Handschuhe sind ihr Geld wert, aber von unten wird er durchgefroren. Er hasst nasse Füße. Scheiß Schnee. Scheiß Winter Wonderland. Die Kälte beißt sich in ihm nach oben, bis in die Blase. Dauernd das Gefühl, pissen zu müssen. Wahrscheinlich hat er morgen eine Blasenentzündung. Für zwanzigtausend Euro gehen ein paar Unpässlichkeiten durch.

Weiter oben am Hang sieht Max eine Erhebung im Schnee. Er klettert hoch. Über ihm lärmt ein Sattelzug vorbei. Auf keinen Fall Flüsterasphalt. Max wischt den Schnee weg. Eine Einwegwindel mit eingefrorener Kacke. Irgendwelche Idioten wickeln ihr Baby während der Fahrt und werfen den Abfall einfach aus dem Auto. Ist das eigentlich erlaubt?

Als Max weiter die Böschung entlanggeht, rutscht Schnee von oben erst in den einen, dann in den anderen Schuh. Er flucht. Allerdings versöhnt ihn der Gedanke, dass seine Füße schon vorher nass waren. Und dass es definitiv nichts gebracht hätte, Schuhe zu imprägnieren. Irgendwie ist die Welt doch im Gleichgewicht. Jedenfalls bis zu dem Zeitpunkt, als Max auf die andere Fußspur trifft. Wenn man gerade auf der Suche nach einem Päckchen Crystal Meth in einer malerischen, winterlichen Autobahnkulisse ist, sind Fußspuren so ziemlich das Letzte, was man braucht.

Instinktiv langt Max an eine Tasche seiner Outdoor-Jacke. Das Messer ist da. Gut. Der Reißverschluss ist zu. Er braucht dringend eine Knarre. Er beschleunigt seine Schritte. Immer wieder rutscht er aus. Scheiß Schnee. Scheiß Fußspuren. Einen harmlosen Spaziergang macht jedenfalls keiner direkt neben der Autobahn.

Ein Fernbus fährt vorbei. Max dreht das Gesicht weg, obwohl der Bus zu schnell ist, als dass ihn hinterher jemand auf einem Polizeifoto erkennen könnte. Außerdem ist die Landschaft so langweilig, dass vermutlich alle Fahrgäste damit beschäftigt sind, ein Handyspiel zu zocken, einen Krimi zu lesen oder ihren Facebook-Beziehungsstatus auf den aktuellen Stand zu bringen.

Nach einer langgezogenen Kurve sieht Max den Verursacher der Fußspuren. Roter Anorak. Im Schnee so leicht auszumachen wie ein Papagei. Max hat Tarnfarben erwartet. Der Typ scheint sich verdammt sicher zu fühlen. Zu sicher. Oder er ist einfach ein Vollpfosten.

Max rennt von der Böschung in den Wald. Schlägt sich durchs Unterholz. Durch die Bäume leuchtet der rote Anorak. Jetzt sehr viel näher. Max schleicht sich von Baum zu Baum. Beobachtet. Hält den Atem an. Beobachtet.

Der Kerl im roten Anorak bückt sich. Hebt etwas im Schnee auf. Steckt es schnell in seinen Rucksack.

Ein paar Nervenzellengruppen im Hypothalamus schlagen den guten alten impulsiven Lösungsweg vor: wie ein Berserker aus dem Wald stürzen und das Arschgesicht kaputt machen. Glücklicherweise blockiert sofort das Mittelhirn und als sich das Kleinhirn dazugesellt, fängt Max an, vor sich hin zu grinsen. Nicht mal so schlecht, dass der Sponk das Päckchen für ihn gefunden hat. Jetzt muss er es nur noch brav abliefern. Natürlich nicht hier auf dem Präsentierteller, sondern an einem ruhig gelegenen Übergabeplatz.

Nach ein paar Hundert Metern wird die Böschung von einem Entwässerungskanal zerschnitten. Der Kerl im roten Anorak steigt nach unten und beginnt ein großes, betoniertes Regenauffangbecken zu umrunden. Dabei kommt er nahe an den Wald. Zum Greifen nahe. Max springt den Fremden von hinten an. Nimmt ihn in den Würgegriff. Er kann spüren, dass sich der Angegriffene am liebsten die Seele aus dem roten Anorak schreien würde, aber die Luft bleibt stecken. Die Atemwege sind dicht. Er zerrt den zappelnden Typen in den Wald. Bei so einem schmalen Hemd überhaupt kein Problem. Da kann der Honk so viel um sich schlagen und treten, wie er will.

Einmal wird Max von einer Schuhsohle am Schienbein getroffen, dann ist der Widerstand vorbei und der Fremde sackt nach vorn. Sicherheitshalber stößt er den Mann mit dem Kopf gegen einen Baum. Irgendwas knackt. Vielleicht die Nase. Der Baum war es jedenfalls nicht.

Der Kerl fällt nach hinten auf den Rucksack. Irgendwas knistert laut. Blutbläschen bilden sich vor der Nase des am Boden Liegenden. Vor dem, was von der Nase übrig ist. Bewusstlos, aber am Leben. Als Max den Körper umdreht, beschmiert er seine Handschuhe und die Outdoor-Jacke mit Blut. Als er die Gurte des Rucksacks von den Schultern rupft, stöhnt der Mann. Max öffnet die Verschlüsse des Rucksacks und schüttet den Inhalt auf den Boden. Leere Plastikflaschen springen mit einem hohlen Geräusch über den Boden.

Ein Flaschensammler. Ein Penner, der den Zivilisationsmüll neben der Autobahn zusammenträgt, um mit dem Flaschenpfand seine Stütze aufzubessern. Besser so. Besser als irgendein Profi. Als ein Bulle. Oder als einer von Ludviks Männern. Mit beiden Händen schiebt Max die Plastikflaschen zur Seite. Kein Päckchen. Er öffnet alle Reißverschlüsse und durchstöbert auch die letzten Winkel. Nichts. Stöhnend kommt der Bewusstlose zu sich. Röchelt wegen des Bluts in den Atemwegen. Unverständliche Worte, mehr gekaut als gesagt. Nichts. Max kann riechen, dass der Typ eingekotet hat. Der Gestank macht ihn wütend. Nichts zu finden, macht ihn noch wütender. Max hat tierisch Lust, der vollgeschissenen Menschenhülle vor ihm so richtig auf die kaputte Fresse zu schlagen. Und das macht er dann auch. In your face. Immer mitten in die Fresse rein.

»Blöder Aso!«, brüllt Max.

Der Flaschensammler spuckt Blut in den Schnee. Max durchsucht Jacken- und Hosentaschen. Tastet den Penner gründlich ab. Ein Geldbeutel. Max zieht den Personalausweis aus einem Fach.

»Hör mal, Helmut – hast du etwas gefunden, das dir nicht gehört?«

Helmut schüttelt den Kopf.

»Du kannst das Leergut haben«, stöhnt der Flaschensammler. Max steht auf und tritt ihm mit voller Kraft in die Rippen.

Helmut krümmt sich. Schnappt nach Luft. Als wieder genug Luft in den Lungen ist, presst sich ein Klagelaut daraus hervor. Seltsam hoch. Dann geht der Laut in Wimmern über und schließlich in eine Art Winseln.

»Dir ist wohl nichts peinlich, du Hodenkopf«, sagt Max verächtlich. Max tritt noch einmal. Zweimal.

Er hebt leere Plastikflaschen vom Waldboden auf und bewirft damit den weinenden Mann.

»Tschüs, du Made.«

Genüsslich holt er zu einem abschließenden Tritt aus. Volltreffer. Mitten in Helmut hinein.

Max geht durch den Wald zurück. Schön, wenn das Wimmern leiser wird. So ein Opfer. Eigentlich zu viel Zeit investiert, aber die scheiß Wut muss raus. Muss wohin. Braucht ein Ventil. Schön, aus dem Wald zu treten und in eine verschneite Landschaft zu gehen wie in ein Landschaftsgemälde. Weit und offen. Sogar die Sonne kommt durch. Max setzt seine Sonnenbrille auf. Ohne nasse Füße wäre er besser drauf. Zufrieden wäre er nur, wenn er das Päckchen hätte. Das scheiß Crystal-Päckchen.

Als Max am Auto ankommt, ist er froh, dass auch die letzten Strahlen der untergehenden Sonne die Windschutzscheibe wärmen und er sich den nervigen Einsatz des Eiskratzers sparen kann. Außerdem hat er darauf geachtet, das Auto auf der leicht abschüssigen, asphaltierten Einfahrt zu einem Feldweg abzustellen, damit kein Traktor ihn rausziehen muss, wenn es überraschend schneit oder der Boden bei Tauwetter bodenlos wird. Natürlich werden so Reifenspuren vermieden, die sich von Experten sichern lassen, bis endlich im Frühjahr die ersten Mountainbiker drüberbrettern. Max ist zufrieden mit sich, aber als er das Auto startet, überkommen ihn Zweifel.

Der Asi hat ihn gesehen. Helmut ist nicht nur ein Opfer. Er ist auch ein Zeuge. Wenn die Cops das Crystal finden, das Max aus dem Auto geworfen hat, ist es kacke. *Sehr schlecht,* würde Ludvik sagen. Vielleicht liegt das Zeug längst in der Asservatenkammer. Manchmal findet auch ein blindes Huhn ein Ei.

Max dreht den Zündschlüssel um. Der Motor geht mit einem unzufriedenen Grummeln aus. Alles ist ruhig. Zu Wald stellt man sich immer Rauschen vor. Er schweigt einfach vor sich hin. Scheiß Wald.

Max versucht, einen klaren Gedanken zu fassen, stattdessen gibt es Kopfsalat. Hirnfick. Der Stress. Oder vielleicht ist es zu ruhig. Meth wär jetzt gut für die Konzentration. Er reibt sich über den Ellbogen. Über die Stirn. Langsam wird es dunkel.

Max startet den Wagen wieder, macht das Abblendlicht an und fährt auf die Landstraße. Vorbei an dem Hinweisschild eines Brauerei-Gasthofs mit dem Werbeslogan *Land.Lust.Genuss.* Vorbei an einem Kreuz am Straßenrand mit vertrockneten Blumen. Auf der anderen Seite läuft ein einsamer Wanderer. Schlecht zu sehen in der dunklen Kleidung. Leichtsinnig. Erst aus der Nähe erkennt Max den roten Anorak. Bei der nächsten Wendemöglichkeit kehrt er um. Beschleunigt. Hinter dem Fußgänger geht er vom Gas, damit er nicht zu weit durch die Luft fliegt. Fast mit Schrittgeschwindigkeit rammt er Helmut. Trotzdem ist das Geräusch schön dumpf. Max springt aus dem Auto und zerrt den bewusstlosen Penner an der Kleidung um das Auto, öffnet den Kofferraum und packt das Opfer hinein. Erst als er bereits im Auto sitzt, kommt ein anderes Fahrzeug entgegen. Manchmal meint es der Straßenverkehr gut mit ihm.

Max fährt ein paar Umwege, bis es dunkel ist. Er hält an einer Fußgängerbrücke, die über die Autobahn führt. Vorsichtig öffnet er den Kofferraum. Keine Gegenwehr. Helmut ist noch besinnungslos. Er richtet den Flaschensammler auf und legt einen Arm quer um dessen Rumpf. Mit dem Affengriff, den er im Erste-Hilfe-Kurs gelernt hat, schleift er den Körper zur Brücke. Die Sonne hat den Schnee weggetaut. Sehr gut. Keine Spuren. Helmut stöhnt. Arme über das Brückengeländer und die Füße packen. Dann mit einem kräftigen Ruck nach vorn. Max hört das hässliche Geräusch, mit dem Körpergewebe auf die Fahrbahn klatscht.

Er stützt sich am Geländer ab und atmet durch. Er schaut nach unten. Ein verrenkter Körper im Scheinwerferlicht. Helmut schaut bereits jetzt fertig aus. Ein LKW mit osteuropäischem Kennzeichen fährt über ihn und hält nicht an.

Max holt eine Handvoll Schnee und wischt das Brückengeländer ab.

Als sich Sascha aus dem Kaffeeautomaten einen Cappuccino lässt, stellt sich ausgerechnet Werner neben ihn. Das hat ihm gerade noch gefehlt. Er ist zwar sehr für Kollegialität und so, aber Werner ist einfach ein Arsch.

»Wie war dein Tag?«, fragt Werner.

»Ich hatte ein Interview mit dem Leerstandsmanager.«

»Langweilig, oder?«

»Der demographische Wandel ist schuld.«

»Scheiß demographischer Wandel. Deshalb macht früher oder später auch das Sendehaus zu.«

Sascha nimmt einen Schluck Cappuccino. Er schmeckt beschissen wie immer.

»Und was läuft bei dir, Werner?«

»Ein Penner ist von einer Autobahnbrücke gefallen. Mehrere Autos sind über ihn drübergefahren.«

»Scheiße.«

»Ist schon gestern Abend passiert. Hat nicht viel Bilder hergegeben. War alles schon weggeräumt, als ich ankam. Der Verkehr muss ja fließen.«

»Ein Profi wie du wird schon was daraus zaubern.«

Sascha verabschiedet sich mit einem Lächeln und Daumen nach oben. Werner schaut befremdet. An seinem Computer schneidet Sascha den Bericht über das Leerstandsmanagement zusammen. Viel 70er-Jahre-Waschbeton mit Taubenkacke. Ab und zu ein Schluck aus einer kleinen Weißweinflasche, die Sascha auf dem Rückweg ins Studio in einem Discounter gekauft hat. Es macht ihm Spaß, die Reportage mit Songs der Band *The Presidents Of The United States Of America,* die außer ihm kaum einer kennt, zu untermalen. Anschließend packt er seine Sachen und macht sich auf den Nachhauseweg.

In den Redaktionsräumen stoßen eine Handvoll Kollegen an, weil die Polizei in Hessen ein paar Handy-Perverse festgenommen hat, die gefilmt haben, wie ein im Führerhaus eingeklemmter Lastwagenfahrer verbrannt ist, anstatt ihm zu helfen. Sascha trinkt bereitwillig einen Sekt mit. Stößt mit Ines an.

»Was hätten wir gemacht?«, fragt Sascha.

»Natürlich hätten wir versucht, den Lastwagenfahrer zu retten«, sagt Ines.

Sascha stellt sein leeres Glas ab.

»Ich bin mir nicht sicher.«

Sascha macht auf dem Nachhauseweg noch einen kleinen Umweg über das *Taktlos*. Ein schnelles Bier. Oder zwei. Das *Taktlos* hat als Bier der Woche ein Imperial Pale Ale. Die Engländer haben die Biersorte für ihre Kolonialtruppen entwickelt. Es wurde in der Heimat mit satten sechzehn Prozent Stammwürze reichlich Hopfen eingebraut, um es haltbarer zu machen, damit es auf dem langen Seeweg um Afrika nicht verdarb. In Indien sollte es dann eigentlich 1:1 mit Wasser verdünnt werden, aber die Soldaten pfiffen es sich lieber unverschnitten rein. Man erreicht eher seinen Spiegel. Das ist von Vorteil, wenn es schnell gehen muss. Zum Beispiel, wenn der Trinker nicht so spät nach Hause kommen will. Sascha hat keinen Bock, von Lydia auf sein *riskantes* Trinkverhalten hingewiesen zu werden. Und darauf, dass er ja eigentlich enthaltsam bleiben wollte in der letzten Phase der Schwangerschaft, um jederzeit Auto fahren zu können, wenn die Wehen einsetzen. Oder die Fruchtblase platzt. Kann ja alles passieren. Heimlich trinken macht ein schlechtes Gewissen. Auch deshalb ist es besser, wenn es schneller geht. Als Sascha das *Taktlos* betritt, sieht er Carsten am Tresen sitzen. Und Carsten sieht ihn. Klatscht ihm so fest auf die Schulter, dass es Sascha noch länger spüren kann.

»Alles klar bei dir?«, fragt Carsten.

»Grüner Bereich nach dem ersten Pale Ale.«

»Da bin ich dabei.«

Sie bestellen. Der Student am Zapfhahn ist verdammt schnell. Sie prosten und trinken.

»Stehst du noch jedes Wochenende vor der *Tanzfabrik* rum?«, fragt Sascha.

»Ich mach den Türsteher-Job nicht mehr.«

»Echt?«

»Ich werde langsam zu alt für den Scheiß.«

»Kannst du das noch mal sagen, damit ich es mit dem Handy mitschneiden kann?«

»Leck mich.«

»Ich dachte, du würdest es noch als Rentner machen.«

»Und warum sollte ich das?«

»Weil es dir Spaß macht.«

»Frag mal meinen Rücken. Die ganzen Gelenke. Meinen Blutdruck. Meine Mutter.«

»Deine Mutter?«

Sascha lacht.

»Was ist daran so witzig? Eine Mutter hat doch jeder. Sie steht nicht so drauf, wenn ich Wochenende für Wochenende die Birne hinhalte. Sie findet mein Gesicht gut. Und ich bin auch happy, wenn ich keine Ersatzteile brauche.«

»Und wie verdienst du jetzt dein Geld?«

»Freiberuflich. Autoüberführungen. Vom Händler zum Kunden.«

»Macht das Spaß?«

»Man muss schon gerne Auto fahren. Für den Rücken ist es natürlich ebenfalls schlecht.«

»Ich stell mir Autoüberführungen auf Dauer langweilig vor. Vor einer Tür zu stehen eigentlich auch.«

»Langweilig? Du hast keine Ahnung, was du als Türsteher erlebst. Der Job hat sich in den letzten Jahren ganz schön verändert.«

»Was verändert sich daran, eine Tür zu bewachen und bedrohlich auszuschauen?«

»Die Tür ist die alte. Schweres Metall. Aber die Leute sind anders. Früher ist man noch mit Psychologie durchgekommen.

Reden und so. Fies schauen. Wenn einer blöd kam, hat man noch fieser geschaut. Heute wollen die dir immer sofort auf die Fresse hauen. Vor allem, wenn sie auf Meth sind. Natürlich haben wir auch unsere Möglichkeiten. Wir hauen die um und versuchen die mit Alustäben an den Gelenken zu fesseln und bewegungsunfähig zu machen. Im Ernstfall das Knie auf den Schädel. Trotzdem wehren die sich zwanzig Minuten. Mit Crystal spürst du keinen Schmerz. Die zappeln rum, bis das ganze Gesicht im Schotter aufgerissen ist. Das tut weh beim Zuschauen. Und halt mal jemanden zwanzig Minuten fest. Das ist, als hättest du selber einen epileptischen Anfall. Hinterher brauchst du nichts mehr. Alles verkrampft. Jeder Muskel tut dir weh.«

»Klingt nach einem scheiß Job.«

»Am schlimmsten sind die Russen.«

»Wird's jetzt rassistisch bei dir?«

»Und wird's bei dir jetzt politisch korrekt? Wahrscheinlich liegt es nicht mal daran, wo die Russen herkommen, sondern daran, was die sich so reinpfeifen. Du schlägst die vier Mal nieder – und sie stehen vier Mal wieder auf. Einmal habe ich Eugen, so einen ganz durchgeknallten Typen, sogar fünf Mal mit dem Elektroschocker umgepustet. Der Kerl hat sich nach jeder Ladung auf dem Boden kurz geschüttelt, ist wieder aufgestanden und auf mich losgegangen. Das war schon bizarr. Möchtest du so etwas jedes Wochenende erleben?«

»Auf keinen Fall. Ich habe ja nicht mal deine Statur. Und was ist mit der Polizei? Die schwirren doch auch da oben vor dem Laden rum?«

»Die Bullen sind keine Hilfe. Die Streifenbesatzungen sind überwiegend damit beschäftigt, Alkoholkontrollen durchzuführen. Einmal blasen bitte, wie im Puff. Dafür gibt's ja auch Geld. Wenn genug Promille zusammenkommen, geht es ab ins

Klinikum zum Bluttest. Und tschüs. Natürlich haben die Bullen nichts dagegen, wenn wir an der Eingangstür für sie die Drecksarbeit übernehmen. Bei freiheitsberaubenden Maßnahmen reagieren sie aber empfindlich. Dabei sind Kabelbinder wirklich eine gute Methode, um jemanden ruhigzustellen. Die Psychos kennen das alle aus dem Fernsehen. SWAT-Teams. Anti-Terror-Einsatz. Kabelbinder. Bei allem, was sie aus dem Fernsehen kennen, werden die Irren ruhig. Dauernd werden in Serien Leute mit Kabelbindern gefesselt. Dabei kannst du dich aus den Plastikdingern total leicht befreien, wenn du es draufhast. Die meisten haben es allerdings nicht drauf.«

Nach zwei weiteren Pale Ale verabschiedet sich Sascha von Carsten.

Auf dem Nachhauseweg macht er sich auf den kürzeren Weg durch den Park, obwohl der nicht sicher ist. Er ist zugeschissen. Der Park ist für den Spaziergänger das Las Vegas der Hundehäufchen-Lotterie. Überall kann man das große Los ziehen. Bei Neuschnee tritt man besonders leicht in frische Scheiße. Wenn man Glück hat, ist sie schon gefroren. Die nahegelegene Grundschule ließ vor den letzten Sommerferien ihre Schüler alle Hundehaufen mit Papierfähnchen markieren. Sascha machte damals eine Reportage über die Aktion. Nachdem die Schüler fertig waren, hatte sich der ganze Park in ein einziges Papierfähnchen-Meer verwandelt. Aus Spargründen ist nachts nur jede zweite Laterne eingestellt. Im Schatten dazwischen lauert entweder der Scheißhaufen auf dich oder ein paar Jugendliche, die in Bandenkriminalität machen. Deshalb umgeht Sascha nachts gerne den Park, aber diesmal läuft er geradewegs hindurch. Sogar über den Rasen bei vollkommener Dunkelheit. Er ist spät dran. Er ist hängengeblieben.

Als er die Wohnungstür öffnet, kommt ihm Lydia entgegen.

»Hast du getrunken?«

»Alles gut.«

»Alles gut? Du grinst so blöd, als hättest du schon eine Menge Alkohol.«

»Ich freue mich bloß, dich zu sehen.«

»Na, klar.«

»Ich hab nichts getrunken.«

»Du stinkst.«

»Okay. Ein Bier auf dem Nachhauseweg.«

»Lüg mich nicht an.«

»Ich lüg dich doch nicht an.«

Mit Lydias Augen passiert etwas. Sie werden ganz schmal.

»Stell dir mal vor, jetzt würden die Wehen einsetzen«, brüllt sie.

»Tut mir leid«, sagt Sascha.

Er denkt nach.

»Wir könnten ein Taxi nehmen.«

Türknallend geht Lydia ins Schlafzimmer.

Sascha schleicht ins Kinderzimmer. Trotz des Lärms schläft Julian friedlich in seinem Bett. Die Nachtlampe malt bunte Farben an die Wand.

Sascha verbringt die Nacht auf der Wohnzimmercouch.

Am nächsten Morgen ist die Wohnung leer. Lydia hat Julian in die Kinderkrippe gebracht. Sascha hat bei den Kindergärtnerinnen nachgefragt. Wahrscheinlich sitzt seine Frau in einem Café und bearbeitet Pläne am Notebook. Shopping-Malls, Verwaltungsgebäude, Wohnhäuser in Hanglage. Lydia kann alles, aber nur schlecht von ihrem Job loslassen. Manchmal lässt sie

Sascha auch spüren, wie talentiert sie ist und dass sie mehr zum gemeinsamen Einkommen beiträgt. Eigentlich ist sie schon seit vier Wochen in Mutterschutz, aber sie hat sich Arbeit mit nach Hause genommen. Sie ist ehrgeizig. Vor der Geburt will sie unbedingt noch das eine oder andere Projekt abschließen. Zum Glück ist bei Julian das Leistungs-Gen seiner Mutter bisher nicht in Erscheinung getreten. Wahrscheinlich isst der Sohn gerade gemütlich sein Fruchtjoghurt beim gemeinsamen Frühstück mit den anderen Kindern und den netten Kindergärtnerinnen. Vermutlich kleckert er, aber die freundlichen Pädagoginnen weisen ihn darauf hin. Danach hält er den Löffel besser und es geht in die Außenanlage. Actioneinlagen auf TÜV-geprüften Klettergerüsten. Die Erzieherinnen stehen aufmerksam daneben. Die anderen Kinder sind nicht immer so freundlich. Treten manchmal absichtlich nach denen, die hinter ihnen die Leiter hochklettern. Fieses Pack.

Sascha schreibt Lydia mehrere WhatsApp-Nachrichten. Lydia antwortet nicht. In der Redaktion kann sich Sascha nicht auf seine Arbeit konzentrieren. Immer wieder schaut er auf sein Smartphone, bis er das Hintergrundbild langweilig findet und ein neues einstellt. Wassertropfen auf grünem Untergrund.

Sascha fährt mit der Kamera zur Eröffnung eines neuen innovativen IT-Start-Ups. Stehempfang in einem Atrium mit einer Glasfront bis zum glänzenden Fußboden. Grußworte werden von Herren mit überwiegend schlechtem Krawattengeschmack entboten. Eine grüne Bundestagsabgeordnete berauscht sich an ihrer eigenen Rede über die Zukunftschancen der innovativen deutschen IT-Landschaft. Wahrscheinlich rechnet sie in Wirklichkeit damit, dass der Laden in eineinhalb Jahren wieder dichtmacht, denkt er und greift noch zwei Gläser Sekt ab, dazu Süßkartoffel-Sushi und Bruschetta mit Ricotta Ossolana.

Anschließend schickt er eine neue Welle von WhatsApp-Nachrichten an Lydia. Sie antwortet nicht, obwohl sie die Nachrichten liest. Er kann es an den zwei blauen Häkchen sehen. Sascha wird fast verrückt. Erst sein Mittagsbier beruhigt ihn.

Er schneidet ein paar Beiträge und macht früher Schluss.

Als er nach Hause kommt, spielt Julian mit seinen Bauklötzen. Lydia sitzt mit dem Rücken zu Sascha auf einem Kissen. Als er etwa einen Meter hinter ihr ist, schaut sie sich kurz um und dreht sich wieder weg. Er küsst sie. Lydia erwidert den Kuss nicht, aber sie lässt ihn sich gefallen.

Sascha baut mit Julian einen riesigen Turm. Julian lacht, als er ihn einreißt.

Als sich Sascha wieder neben Lydia setzt, lässt sie es zu, dass er den Arm um ihre Schulter legt. Und die Hand auf ihren Bauch. Das Baby darin bewegt sich.

»Ich glaube, es gefällt ihr, wenn ihr Bruder lacht«, sagt Lydia und legt ihren Kopf auf Saschas Schulter. Ein schöner Moment. Sascha wagt kaum, sich zu bewegen, um das Glück nicht zu verschrecken. Julian klettert auf die Couchgarnitur. Er springt auf seinen Vater. Sascha fängt ihn und wälzt sich mit ihm über den Boden.

Kira mag es nicht, wenn der Eindruck entsteht, dass sie dämlich ist oder irgendwie hörig oder auf andere Art ferngesteuert. Trotzdem sitzt sie neben Max im Auto und hat ihm das restliche Geld gegeben, das sie von ihrem Vater geklaut und für

Neuseeland eingeplant hatte. Geld, wegen dem ein Hund sterben musste. In Filmen kann sie Frauen nicht leiden, die so drauf sind. Die ihre Selbstachtung verlieren, weil sie einen Idioten zu sehr lieben.

Kira hasst die Fahrten ins tschechische Hinterland. Auch wenn vieles dafür spricht. Billig Zigaretten einkaufen. Billig Schnitzel essen. Billig die Nägel machen lassen. In Cheb gibt es eine Straße mit drei Nagelstudios direkt nebeneinander, aber Kira kann Fahrten mit geklauten Nummernschildern nicht leiden. Und die immer schmaler werdenden Straßen zum Übergabeort machen sie extrem unruhig.

Die letzten Meter zu Ludviks Haus geht die Landstraße in einen Schotterweg über. Kleine Steine klacken gegen das Bodenblech. Die Fichten am Straßenrand schauen im Scheinwerferlicht aus wie Skelette.

Als Max in die Einfahrt einbiegt, flammen die von Bewegungsmeldern gesteuerten Halogenleuchten auf. Kira kneift die Augenlider zusammen. Die Augen müssen sich an das grelle Licht gewöhnen.

Max parkt das Auto im Lichtkegel und steigt aus.

Ludvik kommt aus dem Haus und schaut sich um. Die rechte Hand hat er unnatürlich hinter seinem Rücken versteckt.

Kira fährt das Beifahrerfenster nach unten, damit Ludvik sie auch sehen kann. Er holt die rechte Hand hinter seinem Rücken hervor, streift das Jackett kurz zurecht und winkt. Dann verschwindet er wieder im Haus.

Kira zündet sich eine Zigarette an. Warten ist auch nicht ihre Stärke.

»Alles gut, Baby«, sagt Max.

Ludvik bleibt in der Haustür stehen und peilt noch einmal

kurz die Lage. Erst dann tritt er ins Freie. In der einen Hand eine Plastiktüte, in der anderen einen Karton. Max öffnet den Kofferraum. Ludvik übergibt Max den Karton und stopft den Plastikbeutel zum Ersatzreifen.

»Ist es diesmal blau?«, fragt Kira.

»Sehr witzig«, antwortet Ludvik, ohne eine Miene zu verziehen.

In echt ist Crystal nicht blau. Das gibt's nur im Fernsehen. Kira weiß das. Oder sie hat noch nie wirklich gutes Zeug zu Gesicht gekriegt. Max holt aus dem Karton eine Pistole und betrachtet sie von allen Seiten.

»Was ist das?«, fragt Kira mit einem schrillen Unterton in der Stimme.

»Eine Ceska«, sagt Ludvik. »Sehr gute Qualität. Die Chinesen bauen sie nach. Sogar die Amerikaner.«

Kira schaut Max streng an. So wie es Frauen in Dokusoaps machen. Max beachtet sie nicht. Er lächelt die Waffe in seiner Hand an.

»Wofür brauchst du die?«

»Für die Zombie-Apokalypse.«

Max wirft Ludvik den leeren Karton in die Hände und steckt sich die Waffe in den Hosenbund. So, dass sie von seiner Jacke verdeckt wird. Er zupft ein paarmal am Saum und betrachtet zufrieden das Ergebnis. Dann zieht er die Waffe schnell heraus. Steckt sie wieder hinein. Zieht wieder. So lange, bis sich die Geschwindigkeit professionell anfühlt. Ludvik und Max geben sich zum Abschied kurz die Hand und versuchen es mit einem Lächeln.

Wie immer ist Kira genervt, wenn Max erst mal das Handy per Bluetooth mit dem Player verbinden muss, bevor er endlich losfährt. Wenn im Kofferraum eine Plastiktüte mit Crystal liegt, ist sie noch ein wenig mehr genervt. Auf dem Smartphone sucht Max nach einer Datei. Das Display färbt dabei sein Gesicht ein und lässt ihn wie einen Geist aussehen.

»Muss das jetzt sein?«, fragt Kira.

»Das beruhigt dich, Kleine.«

Der Soundtrack von *Conan, der Barbar* erklingt.

»Dadurch wird die Landschaft größer«, sagt Max.

Kira ist der Meinung, dass die Landschaft schon groß genug ist. Vor allem jetzt in der Nacht, wenn es sich die Dunkelheit auf der Landschaft bequem gemacht hat.

Auf dem Rückweg fahren sie am Lidl in Asch vorbei. Der Parkplatz ist hell erleuchtet, obwohl kein einziges Auto darauf steht. An der Grenze wird man seit Jahren nicht mehr kontrolliert. Die Schranken sind weg. Die Wachhäuschen stehen noch, aber die Jalousien sind heruntergezogen. Max macht die Musik lauter, als er an der verlassenen Grenzstation vorbeifährt. Dann die Landstraße lang Richtung Autobahn. Kira schaut auf die Fahrbahnmarkierungen. Auch so ein Versuch, das Leben zu ordnen, denkt sie. Hinter ihnen leuchtet ein Blaulicht auf. Max schaut in den Rückspiegel und liest den Schriftzug: »STOPP! POLIZEI.« Kira dreht sich um. Sie sieht den Schriftzug spiegelverkehrt, aber egal, wie rum man liest: Es ist scheiße.

»Und jetzt?«, fragt Kira.

»Bleib cool.«

»Ich bin cool. Und sonst?«

»Frag dich: Was hätten Bonnie und Clyde gemacht?«

»Bonnie und Clyde sind tot.«

Max fährt in eine Parkbucht. Das Polizeiauto bleibt hinter ihnen stehen. Beide Türen öffnen sich. Zwei Polizisten mit Taschenlampen gehen auf Max' Auto zu. Die freie Hand haben sie an ihrer Pistole. Zuerst sind die Polizisten in den Außenspiegeln klein zu sehen, dann werden sie größer, und schließlich leuchten sie von links und rechts in das Auto. Max lässt die Fahrer- und die Beifahrerscheibe nach unten. »Guten Abend. Fahrzeugkontrolle. Führerschein und Fahrzeugpapiere.«

Max klappt den Sonnenschutz nach unten, holt die Dokumente heraus und übergibt sie. Der Polizist an der Fahrertür geht mit den Papieren weg und verschwindet damit im Wagen.

»Ich muss mal für kleine Mädchen«, sagt Kira durch das Beifahrerfenster.

»Bitte bleiben Sie im Fahrzeug.«

»Ich muss wirklich ganz dringend.«

Kira reißt die Tür auf. Dabei trifft sie den Polizisten am Bein. Sie stürzt an ihm vorbei. Einen kleinen Abhang nach unten. Der Polizist leuchtet ihr mit der Taschenlampe hinterher. Max springt aus dem Auto, zieht die Ceska aus dem Hosenbund. Der Kopf auf der anderen Seite des Autodachs dreht sich zu ihm. Max schießt mitten in ihn hinein. Der Polizist klappt einfach weg. Trotzdem Blutspritzer auf dem Autodach.

Dann dreht sich Max zum Polizeiauto und schießt mehrmals dorthin, wo der andere Beamte sitzen muss. Sehen kann er ihn nicht. Die Frontscheibe splittert. Blut sprüht ans Glas. Treffer.

Kira stolpert über ein Feld.

»Bleib stehen, blöde Kuh!«, ruft ihr Max hinterher.

Kira bleibt stehen. Stocksteif in der Landschaft. Sie spürt, dass die Dunkelheit sie zerquetschen möchte. Das Atmen macht ihr Mühe. Als würde die Lunge langsam zukleben, weil sich etwas Fettes, Ekliges hineinpresst. Sie dreht sich nicht um. Sie dreht sich auf keinen Fall um.

Max rennt zum Polizeiauto. Er rechnet damit, dass er noch einmal ballern muss. Wahrscheinlich ist es schwieriger, einem jammernden Schwerverletzten ins Gesicht zu schießen als einem Typen, der sich noch aktiv wehrt. Zum Glück ist der Bulle fertig. Die Schusswunden schauen nicht so spektakulär aus wie in einem Quentin-Tarantino-Film. Der Kopf ist noch dran. Trotzdem ekelhaft die Sauerei. Das Blut. Das Gewebe. Ein armseliges Polizistenleben im ganzen Fahrzeuginneren verteilt.

Max fischt den Führerschein und die Fahrzeugpapiere aus der Blutlache zwischen den Beinen des toten Polizisten. Er ist froh, dass er wegen der Kälte Handschuhe trägt. Er steckt die blutverschmierten Dokumente in die Jackentasche. Hinterher muss ich alles vernichten, denkt Max. Die Jacke. Die Handschuhe. Die Papiere. Ich werde behaupten, sie wurden mir mit meinem Geldbeutel gestohlen.

Max schaut auf das Armaturenbrett unter der zerborstenen Windschutzscheibe und atmet durch. Keine Kamera. Sehr gut. Sie sind noch nicht so weit, Robocop überall in die Provinz zu schicken. Keiner, der schon jetzt Bilder in der Einsatzzentrale auswertet. Und keiner, der einen Drohnenangriff befiehlt.

»Komm endlich her, Kira!«, brüllt Max.

Kira rührt sich nicht. Sie steht mit dem Rücken zu Max wie eingefroren auf dem schneebedeckten Feld und starrt in die Dunkelheit. Max rennt zu ihr und rüttelt sie. Selbst durch den Anorak kann er spüren, wie verspannt sie ist. Sie dreht sich zu ihm und sofort explodieren Tränen aus ihr. Mit den Fäusten trommelt sie auf seine Brust. Max packt ihre Handgelenke und zerrt sie daran zurück zum Auto.

»Nicht drauftreten«, sagt Max.

Kira muss einen Schritt über den am Boden liegenden Polizisten machen, als sie wieder einsteigt.

Max startet das Auto. Niemand verfolgt sie. Durchatmen.

»Bonnie und Clyde«, sagt Max, während sich der Conan-Soundtrack auftürmt. Nachdem Max auf der Autobahn ist, drückt er das Gaspedal bis zum Anschlag durch und sagt noch einmal »Bonnie und Clyde«.

»Halt die Fresse«, antwortet Kira mit einer Stimme, die von sehr weit herkommt und nicht richtig zu ihr gehören will.

Max ist froh, dass es auf der Autobahn wieder einen Verkehrsfluss gibt, mit dem man sich treiben lassen kann. Verschwinden.

Kira lehnt den Kopf gegen die Beifahrerscheibe. Sie spürt das Auto im Schädel. Die Vibration breitet sich im Körper aus.

»Ich hab mich eingepisst«, sagt Kira tonlos. Max schaut kurz auf ihren Schoß.

»Warum hast du nichts untergelegt?«

»Mir ist es vorher nicht aufgefallen. Du hast zwei Cops erschossen.«

Max sagt nichts.

Kira richtet sich in ihrem Sitz auf und starrt Max an.

»Warum hast du das gemacht?«

»Ich hab nicht vor, die nächsten zehn Jahre wegen Drogenschmuggels im Knast zu sitzen. Du?«

»Die kriegen uns.«

»Keiner kriegt uns, wenn wir gechillt bleiben.«

»Gechillt? Ich hab mich eingepisst. Ich bin nicht gechillt.«

»Wenn wir die Nerven behalten.«

»Hast du noch nie CSI gesehen? Ballistik. Forensik. Fingerabdrücke. DNA-Spuren. Die ganze beschissene Wissenschaft arbeitet gegen uns.«

»Die wissen doch nichts. Die haben mich noch nie mit Crystal erwischt. Weil ich clever bin. Weil ich einen Plan habe.«

»Ich will ein 3D-Modell deines Plans.«

»Glaub mal an mich!«

»Erst der Hund. Dann die Menschen, also die Bullen.«

»Maul jetzt! Ich kann das gerade nicht brauchen. Diesen Mangel an Vertrauen.«

Kira lehnt den Kopf wieder gegen die Beifahrerscheibe. Die Vibrationen im Kopf helfen.

»Die kriegen uns«, sagt sie.

Ein Schwarm roter Lichter neben der Autobahn.

Nachts sehen die Windräder aus wie ein Ufo-Landeplatz. Als gäbe es eine Direktverbindung ins All zu einem Rückzugsort, an den man jederzeit flüchten könnte.

Sascha hat vor ein paar Jahren einen Film über den Bau einer Windkraftanlage gedreht. Lief mehrmals auf dem Sender. Halbe Stunde. Eigentlich 23 Minuten plus Werbung.

Beeindruckende Bilder: die gigantischen, unterirdischen Stahlgeflechtwurzeln, die sich in den Boden nagen. Noch nicht ausgegossen mit Beton.

»Sieht man sonst ja nicht«, sagte Frau Wrobel vom Sicherheitsdienst, die ihn über die Baustelle begleitete.

»Können Sie sich mal davorstellen?«, fragte Sascha. »Hier in der leeren Landschaft hat man keinen Größenvergleich. Zumindest nicht, wenn man es nur auf einem Bildschirm sieht und nicht selbst in der Gegend rumsteht. Man sieht überhaupt nicht, wie riesig die Konstruktion ist.«

Frau Wrobel stellte sich vor das riesige Erdloch. Sascha machte gleich noch ein Interview.

»Mein Mann und ich sind seit Jahren für den Sicherheitsdienst tätig. Wir reisen mit dem Wohnwagen an. Ich bin tagsüber hier. Er hat die Nachtschicht. Wir sehen uns wenig, aber das ist ja vielleicht das Geheimnis einer glücklichen Beziehung. Wir sind seit 31 Jahren verheiratet. Es ist schön, Teil von etwas Größerem zu sein. Wir gestalten hier ja die Energiewende mit. Wind kostet nichts. Und er muss nicht Jahrtausende lang unterirdisch entsorgt werden. Nachdem er uns geholfen hat, ist er einfach weg. Am Ende ist die Konstruktion oben am Dynamo über 130 Meter groß. Mit Windrad sogar 187 Meter. Das ist fast dreimal so hoch wie Notre Dame in Paris.«

Da hatte Sascha den Titel für seine Doku: »Die Kathedralen des Winds.«

Als er von der Baustelle wegfuhr, sah er im Rückspiegel Frau Wrobel winkend neben einem gewaltigen Kran stehen. Das hätte er gerne gefilmt, aber er musste ja das Auto fahren. Momente, in denen er sich als Videojournalist einen zweiten Mitarbeiter wünscht. Ein Team. Nachts auf der Autobahn sieht er nur die Ufo-Lichter und nicht die riesigen Rotorenblätter, die Wind schaufeln.

Sascha nimmt einen Schluck aus dem Flachmann. Wodka. Dann steckt Sascha seinen Stick in den Player. Musik, die zu Windrädern passt. *Giant Sand.* Wüstenrock. Musik, die dich in Ruhe lässt und vorwärtsbewegt.

Sascha fährt von der Autobahn ab. Im Kreisverkehr steht hinter einer Abzweigung ein Polizeifahrzeug mit flackerndem Blaulicht quer über die Fahrbahn. Ein Polizist steht mit Kelle davor. Er schwenkt sie, als Sascha doch auf die gesperrte Straße einbiegt. Das orange Licht leuchtet auf.

»Hier können Sie nicht durch. Die Straße ist ...«

»Presse.«

Sascha zeigt auf das Schild an der Windschutzscheibe.

»Fernsehen.«

Der Beamte schaut misstrauisch ins Auto. Als er auf der Rückbank die Kameraausrüstung entdeckt, nickt er.

»Okay, ich mach die Durchfahrt frei.«

Auf der schnurgeraden Bundesstraße gibt Sascha hemmungslos Gas. Formel-Eins-Feeling. Die Polizei hat gerade etwas anders zu tun, als eine Radarfalle aufzubauen. Das Ziel ist leicht zu erkennen. Keine schwarz-weiß-karierte Fahne, sondern weiß-rote Absperrungen. Scheinwerfer, die das Szenario so hell ausleuchten, dass die Grashalme Schatten werfen. Menschen in weißen Schutzanzügen laufen herum, als wären Aliens gelandet, die dringend ins Area 51verbracht werden müssen, um fiese Experimente an ihnen durchzuführen. Rettungsfahrzeuge stehen neben einem Polizeiauto mit zersplitterter Windschutzscheibe.

Sascha parkt mitten auf der Straße. Kann man auch nicht jeden Tag machen. Tatsächlich steigt er breitbeiniger aus, wenn er mitten auf der Straße parkt. Schnell montiert er die Kameraausrüstung auf dem Rücksitz zusammen. Er entscheidet sich für die extra starke Beleuchtung. Während er auf die weiß-roten Absperrbänder zugeht, filmt er bereits.

Ein Polizist kommt auf ihn zu und fragt nach dem Ausweis. Sascha zeigt seinen Presseausweis. Der Polizist nickt und geht nach hinten, um den Verantwortlichen zu holen. Die Stimmung ist nicht gut.

Ein großgewachsener Beamter in Zivil erscheint.

»Zwei tote Polizeibeamte. Mehr können wir noch nicht sagen. Alles Weitere erfahren Sie morgen in der Pressekonferenz.«

Pressekonferenz. Da soll mal einer der Kollegen hin. Er schießt noch eine Totale, dann geht er zum Auto und packt die Kamera auf die Rückbank. Er holt das Handy aus der Gesäßtasche, um dem Chefredakteur eine SMS zu schicken. Das Display verzeichnet mehrere eingegangene Sprachnachrichten von Lydia.

»Es geht los. Ich habe Wehen.«

»Das ist echt der Ernstfall.«

»Ich lass mich von Mona ins Krankenhaus fahren. Sie passt dann auch auf Julian auf.«

»Verdammt, wo bist du, wenn man dich braucht?«

Sascha springt auf den Fahrersitz und startet das Auto. Wenden in drei Zügen. Klappt nicht so gut, wenn du Adrenalin ausschüttest. Sascha rast die Bundesstraße in einer irren Geschwindigkeit entlang. Die Mittelstreifen hetzen unter dem Bodenblech durch. Sascha schwitzt, obwohl es sich draußen abgekühlt hat. *Wo bist du, wenn man dich braucht?* Er hat Angst. Um das Baby, das er noch nicht kennt. Um die Frau, die er gut kennt. Vielleicht zu gut. Wenn er zu spät kommt, wird sie ihm das nicht verzeihen. Bei seiner Geburt hat die letzte Generation Väter vor dem Kreißsaal gewartet. Heute herrscht Anwesenheitspflicht.

Unter der Brücke durch. Den Berg hinunter. Hinter der nächsten Kurve wird er das Polizeiauto sehen, das in der Senke quer über die Fahrbahn steht. Dann durch den Kreisverkehr. Auf die Autobahn. Frei um die Zeit. Kaum LKWs. Ins Krankenhaus rennen. Auf jeden Fall rennen. Der blauen Linie folgen.

Die Augen funkeln im Scheinwerferlicht. Ein Fuchs steht mitten auf der Fahrbahn und starrt Sascha an. Oranges Fell. Weiße Schwanzspitze und weiß am Hals.

Er reißt das Lenkrad nach links und bremst. Die Lenkung blockiert. Zwei Reifen neben der Fahrbahn. Steine trommeln gegen das Bodenblech. Ein Fahrbahnbegrenzungspfosten verschwindet unter der Motorhaube. Das Auto kippt. Sascha sieht den klaren Sternenhimmel. Den großen Wagen erkennt man sofort. Das Auto schlittert weiter über das Gras. Wie ein Wilder bremsen, obwohl es nichts mehr nützt, weil die Reifen keine Bodenhaftung mehr haben.

Der Airbag explodiert nicht. Gut. Das Auto bleibt irgendwann auf dem Dach liegen, nachdem das Gras genug Widerstand geleistet hat. Sascha will durchatmen, aber es gelingt ihm einfach nicht. Er schaut sich um. Kein Wasser. Der Gurt drückt ihm die Luft ab. Hoffentlich fängt das Auto nicht Feuer. Hektisch öffnet Sascha den Gurt, öffnet das Beifahrerfenster und klettert hinaus. An Grasbüscheln zieht er sich aus dem Seitengraben.

Rennt auf die Fahrbahn. Weg vom Auto.

Der Fuchs steht immer noch auf der Fahrbahn und beobachtet ihn.

Der blauen Linie folgen. Die Krankenschwestern schauen ihn komisch an, als er nach dem Zimmer fragt. Mitleidig oder missbilligend.

Als er das Krankenzimmer betritt, hebt Lydia kurz die Lider und senkt sie wieder. Er steht wie festgetackert im Raum. Die Frau ist fertig und blass wie die Bettwäsche und bedient. In dem kleinen Bettchen neben ihr liegt vermutlich etwas, aber er kann es nicht sehen.

»Sorry«, sagt Sascha.

Lydia neigt den Kopf. Ein Blick, mit dem er sich nicht abfinden soll.

»Es gibt halt Wichtigeres«, sagt sie mit müder Stimme.

Am liebsten würde er sofort zu ihr gehen und ihr über die Haare streichen, die verklebt an ihr hängen. Stattdessen geht er zu dem kleinen Bett und sieht den neuen Menschen darin liegen.

»Darf ich?«, fragt er mit ausgestreckten Armen.

»Fass sie bloß nicht an.«

Sascha zieht seine Arme zurück.

»Tut mir leid«, sagt Lydia, »sie wartet auf dich.«

Sascha holt den kleinen Wurm aus dem Bett und drückt ihn an sich. Plötzlich kommen die Tränen schnell und heftig. Mit seiner Tochter im Arm geht er durch das Zimmer.

»Muss schnell gegangen sein.«

»16 Minuten im Kreißsaal. Ich hab ihr schon einen Namen gegeben. Ohne dich.«

»Wie heißt sie?«

»Judith.«

Sascha geht zum Fenster. Er sieht sich als Spiegelbild mit seinem Kind. Hinter einem Hügel mit Windrädern dämmert der Morgen.

»Wo warst du?«, fragt Lydia. Sascha dreht sich zu ihr.

»Es gab eine Schießerei an der tschechischen Grenze. Zwei Polizisten wurden getötet.«

»Scheiße. Wurdest du verwickelt? Du schaust beschissen aus. Wahrscheinlich beschissener als ich.«

»Ich hatte einen Unfall auf dem Weg zu dir.«

»Geht's dir gut?«

»Ich musste zur Blutentnahme. Alkoholgeruch. Sie haben mir den Führerschein abgenommen.«

Judith macht etwas Unbestimmtes mit den Händen, als würde sie nach ihrem neuen Leben greifen. Sascha drückt sie an sich. Er wird sie nun den Rest seines Lebens beschützen müssen.

»Arschloch«, sagt Lydia.

Bergers scheiß Tür ist wegen seiner scheiß Gesprächsbereitschaft immer geöffnet. Beim Anklopfen ist sie sofort auf dem Rückzug. Eiert rum, wie Berger selbst. Also, wie er es die meiste Zeit tut, aber nicht heute. Stattdessen haut der Chefredakteur einen eiskalten Blick raus. Sascha bleibt stehen. Führungsqualitäten hat er bisher bei seinem Vorgesetzten noch nicht ansatzweise erlebt. Berger weist wortlos auf einen Stuhl vor seinem Schreibtisch. Sascha setzt sich.

»Bringen wir das schnell hinter uns, Herr Rost«, sagt Berger.

Sascha nickt.

»Da bin ich auch dafür.«

»Unfall mit dem Dienstauto unter Alkoholeinfluss. Mehr als ein Promille. Auf Sie kommt ein Strafprozess zu. Natürlich wird der Sender Sie auch zivilrechtlich belangen. Schadensersatzklage. Und Sie verlieren ihren Führerschein mindestens für ein Jahr.«

»Darf ich Ihnen einen Vorschlag machen?«

»Nein. Sie sind gefeuert. Fristlos. Wir brauchen keinen Videojournalisten, der nicht Auto fahren darf.«

»Ich könnte jemanden finden, der mich fährt. Ich weiß nicht, ob Sie arbeitsrechtlich mit einer fristlosen Kündigung durchkommen.«

»Wir lassen es darauf ankommen. Ist mit der Geschäftsleitung und der Rechtsabteilung abgesprochen.«

»Sie sind ein Arschloch, Berger. Das wollte ich Ihnen schon lange sagen.«

»Dann ist das ja geklärt. Sie haben eine Stunde, um Ihren Arbeitsplatz zu räumen.«

Sascha steht auf. Beim Rausgehen knallt er die Tür zu. Alle Kollegen im Büro schauen in seine Richtung. Als er seine Sachen einpackt, setzt sich Ines Vidon auf den Schreibtisch. Sie schaut ihm eine Weile zu.

»Schaut nicht sexy aus«, sagt sie. »Wird es das, was ich denke?«

»Ja. Schicht im Schacht.«

»Lass uns noch eine rauchen, bevor du gehst.«

Der Aschenbecher im Hinterhof quillt vor Kippen über. Deshalb aschen Ines und Sascha auf den Boden.

»Was wirst du jetzt machen?«, fragt Ines.

Sascha runzelt die Stirn.

»Keine Ahnung. Es gibt ja nicht so viel, was ich kann.«

»Versuch's mal als Papa und Hausmann. Lydia hat als Architektin einen guten Job. Die baut in China neue Städte.«

»Ich bin nicht so der Papa-und-Schöner-Wohnen-Typ.«

»Ausreden. Eigentlich sollte es dir leicht fallen, dich von einem überholten Rollenmodell zu verabschieden. Du hast eine tolle Frau und putzige Kinder. Judith ist so ein schnuckliges Baby.«

»Woher willst du das wissen? Mal abgesehen davon, dass alle Babys schnucklig sind.«

»Ich habe Judith und ihre Mama gestern im Krankenhaus besucht. Hat Lydia das nicht erzählt?«

»Lydia redet nicht mit mir.«

»Kann ich ihr nicht verübeln. Tut mir leid.«

Sascha drückt seine Zigarette aus.

»Das Ungerechte ist, dass man für jeden Fehler nicht nur einmal, sondern mehrmals bestraft wird. Ich pack jetzt meine Sachen und hau ab.«

Ines umarmt ihn. Sascha verspannt sich.

»Steh nicht da wie eine Wachsfigur.«

Er legt seine Arme auch um sie, aber nur kurz.

Als Sascha mit Julian ins Krankenhauszimmer kommt, ist Lydia damit beschäftigt, ihre Sachen einzupacken. Sie umarmt kurz den Sohn und beachtet den Ehemann nicht. Danach stopft sie noch ein Buch in die volle Reisetasche und zieht den Reißverschluss zu. Vorsichtig legt sie Judith in die Baby-Trage. Lydia will die Reisetasche und die Baby-Trage hochheben.

»Lass mich das machen«, sagt Sascha.

Lydia schaut Sascha an.

»Hast du getrunken?«

»Nein.«

»Ich will nicht, dass Judith etwas zustößt.«

»Ich bin nüchtern.«

Lydia schaut Sascha an. Dabei hat sie überhaupt keinen Ausdruck in den Augen.

»Wenn du das Baby fallen lässt, bring ich dich um.«

Sie folgen der blauen Linie. Lydia hält Julian an der Hand. Sascha trägt die Reisetasche und die Baby-Trage mit Judith. Keiner sagt etwas, nur Julian schaut sich aufmerksam um.

Auch im Aufzug kein Wort.

Im Taxi.

Im Treppenhaus drei Stockwerke nach oben.

Im Wohnzimmer gibt Lydia dem Baby die Brust.

Julian rollt mit einem Plastik-Kipplaster durch den Flur. Dabei macht er Motorengeräusche.

Sascha setzt sich zu Lydia und Judith. Als seine Frau mit dem Stillen fertig ist, packt sie schnell die Brust weg.

»Ich werde aufhören, zu trinken«, sagt Sascha. »Ich kann das jederzeit.«

Lydia drückt das Baby gegen die Schulter, damit es ein Bäuerchen macht. Danach legt sie Judith in die Wiege und singt ihr ein Gute-Nacht-Lied.

Mit Sascha spricht sie an diesem Tag nicht mehr.

Und am nächsten.

Und an den folgenden.

Sascha bewegt die Bügel der Brustpresse gleichmäßig vor und zurück. Dabei folgt er dem bunten Geschehen auf dem Flachbildschirm. Karibikflair, knapp bekleidete Damen und als Klangtapete jämmerliche Party-Beats. Die aufgekratzten Musikclips sollen kaschieren, dass sich die Filiale des Sportstudiofranchises in einem ehemaligen Baumarkt befindet, dessen Anmutung sich hartnäckig in den Räumlichkeiten hält.

»Hallo.«

»Hallo«, antwortet Sascha.

Björn Grosch setzt sich auf das nächstgelegene Trainingsgerät und betrachtet kurz das Geschehen auf dem Monitor.

»Ich finde diese Gute-Laune-Clips scheiße«, sagt er.

Sascha nickt.

Björn drückt ebenfalls an den Griffen der Brustpresse und wiederholt die Übung fünfzehnmal.

»Hab dich hier schon lange nicht mehr gesehen«, sagt Björn, nachdem er fertig ist.

»Ich habe bei jedem Trainingsgerät fünf Kilo weniger Gewicht aufgelegt als beim letzten Mal.«

»Dachte schon, du hättest deinen Vertrag gekündigt.«

»Ich war nur schwanger. Also Lydia, aber ich hab auch ein kleines Bäuchlein angesetzt.«

»Das kriegst du schnell wieder weg. Wie geht es Mutter und Kind?«

»Beide wohlauf. Judith ist ein niedliches Baby. Natürlich finden alle Eltern jedes Baby putzig. Sie ist pflegeleicht. Wacht nachts nur selten auf. Julian ist stinkeifersüchtig auf das kleine Schwesterchen. Und Lydia ist voll angepisst von mir, weil ich bei der Geburt nicht dabei war und den Führerschein los bin.«

Sascha und Björn wiederholen ihre Übung fünfzehnmal. Dann pausieren sie wieder.

»Wann bekommst du den Führerschein wieder?«

»Erst nächstes Jahr. Ich hab das Rauchen aufgehört, damit Lydia merkt, dass ich ein guter Vater sein will.«

»Respekt. Und wie kriegst du den Job auf die Reihe? Als Videojournalist ist man doch aufs Auto angewiesen.«

»Der Sender hat mich gekündigt.«

»Kein Wunder, dass deine Frau sauer ist.«

»Ich hab Lydia noch gar nicht gesagt, dass ich den Job los bin. Sie denkt, ich sei gerade beim Sender.«

»Wow. Ist das eine gute Idee? Wann willst du es ihr mitteilen?«

»Wenn die Zeit reif ist.«

»Glaubst du, so etwas kann man schonend kommunizieren?«

»Ich will ihr erst mal was Neues präsentieren können.«

»Hast du schon Pläne?«

»Eigene Firma. Doku-Produktion. Vielleicht Image-Filme

für die Wirtschaft oder Stadtmarketing. Slogans mit Leben füllen. *Gut ist nicht gut genug. Menschen mit Leidenschaft.* Solche Sachen. Natürlich ist es schwer, irgendwo den Fuß reinzukriegen. Ich bin nicht so der Akquise-Typ, aber immerhin habe ich eine eigene Kamera.«

Beide pressen noch fünfzehnmal.

»Ich mach jetzt Beine«, sagt Björn.

»Da bin ich dabei. Beine habe ich ja auch.«

»Ich finde es furchtbar, wenn Leute nur ihren Oberkörper aufblasen und die unteren Gliedmaßen vernachlässigen.«

Björn und Sascha legen Gewichte auf die Beinpresse und stemmen sie nach oben.

»Wir haben uns bei der Eheberatung angemeldet«, sagt Sascha.

»Gute Idee. Ich habe nach Katharinas Auszug einen ultrahochauflösenden Fernseher gekauft. Auf eine Bildschirmdiagonale von 150 cm hätte ich mich mit ihr nie einigen können, aber als Single darf man sündigen. Ein neuer Fernsehapparat ist wie ein Schritt in ein neues Leben. Mittlerweile überlege ich mir, ob ich mir nicht eine größere Wohnung suche, die zum Fernseher passt.«

»Habt ihr schon eine Spur zum Copkiller?«

»Copkiller?«

»Ich rede von dem Arsch, der deine beiden Kollegen erschossen hat.«

»*Copkiller* ist ziemlich herablassend.«

»War nicht so gemeint.«

Sascha und Björn wiederholen die Übung.

»Warum willst du das eigentlich wissen? Du bist doch gar nicht mehr beim Fernsehen?«

»Wegen der Sache bin ich meinen Job los.«

»Es gibt Spuren, aber noch keinen durchschlagenden Erfolg.«

»Blabla. Wir sind nicht bei einer Pressekonferenz. Habt ihr keine verdeckten Ermittler in der Drogenszene?«

»Wenn es so wäre, dürfte ich es dir nicht sagen. Wahrscheinlich wüsste ich es selbst nicht. Vielleicht hat es nicht mal mit Drogen zu tun. Wie kommst du ausgerechnet darauf?«

»Ist doch naheliegend. Womit sollte es sonst zu tun haben an der tschechischen Grenze?«

»Menschenhandel. Schlepperei. Keine Ahnung. Ich bin nicht bei der SoKo, aber wenn es nach mir ginge, könnte man den ganzen Drogenscheiß legalisieren. Dann hätte die Polizei auf einen Schlag ein Drittel weniger Arbeit und das organisierte Verbrechen ein Geschäftsfeld weniger.«

Saschas Handy gibt als Rufton das klassische Klingeln eines alten Telefons mit Wählscheibe von sich. Bevor er das Gespräch annimmt, checkt Sascha, wer der Anrufer ist. *Alina* steht auf dem Display.

»Sorry«, sagt er zu Björn, »da muss ich rangehen«.

Ludvik stellt sich neben Max ans Geländer der Autobahnbrücke. Missmutig schaut er auf den Verkehr unter ihm. Auf der Mittelspur überholt ein Lastwagen. Links fährt ein Audi zu dicht auf.

»Warum treffen wir uns hier?«, fragt Ludvik. »Die Luft ist schlecht.«

»Weil du von hier kilometerweit ins Land schauen kannst«, antwortet Max. »Keiner kommt ran, ohne dass wir es bemerken. Standortvorteil nennt man das. Und wenn doch jemand auf die Idee kommt, ein Richtmikrophon auf uns zu richten, sind die Nebengeräusche zu laut, um was rauszufiltern. Jedenfalls, wenn wir leise genug sprechen.«

Ludvik rutscht näher an Max.

»Ich spreche leise, aber die Luft ist schlecht.«

Die beiden Männer drehen sich noch mal nach links und rechts. Dann beobachten sie wieder den Verkehr.

»Tut mir leid, dass es zuletzt Probleme gab«, sagt Max.

Ludvik nickt.

»Dafür hast du gesorgt. Du bist das Problem.«

»Was hättest du getan? Ich musste mich schnell entscheiden.«

Ludvik wiegt den Kopf.

»Ich hätte dir die Ceska nicht geben dürfen. Mit einer Pistole trifft man zu leichte Entscheidungen.«

»Ich bin nicht der Typ, der aufgibt.«

»Vor allem bist du nicht der Typ, der nachdenkt. Das ist sehr schlecht. Vielleicht solltest du weniger von dem Zeug konsumieren, das du verkaufst.«

Max weiß, dass jetzt der Moment gekommen ist, einfach mal die Klappe zu halten. Mit Ludvik starrt er auf die Autobahn. Dicht aneinandergereiht Autos. Manche fallen auf. Ein riesiges Wohnmobil mit am Heck aufgesatteltem Smart. Ein grüner Fernbus. Der Geruch eines Tiertransports steigt nach oben.

»Wir werden die Vertriebswege neu organisieren«, sagt Ludvik. »Sicherer. Du wirst nicht mehr nach Tschechien kommen. Du bist ein Risiko.«

»Okay.«

»Das ist gut für dich. Die Lieferung übernehmen neue Leute. Du übernimmst nur noch den Vertrieb in deinem Land.«

Max nickt. Auf der Autobahn fährt ein Auto mit einem Boot auf einem Anhänger vorbei. Er ist froh, dass er Ludvik nie gesagt hat, wer seine Verteiler sind.

»Und du vertraust diesen neuen Typen?«, fragt Max.

Ludvik schaut Max mitleidig an.

»Max, wie lange kennen wir uns? Ich vertraue niemandem. Dir habe ich ein wenig zu viel vertraut.«

Max entscheidet sich dafür, erst mal nichts zu sagen, sondern schuldbewusst auf die Fahrbahn zu starren.

Ludvik beugt sich zu ihm und flüstert: »Da gibt es zwei neue Figuren, nennen wir sie Pat und Mat, die zu mir kommen und die Ware abholen. Sie sind selbst Konsumenten. Sie kriegen von mir das Rundum-Glücklich-Paket. Geld und Ice.«

»Und wie bist du an sie gekommen?«

»Das war leicht. Rausch und Nutten. Halb wollten sie es so. Halb habe ich sie überzeugt.«

»Und woran erkenne ich Pat und Mat?«

»Du wirst sie nicht treffen. Sie übergeben die Ware nach der Grenze an einen Kurier, der mit dir einen Treffpunkt vereinbart.«

»Und wer ist das?«

»Das ist das Schöne. Ich kenne ihn selbst nicht. Er ist ein Freund von Pat und Mat. Eine weitere Ebene. Mehr Sicherheit. Aber er ist kein Konsument. Er will nur Geld verdienen. Das ist gut.«

»Geht das auf deine Rechnung?«

Ludvik lacht.

»Nein, natürlich erhöht sich dein Einkaufspreis. Wer hat denn Scheiße gebaut? Du musst neu kalkulieren. Nimm es als Ansporn.«

Max schluckt seinen Zorn runter. Er stößt sauer auf.

»Und wie nehme ich mit dem Kurier Kontakt auf?«

»Wie sonst auch. In der Playstation. Dort werde ich euch vorstellen. Treffen auf Autobahnbrücken sind die Ausnahme. Die Luft ist schlecht. Das mache ich nur, wenn ich etwas sehr Wichtiges sagen will. Ich hasse schlechte Luft.«

Max nickt.

»Okay. Was willst du mir sagen?«

»Du hast Scheiße gebaut. Wenn du auffliegst, ist dein Gedächtnis leer.«

Max dreht sich zu Ludvik und schaut ihn von oben bis unten an.

»Ich kenn dich überhaupt nicht.«

Max lacht.

Ludvik schaut Max eine Weile beim Lachen zu.

»Ich mein's ernst«, sagt Ludvik.

Max hört auf zu lachen und atmet die Abgase eines Fernbusses ein.

»Schon klar.«

»Wenn mein Name über deine Lippen kommt, mache ich dich kalt. Oder einer, den ich schicke. Einer, der mit der Ceska besser umgehen kann als du.«

»Schon verstanden. Ich brauche dringend neue Ware.«

Ludvik lächelt.

»Das weiß ich doch. Adam hat das Paket in dein Auto gelegt. Natürlich hast du jetzt Schulden bei mir.«

»Woher weiß Adam, wo mein Auto steht?«

»Mein lieber Freund, du bist sehr leicht zu durchschauen. Das ist sehr schlecht. Daran musst du noch arbeiten.«

Max und Ludvik schauen noch ein wenig dem Autobahnverkehr zu. Dann geht Ludvik einfach, ohne etwas zu sagen. Max weiß, dass Ludvik sauer ist, weil er so weit laufen muss. Er hat sein Auto etwa einen Kilometer entfernt im nächsten Dorf geparkt. Wie vereinbart. Ludvik hält sich immer an Vereinbarungen.

Sascha hat wieder angefangen das Fitnessstudio zu frequentieren, damit er sich in dem Zeitfenster, von dem Lydia glauben soll, dass er beim Sender seiner Arbeit nachgeht, nicht nur an Orten herumtreibt, deren zentrale Funktion der Ausschank von Alkohol ist. Diesmal hat er aber sogar einen geschäftlichen Grund, ins *Taktlos* zu gehen.

Carsten sitzt schon an der Bar.

»Zwei Pale Ale?«, fragt der Student hinter dem Zapfhahn.

»Auf jeden Fall«, antwortet Carsten, obwohl er noch ein halbes Bier vor sich stehen hat.

Tatsächlich stehen die Pale Ale in Rekordzeit auf dem Tresen.

Carsten nickt anerkennend.

»Der Junge lernt schnell. Muss man ihm lassen.«

Sie prosten und trinken.

»Also, warum ich dich hergebeten habe ...«, sagt Sascha ein bisschen zögerlich. »Ich verfolge ein paar eigene Filmprojekte. Durch deine Arbeit als Türsteher hast du jede Menge Erfahrung mit kritischen Situationen. Als Freiberufler kannst du dir deine Zeit einteilen. Und du fährst gerne Auto. Falls du einen Job brauchst ...«

»Ich bin dabei«, antwortet Carsten wie aus der Pistole geschossen.

»Es hat ein Haken.«

»Hab ich schon vermutet.«

»Ich kann dir erst mal nichts zahlen.«

»Klingt nach einem lukrativen Arbeitsverhältnis.«

»Ich biete dir Gewinnbeteiligung.«

»Ich muss erst mal in Vorleistung gehen?«

»Genau.«

»Gewinnbeteiligung ist natürlich super für mich, wenn sich einer deiner Filme hinterher als Blockbuster entpuppt.«

»Alec Guinness hat *Star Wars* gehasst, aber er machte ein Vermögen mit seinen zweieinviertel Prozent Gewinnbeteiligung.«

Carsten schaut Sascha skeptisch an.

»Alex Guinness war doch Obi-Wan Kenobi?«

»Ja.«

»Ich kann mir nicht vorstellen, dass ein Jedi-Ritter *Star Wars* hasst.«

»Die Kohle hat ihn versöhnt.«

»Ich merk schon: Du willst mich auf die dunkle Seite des Kapitalismus locken. Wofür brauchst du mich?«

»Zunächst mal als Fahrer. Ich habe keinen Führerschein mehr. Aber auch für alles andere.«

»Was ist das?«

»Regie-Assistenz.«

»Davon hab ich keine Ahnung, aber kann ja nicht so schwer sein, wenn ich mir das beschissene Fernsehprogramm anschaue. Und weiter?«

»Für Probleme.«

»In Problemen bin ich total gut.«

»Das weiß ich.«

»Okay. Ich bin dabei.«

»Super.«

Sascha lässt sich dazu hinreißen, Carsten auf die Schulter zu klopfen, aber der reagiert darauf nicht weiter, sondern schaut nur auf sein leeres Bierglas.

»Noch zwei?«, fragt der Student, während er sie schon zapft.

»Was ist das erste Projekt?«

»Ich habe vor einiger Zeit eine YouTuberin kennengelernt. Alina. Sie hat mich für die Dreharbeiten zu ein paar Clips angeheuert.«

»Porno?«

»Nein. Ich hab schon genug Probleme mit Lydia, aber Alina zahlt cash.«

»Und als was tauche ich im Nachspann auf? Als *Fahrer* möchte ich nicht in Erscheinung treten.«

»Wie wäre es mit *Executive Producer*?«

»Klingt gut. Klingt nach einem Swimming-Pool in L. A.«

Sie trinken zügig das nächste Pale Ale.

Als Sascha nach Hause kommt sitzt Lydia vor ihrem Notebook am Küchentisch. Judith schläft in der Baby-Trage, die daneben auf dem Tisch steht. Julian sieht sich gerade eine kindgerechte Serie im Fernsehen an.

Sascha spricht leise, um seine Tochter nicht zu wecken. Und damit der Sohn nicht mitbekommt, wie kaputt eigentlich die Beziehung seiner Eltern ist.

»Hey, wir sind zwei komplizierte Persönlichkeiten.«

Lydia schaut ihn an.

»Ja, aber unterschiedlich kompliziert«, flüstert sie.

»Nicht alles war schlecht. Wir leben schon so lange zusammen«, sagt er.

»Sechs Jahre«, antwortet Lydia. »Ist das lange?«

»Sieben Jahre.«

»Sechseinhalb.«

»Es ist erstaunlich, dass zwei so komplizierte Persönlichkeiten, so lange miteinander leben können. Und so gut.«

»Ich denke darüber nach ob es jemanden gibt, mit dem ich noch besser zusammenleben könnte.«

Sascha starrt Lydia an. Mitten ins Gesicht. Kein Zucken. Keine Regung. Schaut aus, wie bei einem Bildbearbeitungsprogramm tausendmal durch den Filter gejagt und mit einer neuen wächsernen Oberfläche versehen.

»Hast du jemanden?«

»Natürlich nicht.«

Lydia steht auf und schließt ihr Notebook.

»Ich brauche Zeit. Das wirst du verstehen. Pass auf Judith auf.«

Lydia geht ins Wohnzimmer und setzt sich neben ihren Sohn. Sie legt den Arm um seine Schulter und gemeinsam schauen sie einen altertümlichen Animationsfilm mit Knetmasse-Figuren.

Sascha streicht der schlafenden Judith über die kleinen Füßchen.

Erst Ice. Dann Kunst. Meth ist gut für das Selbstbewusstsein. Die Kreativität.

Auf die linke Seite ihres Skizzenbuchs zeichnet Kira das Gesicht eines Mädchens. Hübsches Manga-Girlie mit großen Augen. Mal abgesehen davon, dass es drei Augen hat, deren Pupillen irgendwie verschoben aus den Randbereichen schauen. Statt einem Mund öffnet das Mädchen einen Schnabel. An den

Kopf fügt Kira den Körper eines Zebras an. Sie investiert viel Arbeit in die Zebrastreifen. Bei einem Mädchen in Schuluniform gibt sich Kira vor allem Mühe mit der Bewegung. Das Mädchen dreht sich unglaublich schnell, bis alles verwischt und es vor lauter Geschwindigkeit nicht mehr zu sehen ist. Auf die rechte Seite des Skizzenbuchs schreibt Kira:

In echt ist Crystal nicht blau. Das gibt's nur im Fernsehen.

Ich glaube nicht, dass es das in echt gibt. Also in Tschechien. Oder ich hab noch nie wirklich gutes Zeug erwischt.

Manchmal ist es nicht mal kristallin, sondern milchig. Auch die miese Qualität ist immer noch gut genug.

Bewegungsdrang.

Du bist wach. Unwahrscheinlich wach.

Und du hast keine Schmerzen, wenn es weh tun sollte. Deshalb kannst du fast alles machen. Wie ein scheiß Superheld. Abstürzen und so. Schmerzunempfindlich. Dass nichts weh tut, ist auf jeden Fall die stärkste Superkraft. Zumindest die stärkste passive Superkraft. Natürlich bleibt es nicht bei einer Line. Ein paar Hits später brennt das Gehirn.

Du kannst 70 Stunden tanzen, ohne zu schlafen. Bass. Bass. Bass. Bass.

Du kannst 70 Stunden deinen eigenen Film drehen. Schnelle Schnitte. Grelle Farben. Harte Kontraste.

Du kannst 70 Stunden ficken, ohne zu schlafen. Ich hab gehört, dass es Leute gibt, die sich immer wieder Meth spritzen, um über Tage Sex-Party zu machen. Ich selber steh nicht drauf, mir die Chems intravenös reinzuballern. Nach ein paar Sekunden haut dir das Zeug ins Hirn. Schlägt dir in die Fresse. Du brauchst auf jeden Fall Gleitgel, weil Crystal die Schleimhäute austrocknet. Gut, wenn du für die Sex-Party einen Ort ausgesucht hast, den du kennst. An dem du dich noch orientieren kannst, wenn du voll-

kommen weggeblasen bist. Mit Leuten, die du hoffentlich kennst. Die du gerne fickst. Mit denen du gerne zusammen bist, wenn das Crystal-Schiff ankommt. Sich die Botenstoffe ausschütten. Die ganzen Synapsen mit Dopamin und Noradrenalin vollgepumpt werden. Dann willst du alles um dich niedermachen. Totficken. Und du wirst risikobereit. Das kann ein Nachteil sein, wenn du glaubst, in einer Welt ohne HIV zu leben. Das Kondom weglässt. Oder das Spritzbesteck von anderen Leuten benutzt.

Ohne Angst wird man angreifbar. Zuallererst macht Risikobereitschaft aber einfach Spaß. Das Herz rast. Hitzewellen durchfluten dich zwischen den Muskeln und der Haut, als hättest du eine Schutzschicht. Oder ein Adamantium-Skelett wie Wolverine. Du könntest einen Wolkenkratzer hochklettern. Auf einem Drahtseil über dem Grand Canyon balancieren. Du bist unbesiegbar. Du bist der scheiß Wolverine, bloß mit weniger Haaren. Die Haare machst du weg. Dein Körper wächst über dich hinaus. Über deine Grenzen. Dir wachsen Klingen aus der Hand, mit denen du alles zerschneiden kannst. Man lebt in einer Welt ohne Beschränkungen. Ohne andere Menschen. Ohne Tod. Fuck the fucking fuckers.

Natürlich gibt es ein Danach. Die Wirklichkeit. Die ganze Scheiße. Alles, was wehtut.

Aber es gibt auch neues Ice. Eine höhere Dosis. Man gewöhnt sich. Die Toleranzentwicklung. Unglaublich, wofür so ein Mensch Toleranz entwickelt.

Kira klappt das Skizzenbuch zu, als sie Geräusche hinter sich hört. Max lächelt sie an.

Sie lächelt nicht zurück.

»Versteckst du was vor mir?«, fragt er.

»Spionierst du mir nach?«, entgegnet sie.

»Warum sollte ich dir nachspionieren?«

»Du hast dich angeschlichen.«

»Ich bin barfuß. Was hast du da gemacht?«

»Gezeichnet.«

»Hat nicht wie Zeichnen ausgesehen.«

»Und geschrieben, aber mit Bildern dazwischen.«

»Führst du Tagebuch?«

»Da müsste ich es ja täglich machen. Das wäre fast Zwang.«

»Wird das ein Roman oder so was?«

»Hast du schon mal einen gelesen?«

»Ich habe alle drei Teile von *Herr der Ringe* nicht nur im Kino, sondern auch in der Extended-DVD-Version gesehen. Zählt das?«

Kira schaut Max strafend an.

»Epic Fail!«

»Warum schreibst du eigentlich? Schreiben ist so eine typische Senfautomaten-Wichse.«

»Macht dir das Angst?«

»Nur, wenn du etwas aufschreibst, das strafrechtlich relevant sein könnte.«

»So was wie *zwei tote Polizisten* meinst du?«

»Cops solltest du nicht erwähnen.«

»Und der Hund? Darf an den gedacht werden?«

»Das mit dem Hund tut mir leid.«

Max will nicht weiter über den Hund reden. Über die toten Polizisten. Er weiß, wohin das führt: Kira rennt in ihr Zimmer und schließt sich ein. Manchmal tagelang. Um zu weinen, zu verwahrlosen und Möbelstücke zu zertreten.

»Du malst doch schon«, sagt er. »Musst du unbedingt noch schreiben? Reicht es dir nicht, mit mir zusammen zu sein?«

Kiras Augenbrauen schnalzen nach oben. Max zuckt mit den Schultern.

»Das muss dir doch reichen.«

Kira fasst sich an die Stirn.

»Es tut sooo weh, möp-möp! Falls du es noch nicht gecheckt hast: Ich bin nicht im *Bund deutscher Mädel* oder so. Das Frauenbild der scheiß Typen, an die du das Ice vertickst, färbt ab.«

Max schüttelt den Kopf.

»Auf mich färbt gar nichts ab.«

Kira schaut Max skeptisch an.

»Gut. Dann verhalte dich einfach mal wieder wie ein Gentleman.«

Max zuckt mit den Schultern.

»Und womit soll ich anfangen?«

»Beruhig dich mal. Und sei ein bisschen wie Sherlock. Oder wie Moriarty. Und gib mir endlich die Kohle zurück. Du hast es versprochen.«

Max nickt.

»Bleib mal flauschig. Ich zahl in cash, sobald ich das Geld nicht mehr brauche.«

»Was macht das Geld jetzt?«

»Es arbeitet.«

»Ein Hund musste dafür sterben.«

»Ich weiß. Und du willst nach Neuseeland. Hast du was mit einem anderen Typen?«

»Mir reicht einer von der Sorte.«

»Warum solltest du sonst in ein Tagebuch schreiben, das keines ist?«

»Damit ich was Spannendes zu lesen habe.«

»Ich will dich nicht verlieren.«

»Du bist so ein Idiot. Komm her.«

Max geht zu ihr. Kira steht nicht vom Schreibtischstuhl auf. Sie umarmt ihn und drückt ihren Kopf gegen seinen Bauch.

»Wenn du einen anderen hast, bringe ich dich um.«

Er fährt ihr durchs Haar, dann zieht er die Pistole aus dem Hosenbund und drückt sie gegen ihren Kopf.

»Wie fühlst du dich jetzt?«, fragt Max.

»Lebendig.«

Kira fasst unter den Schreibtisch. Sofort findet sie den Griff des Kampfmessers, das sie auf der Unterseite der Holzplatte festgeklebt hat. Die Klebestreifen fauchen, dann geben sie den Widerstand auf.

»Und wie fühltst du dich?«, fragt Kira, während sie die Klinge gegen ihren Lebenspartner drückt.

Max schaut an sich herunter.

»Wow. Ein KM 2000. Das Kampfmesser der Bundeswehr. Schönes Spielzeug.«

»Ich bin ein großes Mädchen. Ich kann für mich sorgen.«

»Gut, dass du Linkshänderin bist. Besser die Leber als die Bauchschlagader auf der anderen Seite.«

Sie umarmen sich und spüren das Messer und die Pistole.

»Es gibt keinen böseren Engel als die Liebe«, sagt Kira.

»Ist das von dir?«

»Shakespeare.«

»Scheiß Literatur.«

Max steckt die Pistole zurück in den Hosenbund. Kira legt das Messer auf den Schreibtisch.

»Ich bin nicht beeindruckt«, sagt sie. »So schnell machst du mir keine Angst.«

Kira geht zur Tür.

»Wohin gehst du?«, fragt Max.

»In mein Zimmer.«

»Kein Sex?«

»Such dir ein Leben, Porno-Brain.«

Für die Filmaufnahmen sind sie in die höheren Regionen des Mittelgebirges gefahren, wo sich der Schnee noch hartnäckig hält, während in den Tallagen der Frühling bereits Einzug gehalten hat.

Alina rutscht mit einem farbenfrohen Snow Slider aus pinkfarbenem Kunststoff die Rodelstrecke nach unten. Dreimal. Sascha filmt aus verschiedenen Kameraeinstellungen. Einmal von oben, einmal in der Mitte der Strecke und schließlich von unten.

»Die Kleine gibt sich wirklich Mühe zu zeigen, dass der Spaßfaktor mit einem Poporutscher sehr hoch ist«, flüstert Carsten.

»Hm, eine Charakterdarstellerin wird sie vermutlich erst im Alter«, sagt Sascha.

»Meinst du, sie hat was eingeworfen? So aufgedreht bin ich nüchtern nicht mal, wenn ich es echt darauf anlege.«

»Keine Ahnung.«

Alina wedelt mit dem pinkfarbenen Snow Slider.

»Wie war's?«, fragt Alina. Dabei schaut sie wie ein kleines Mädchen aus.

Sascha hebt den Daumen und zeigt ihr die Aufnahmen auf dem Display der Kamera.

»Jetzt muss ich noch mal das Ganze aus der Handy-Perspektive filmen«, sagt Alina. »Also aus dem Ego raus.«

Carsten befestigt das Handy mit Gaffa-Tape in Brusthöhe an Alinas Outdoor-Jacke.

»Macht dir das Spaß?«, fragt sie grinsend.

»Na klar. Wenn ich mit Gaffa-Tape arbeite, fühle ich mich immer wie MacGyver.«

»Wer ist das?«

»Der Typ, der mir beigebracht hat, dass man Autos am Wegfahren hindern kann, indem man ihren Auspuff mit einer Kartoffel verstopft.«

»Cool.«

Alina macht die Fahrt mit dem Handy und zieht danach das Gerät samt Gaffa-Tape wieder von ihrer Jacke ab.

»Ausziehen schaffe ich alleine«, sagt sie mit einem frechen Augenaufschlag zu Carsten. Anschließend schminkt sie sich nach.

Zuletzt eine Aufnahme, in der Alina unten ankommt, sich vom Rodelteller hochdrückt und lächelnd in die Kamera spricht:

»Hallo Mädels, sicher habt ihr euch auch schon gefragt, wie ihr euch beim Wintersport vor zerflossenem Make-up schützen könnt. Zunächst mal: Inzwischen gibt es von fast allen Kosmetika wasserfeste Versionen, sei es Mascara, Lippenstift oder Foundation.«

Danach gibt Alina überschwänglich Tipps, wie man mit Aufpattern die Grundierung wasserfester kriegt oder Puder unter dem Lidschatten für bessere Haftung sorgt. Anschließend ein Küsschen auf die Wange für das Filmteam, bevor sie mit ihrem Kleinwagen abzwitschert.

Bevor Carsten seinen Kombi startet, stellt er erst mal Musik an. *Angel Of Death* von Slayer. Das Schlagzeug haut direkt in den Bauch. Die Gitarren fräsen durch. Passend dazu der Fuß auf dem Gaspedal. Das Heck bricht kurz aus. Carsten korrigiert und sagt Richtung Beifahrersitz:

»Die Kleine steht ja voll auf dich.«

»Ach ja? Deshalb hat sie vermutlich die ganze Zeit mit dir geflirtet.«

»Hey, für einen Videojournalisten hast du verdammt wenig Ahnung, wie man ein Aufmerksamkeitsdefizit verursacht.«

»Du bist der volle Frauenversteher.«

»Das kannst du glauben.«

»Steile Ansage für jemanden, der bei seiner Mutter wohnt.«

»Das hat Gründe, okay?«

Als sie wieder in die Stadt fahren, holen sie sich bei einem Drive-in im Gewerbegebiet Kaffee. Danach unterhalten sie sich über alles mögliche, aber nicht mehr über Frauen.

Max hält auf dem Parkplatz einer Schule. Auf dem angrenzenden Sportplatz spielen ein paar Kids angeleitet von einem Streetworker Basketball. Der Hartplatz ist umzäunt. Schaut nach betreutem Sport aus, denkt Max und setzt sich neben Eugen auf die Bank. Er gibt ihm das Päckchen. Eugen steckt das Päckchen in seine Jackentasche.

»Wie läuft das Spiel?«, fragt Max.

»Keine Ahnung«, antwortetet Eugen. »Ich finde Basketball blöd. Ein Spiel ohne Körperkontakt. Sozialpädagogischer Scheiß.«

Max trifft sich mit Fabian in einem Café. Er schiebt das Päckchen über den Tisch. Dann trinken sie Cappuccino und unterhalten sich über Superheldenfilme.

»Batman gegen Spiderman?«, fragt Max. »Wer gewinnt?«

Fabian denkt nach. Er nimmt den Keks, der auf dem Unterteller des Milchkaffees liegt, öffnet die Plastikfolie und isst ihn.

»Beide sind gut im Training und intelligent«, antwortet Fabian. »Batman hat die exklusiven Spielsachen und Spiderman seine Mutantenkräfte durch den Spinnenbiss. Ich sag mal: Wenn der Strom nicht ausfällt, gewinnt Batman.«

Max fährt durch die Betonpfeiler zur hintersten Ecke im Untergeschoss des Media-Markt-Parkplatzes.

Torben tut so, als würde er entspannt den Anblick von Parkbuchten genießen.

Max steigt aus seinem Auto und stellt sich neben Torben. Er schaut sich den schwach frequentierten Parkplatz an. Die Betonpfosten.

»Schöne Aussicht«, sagt Max.

Er holt das Päckchen aus seiner Tasche und gibt es Torben. »Warum treffen wir uns hier?«, fragt Max.

Torben grinst zufrieden.

»Ich kaufe mir einen neuen Fernseher. 60 Zoll. Nano-Crystal-Color-Technologie. Dadurch wirken Pornos lebensecht. Und Explosionen.«

»Herzlichen Glückwunsch. Kriegst du den Monitor überhaupt in dein Wohnzimmer?«

»Ich hab es ausgemessen.«

»Super. Ich mag es, wenn meine Mitarbeiter planvoll vorgehen.«

Schon als Kind liebte ich Filme mit explodierenden Autos. *In echt explodiert ein Auto gar nicht so leicht, außer man schießt mit einem Raketenwerfer drauf. Nur weil es brennt, explodiert das*

Auto nicht. Ich habe ein paar brennen sehen. Genau genommen habe ich sie selbst angezündet.

Zuerst dachte ich, dass ich es machen muss wie die Autonomen in Paris oder in Hamburg: Vorbeigehen – Beifahrerscheibe einschlagen – Molli rein – weitergehen – zusehen – wie das Auto abbrennt. Der ganze Innenraum ein Feuerball.

Ich schleppe aber nicht gerne Mollis mit mir rum, weil ich keine menschliche Fackel sein will. Brandwunden tun ja unglaublich weh. Wer mal eine Zigarette auf dem Unterarm ausgedrückt hat, weiß das. Zahnschmerzen sind ein Dreck dagegen. Brandwunden packen einen mitten im Hirn. Angeblich schmerzen Verbrennungen zweiten Grades am meisten. Dann wird es besser. Bei Verbrennungen dritten Grades sind die Nervenzellen an der Hautoberfläche schon zerstört, aber es tut auf jeden Fall unglaublich weh. Außerdem will ich mir das nicht vorstellen: So daliegen als Holzkohle, so dass keiner mehr erkennt, ob ich ein Mann oder eine Frau oder ein Kind gewesen bin.

Dann bin ich im großen, mystischen Internet auf eine bessere Idee gestoßen. Ein paar Grillanzünder auf die Vorderreifen. Von den Reifenkästen schlagen die Flammen in den Motorraum und von dort in das Innere des Wagens.

Es dauert circa 10 Minuten, bis die Reifen brennen.

Genug Zeit, um ungesehen zu verschwinden. In einer Kneipe beim ersten Bier zu sitzen. Der Nachteil: Man sieht das Auto nicht brennen. Nach dem Bier kannst du zurückgehen. Überall Blaulicht. Feuerwehrleute stehen um das ausgebrannte Autowrack. Der Lack ist ab. Nur noch nackter Stahl. Ein Video-Journalist macht von allen Seiten Aufnahmen. Schön, etwas geschaffen zu haben, das im Fernsehen kommt. Etwas, das Angst macht.

Trotz des Risikos, in Verdacht zu geraten, fühlt es sich besser an, in der Nähe zu bleiben, nachdem man das Feuer gelegt hat. Das

Auto brennen zu sehen. Mitzuerleben, dass du eine Straße in eine Kampfzone verwandeln kannst. Und du spürst das Naturell eines Kriegers in dir. An einer Stelle in der Seele, die sie dir wegerziehen wollten und die es jetzt mit jedem Boss-Gegner aufnehmen kann. Nur das Setting stimmt noch nicht. Es müssten noch mehr brennende Autos her. Pyramiden brennender Autos. Mehr Apokalypse. Mehr Hieronymus Bosch. Zerfetzte Wolken am Himmel. Zerfetzte Körper in verwüsteten Straßen auf loderndem Benzin. Um sie herum Explosionen. Feuerwalzen. Glassplitterregen. Augenzeugen berichten von furchtbaren Verletzungen und vom Ende der Welt in die Fernsehkameras und die schlechten Nachrichten teilen sich. Aber die Augenzeugen erzählen auch von einer einsamen Kriegerin. Und diese Kriegerin bist DU! Der – Ruin ist dein Triumph. An diesem Tag wirst du nicht verbrennen. Und nicht kapitulieren. In der Sprechblase über deinem Kopf steht: »Bereitet der Welt ein Ende. So als würdet ihr den Fernseher abschalten.«

»Wer bist du?«, flüstern die Augenzeugen ehrfurchtsvoll.

»Nennt mich Kira«, antwortest du.

Sascha schaut von seinem Batman-Comic auf.

Zuerst hört er die Stimmen auf der Straße. Zu laut für diese Uhrzeit. Er geht ans Fenster. Ein unruhiges Flackern legt sich über die Ziegelwand des verwaisten Bahngebäudes gegenüber.

Sascha legt den Kopf an die kühle Fensterscheibe, um seitlich schauen zu können. Gute Totale aus dem dritten Stock. Hundert Meter die Straße hoch steht ein Auto lichterloh in Flammen. Ein Polizeibeamter steht in der Nähe und macht irgendwas mit einem Feuerlöscher, das nicht gerade fachmännisch ausschaut. Sofort der Reflex, die Kamera zu greifen, nach unten zu rennen und alles zu filmen. Mental hat Sascha immer noch nicht abgeschlossen mit der Video-Journalistik. Von jetzt auf gleich auf Betriebstemperatur. Er könnte es von einem Moment auf den anderen loslegen. Professionell funktionieren. Voll in die Flammen halten und dann herauszoomen. Aber darauf achten, genug Abstand zu halten. Für eine Rauchvergiftung genügen ein paar Atemzüge – und der dicke schwarze Qualm, der aus dem Auto um sich greift, schaut nicht gerade gesund aus. Er ist so fett und ölig, dass man ihn auf einem Foto nicht mal bearbeiten müsste. Eine Explosion würde natürlich mehr hermachen. Vielleicht wäre noch etwas mehr Sicherheitsabstand angesagt, obwohl real life Autos nicht so schnell explodieren wie in *Mission Impossible.* Trotzdem: Sicherheitsabstand. Bevor man von einer durch die Luft wirbelnden Motorhaube erschlagen wird. Wer will schon auf eine schwachsinnige Art sterben?

Gerade fährt die Feuerwehr vor. Das Leuchten des Blaulichts tanzt wild mit dem Flackern der Farben über die Hauswände.

»Was ist los?«

Lydia steht im Nachthemd in der Wohnzimmertür.

»Ein Auto brennt.«

»Echt?«

»Schau's dir an.«

Lydia kommt zum Fenster. Sie legt den Kopf ebenfalls gegen die Scheibe. Sie muss ihren Körper gegen den Rücken ihres Ehemanns pressen, um etwas zu sehen. Sascha gefällt es, den Mangel an Kleidung zu spüren. Natürlich nur Einbildung. Ein T-Shirt dazwischen und ein Nachthemd.

Ein Baum fängt an zu brennen. Ihn löscht die Feuerwehr zuerst. Auf das Auto kommt es nicht mehr an. Es ist verloren. Sascha kann nicht mehr erkennen, was für ein Typ es war. Oder für eine Marke. Ein Kombi. Das sieht er noch.

Die Feuerwehr schäumt das Auto minutenlang ein. Die Flammen ersticken. Der Schaum läuft zähflüssig über die Straße. Die Feuerwehrleute stapfen mit Gummistiefeln knöcheltief darin herum wie in übergelaufenem Grießbrei. Da gab es ein Märchen in seiner Kindheit, das ihm seine Großmutter immer erzählt hat. Sascha hat dreißig Jahre nicht daran gedacht. Mitten im Schaum steht das Autogerippe und dampft noch vor sich hin.

»Komisch, oder?«, fragt Lydia.

»Was?«

»Das ist das vierte Auto in der Stadt innerhalb weniger Wochen. Plötzlich fühlt man sich wie in einem Kriegsgebiet.«

»Ja. Komisch.«

Unwillkürlich schmiegt Lydia sich ein wenig fester an ihn. Sie legt die Arme um seinen Körper. Streichelt ihn. Und dann gibt es den Moment, in dem sie spürt, dass Sascha geil ist, weil sie versehentlich an seinen steifen Schwanz stößt, der über den Gummizug der Unterhose gerutscht ist und seinen Bauch befeuchtet. Lydia löst sich wortlos von ihm und geht schlafen. Sascha drückt noch ein wenig den Kopf gegen die Scheibe. Allein.

Er holt die Whisky-Flasche aus dem Bücherregal, die er hinter der Gesamtausgabe der Werke von Philip K. Dick versteckt hat, und trinkt. Unten auf der Straße wird es langweilig. Der Brand ist gelöscht.

Sascha setzt sich ans Notebook und schaut sich eine Auflistung der 25 schlechtesten Filme aller Zeiten an. Das Ranking ist wirklich aktuell. Platz 1 ist nicht, wie es in den 90er-Jahren üblich war, *Plan 9 From Outer Space*, sondern *Troll 2*. *Plan 9 From Outer Space* landet mittlerweile abgeschlagen auf dem 25. Platz. Bei der Produktion mieser Filme wird eben keine

Pause gemacht, weil du auch mit dem größten Scheiß Kohle verdienen kannst. Also alle – außer ihm.

Kira arbeitet mit gesenktem Kopf an einer Skizze. Früher oder später wird sie alles zu einem Manga-Epos zusammenfügen.

Ein brennendes Auto. Daneben ein weiblicher Samurai mit großen Augen, einem Katana und wenig Kleidung. Bei Frauen fallen die Rüstungen knapper aus als bei Männern. Die Haare sind violett. Wie die aller Frauen in Mangas, die eine starke erotische Ausstrahlung haben und die mehr wissen, als sie zunächst zugeben. Um den Kopf der Samurai malt Kira kleine Kreuzchen.

Wenn ich morgens aufstehe, klatscht mir die Wut wie ein Schlagstock gegen die Stirn. Verzweifelte Grundstimmung gegen depressive Welt: null zu eins. Die Wut schüttelt mich. Sie flimmert über meine Zähne. Die Adern schwellen auf der Stirn. Der Hass steigt. Unsere Herzen brennen wie Autos. Ich will meine Wut nicht verlieren. Ich begrüße sie wie einen guten Freund. Sie ist die Supernova, die meine Seele reinigt. Sie ist meine schwarze Rüstung. Der Dämon, der, in die Ecke gedrängt, noch einen Zauberspruch übrighat.

Kira legt die Zeichnung zur Seite. Dann hastig weiter. Eine Skizze auf einem neuen Blatt. Die Samurai wehrt mit ihrem Katana den Schwertangriff eines Ninja ab. Sie kämpft, weil es ihre Natur ist. Und dabei trägt sie Kopfhörer, aber sie hört keine Musik, sondern Stille. Eine vollkommene Stille, die jedes Geräusch schluckt. Die Schwerter verlieren ohne ihr Klirren ihre Bedrohlichkeit. Bluttropfen schweben schwerelos aus offenen Wunden. Stille zu zeichnen ist eine große Herausforderung. Alles, was laut ist, lässt sich leicht zeichnen. Auch Geschwindigkeit ist einfach. Langsamkeit ist wie Stille. Schwer. Es dürfen nur wenige Striche sein. Am besten ein weißes Blatt Papier. Kira ist zufrieden. Die Zeichnung schmeckt nach Blut.

»Was wird das?«, fragt Max und schon beugt er sich über Kiras Schultern. Sich geräuschlos anzuschleichen, gehört auf jeden Fall zu seinen Spezialfähigkeiten. Kira will schnell die Skizzen zudecken, aber es ist schon zu spät. Max stöhnt auf.

»Fuck, ein brennendes Auto.«

»Geht dich einen Dreck an, was ich zeichne.«

»Meinetwegen kannst du unser komplettes Schlafzimmer mit Dickpics zupinseln. Oder mit Blumen. Oder deinen Manga-Girls. Mir doch scheißegal, was du zeichnest, solange es kein brennendes Auto ist.«

»Geh kacken, Max.«

»Hast wieder eins abgefackelt, oder? Real Life?«

»Ja. Und es hat sich überhaupt nicht gewehrt.«

»Welche Marke?«

»Audi. Damit sich's lohnt.«

»Du hast versprochen, den Bockmist zu lassen.«

»Ich lass mir von dir nichts verbieten. Du bringst Bullen um. Ich zünde Autos an. Bonnie & Clyde.«

»Lass mich mit der Bonnie-&-Clyde-Scheiße in Ruhe.«

»Du hast damit angefangen.«

»Das war ja sozusagen Notwehr.«

»Da haben die toten Cops sicher eine andere Meinung dazu.«

»Die sind tot. Aus. Fertig.«

»Ich glaub, die schauen auf uns aus dem Bullen-Himmel.«

»Was bitte bringt es, Autos abzufackeln?«

»Es macht Spaß.«

»Kannst du dir als Nervenkitzel nicht was anderes suchen? Bungee Jumping, Apnoetauchen oder so? Irgendwas, das uns nicht früher oder später in den Knast bringt. Es muss ja außer brennenden Autos noch was anderes geben, das dich richtig anmacht.«

Kira schaut Max in die Augen.

»Soll ich behaupten, dass du mich richtig anmachst?«

Sie knabbert auf ihrer Unterlippe. Dann lächelt sie.

»Ich träume davon, nach Tokio zu fliegen, um einen der namhaften Manga-Preise entgegenzunehmen. Das Preisgeld beträgt 20 Millionen Yen. Ich gehe im Blitzlichtgewitter einen roten Teppich entlang. Die Fotografen stehen an mit Nummern markierten Stellen. Der Sicherheitsdienst wacht darüber, dass sie sich von den Nummern nicht wegbewegen, obwohl ich sehr fotogen bin. Eine Stylistin hat Stunden damit zugebracht, mich zu schminken. Ich trage ein transparentes Abendkleid und Springerstiefel.

Ein untersetzter Herr mit zwei Assistentinnen will mir den Preis übergeben. Der Preis besteht aus einer Urkunde, einer Bronzestatue und einem Umschlag mit einem Scheck. Aber ich nehme die Auszeichnung aus Protest nicht an. Weil ich gegen die Globalisierung bin. Gegen die ganzen multinationalen Konzerne. Gegen das Frauenbild in den Mangas des Verlags, der das Preisgeld vergibt. Gegen die Rodung der Regenwälder. Gegen den Walfang, den die japanische Regierung unterstützt. Ich bin gegen alles, obwohl es mir Spaß macht, einen roten Teppich entlangzugehen.«

Max lacht resigniert.

»Super. Klingt nach ’nem Plan.«

Kira zieht ihn an den Haaren und beugt sich zu ihm.

»Außerdem habe ich SUVs, Limousinen und andere Dreckschleudern satt, die unsere Umwelt verschmutzen. Und ich lasse mir keine Vorschriften mehr machen.«

Sie nimmt die Hand aus seinen Haaren. Kira und Max schauen sich noch eine halbe Minute an. Dann sagt Max:

»Okay, ich geh an die Playstation.«

Kira nickt.

»Ich zeichne weiter.«

»Mach, was du willst.«

Weil Carsten mit seiner Mutter dringend noch ein paar Einkäufe erledigen muss, fährt Sascha nach den Aufnahmen im Skulpturenpark mit Alina zurück in die Stadt.

»Und?«, fragt Alina.

Sascha runzelt die Stirn.

»Super Location. Besonders die Metallobjekte. Für Ausdruckstanz bin ich kein Experte, aber ich glaube, du hast dich gut bewegt. Das Licht war nicht besonders.«

»Dabei stellt man sich zu Frühling immer warmes Licht vor.«

»Letzte Woche hat es noch geschneit.«

»Wusstest du, dass sich mehr Menschen im Frühjahr umbringen als im Herbst?«

»Kann schon sein.«

»In der Zukunft wird jeder seinen eigen YouTube-Kanal haben. Dort kann er seine eigenen Jahreszeiten erfinden. Jeder kann so sein, wie er will. Das wird perfekt.«

»Na super.«

An der Stadtgrenze fragt Alina:

»Wo willst du hin?«

»Lass mich einfach bei dir raus.«

Nachdem Alina den Motor abgestellt hat, dreht sie sich zu Sascha und macht die Augen groß und das Lächeln breit.

»Möchtest du noch mit nach oben kommen?«

»*Auf einen Kaffee* müsstest du noch hinzufügen, damit es unverfänglich wirkt.«

»Ich habe auch Wein da.«

»Reden wir gerade über Sex?«

Alina verzieht ihr Gesicht übertrieben, als würde sie in einer Oper auftreten.

»Wie unromantisch.«

Sie dreht sich zur Windschutzscheibe und schaut sich den Himmel an. Die letzten Sonnenstrahlen zeichnen einen Lichtrand um dunkle Wolken.

»Wir sollten es bei einer Arbeitsbeziehung belassen«, sagt Sascha.

»Es gibt viele Paare, die sich während der Dreharbeiten verliebt haben. Roger und Kristin. Angelina und Brad.«

»Wir sind nicht Angelina und Brad. Außerdem ist es zwischen ihnen nicht gut ausgegangen.«

»Das ist ja das Spannende: dass man nicht weiß, wie es ausgeht.«

»Okay, ich gehe jetzt einfach nach Hause und bringe die Kinder ins Bett.«

»Schade.«

Sascha macht einen Umweg über den Bahnhof, kauft sich noch ein Bier an einem Imbiss und trinkt es am Bahnsteig, während es Nacht wird. Es beruhigt ihn, sich die Reisenden anzuschauen, die aus einem einfahrenden Zug steigen. Die dunkelhäutigen Passagiere werden von der Bundespolizei kontrolliert. Der Alkohol beruhigt Sascha ebenfalls. Besser sogar als Eisenbahnen. Ein milder Frühlingswind bläst ihm ins Gesicht, als er durch die Allee, die zum Bahnhof führt, nach Hause geht.

Als er ums nächste Eck biegt, sieht er einen Mann in Lederjacke, der die Hauswand einer alten Schulturnhalle, in der Flüchtlinge untergebracht sind, mit einer Farbdose besprüht. Flink. Behende. Da ist einer am Werk, der das schon öfter gemacht hat. Große, zackige Bewegungen.

Deutschland den Deutschen.
Ein Hakenkreuz.
Ausländer raus.
Ein Hakenkreuz.

Sascha wünscht sich seine Kamera, zwischen sich und dem Sprayer, aber er hat nur sich.

»Das ist doch Scheiße.«

Der Sprayer dreht sich um. Die Augen blitzen aus den Öffnungen der Sturmhaube.

»Hast du ein Problem?«

Der Nazi packt seine Farbdose in seinen Rucksack. Dann kommt er auf Sascha zu.

»Klar hab ich ein Problem. Das ist faschistische Scheiße.«

Der Mann steht jetzt ganz dicht vor Sascha und lächelt. Das Lächeln durch die Mundöffnung der Sturmhaube schaut zwangsläufig böse aus.

»Soll ich dir mal zeigen, was Faschismus ist?«

Sascha will es lieber nicht wissen, aber schon fliegt der Kopf des Sprayers nach vorn. Die Stirn trifft Saschas Nase. Irgendwas geht in seinem Gesicht zu Bruch. Während er mit dem

Rücken auf der Straße aufkommt, denkt Sascha erst an die Nase, dann schreit sein Rücken großflächig auf. Als Sascha den ersten Tritt in die Rippen bekommt, weiß er, dass seine Nase nicht die einzige Problemzone ist. Der Typ tritt noch ein paar Mal zu. Sascha kann spüren, wie der ganze Atem aus ihm entweicht. Dabei macht er ein pfeifendes Geräusch. Wenigstens verfehlt der Turnschuh sein Gesicht, weil sich Sascha schnell genug wegdreht und seinen Kopf mit den Unterarmen bedeckt. Deshalb tritt ihn der Nazi in die Eier. Sascha schreit laut.

Der Maskierte setzt sich auf Sascha und schlägt noch ein paar Mal mit der Faust direkt in sein Gesicht. Die Lippe springt auf. Sascha versucht seine Unterarme zwischen sich und die Schläge zu bekommen. Ein paar Mal prallt die Faust tatsächlich ab. Dann kommt sie wieder durch die Deckung. Sascha schlägt auch wild um sich. Er bekommt die Sturmhaube zu greifen. Packt sie. Zieht daran. Demaskiert den Kerl. Wie Batman, wenn der erfahren will, wer wirklich sein Gegner ist. Blond. Pausbacken. Vollbart. Der Schläger schaut nett aus. Der Kerl ist erstaunt. Er hört sogar auf zu schlagen – und schaut Sascha an.

Ein Auto kommt die Straße lang.

Im Scheinwerferlicht kann er den jungen Mann von gerade eben kaum wiedererkennen. Von nett auf Hass in wenigen Sekunden. Als würde das Licht das Letzte aus ihm herauskitzeln. Wild schlägt er noch ein paar Mal auf Sascha ein. Einige Schläge gehen daneben. Ein paar Mal trifft er aber auch. Irgendetwas in Saschas Gesicht verschiebt sich. Der Angreifer lässt von Sascha erst ab, als das Auto hupt, weil es nicht weiterfahren kann. Er reißt die Sturmhaube aus Saschas Händen, packt seinen Rucksack und rennt davon.

Langsam rappelt sich Sascha hoch. Die Autofahrerin steigt aus.

»Geht's Ihnen gut?«

Sascha nickt.

»Ja. Mir geht es super.«

Der Autofahrerin sucht in der Handtasche nach ihrem Handy. Sascha versucht aufzustehen, aber er bekommt immer noch nicht richtig Luft. Die Rippen schmerzen. Und beim Atmen läuft Blut von der Nase in den Rachenraum. Er quält sich auf allen vieren hoch. Auf der Straße ist ein roter Fleck. Es ist sein Blut. Die Autorfahrerin hat mittlerweile ihr Handy in der Tasche gefunden. Sie tippt auf dem Display herum.

»Ich rufe die Polizei.«

Am nächsten Morgen holt Lydia mit den Kindern Sascha im Krankenhaus ab.

Auf dem Nachhauseweg schläft Judith in der Baby-Trage auf dem Beifahrersitz, während Sascha mit Julian auf der Rückbank sitzt.

»Wie fühlst du dich?«, fragt Lydia mit einem kurzen Blick in den Rückspiegel.

»Wie einmal durch den Fleischwolf gedreht.«

»Die Ärzte hätten dich gerne noch zur Beobachtung im Krankenhaus gelassen.«

»Da holt man sich nur einen Keim. Ich habe so einen Wisch unterschrieben, dass ich auf eigene Verantwortung nach Hause gehe.«

»Hältst du das für eine gute Idee oder ist das nur eine der schlechten Entscheidungen, die du in letzter Zeit triffst?«

»Entschuldige, dass ich dir Umstände mache.«

»Welche Umstände meinst du?«

»Dass du mich abholen musst. Ich wäre alleine nach Hause, aber die im Krankenhaus haben darauf bestanden, dass ich einen Fahrer habe.«

»Ich bin immer noch deine Frau. Also kümmere ich mich. Das macht man in Familien.«

Zuhause stillt Lydia erst einmal Judith. Julian spielt Lego. Sascha macht sich einen Kaffee und versucht auf der Couch eine schmerzfreie Stellung zu finden. Nachdem Lydia das Baby in die Wiege gelegt hat, setzt sie sich auf einen Sessel neben ihren Mann.

»Weißt du, was das gestern Nacht für ein Schock war?«

»Ich kann's mir denken.«

»Musstest du dich unbedingt mit diesem Nazi anlegen?«

»Manchmal muss man Zivilcourage zeigen.«

»Zivilcourage? Wie viel hast du vorher getrunken?«

»Du bist ja sehr mitfühlend.«

»Und du bist ein Lügner. Ich habe vorhin im Sender angerufen, um dich zu entschuldigen. Wann wolltest du mir eigentlich sagen, dass du gefeuert bist?«

»Wenn ich was Neues habe.«

»Und was hast du in den letzten Tagen gemacht, als du angeblich gearbeitet hast?«

»Ich hab versucht, mir eine eigene Videoproduktion aufzubauen. Zusammen mit Carsten.«

»Kenn ich nicht. Woher kennst du ihn?«

»Aus der Kneipe.«

»Vermutlich habt ihr viel gemeinsam.«

»Er ist gut drauf. Ich hab Vertrauen zu ihm.«

»Das ist doch super. Ich habe kein Vertrauen mehr zu dir, Sascha.«

»Das ist scheiße.«

»Allerdings.«

Den Rest des Tages kümmert sich Lydia um Judith und spielt mit Julian. Mit Sascha spricht sie kein Wort mehr.

Am Nachmittag pfeift sich Sascha ein paar Schmerztabletten rein. Sie helfen besser, als er erwartet hat.

Nachdem er die Haustür geöffnet hat, bleibt Torben überhaupt keine Zeit, zu reagieren.

Max packt ihn am T-Shirt-Kragen und drückt ihn vor sich durch den langen Hausflur. Torben tippelt rückwärts. Der Baseballschläger neben der Haustür kippt um. Eine Vase fällt von einem Schuhschränkchen. Max schiebt Torben weiter, bis dessen Rücken Bekanntschaft mit dem Rauputz am Flurende macht.

»Musste das sein?«, fragt Max. »Musste das sein?«

Torben schaut ein bisschen hektisch.

»Ich weiß gar nicht, wovon du sprichst.«

»Du weißt es nicht?«

Max zieht seine Augenbrauen bis zum Anschlag nach oben. Torben zuckt hektisch mit Schultern. Seinen Pupillen springen dabei ping-pong-mäßig in verschiedene Richtungen.

»Ehrlich, ich hab keine Ahnung, worum's geht.«

»Weißt du, was mich aufregt, Torben?«

»Hey, ich will dich nicht aufregen.«

»Dass du mich für einen Lowbob hältst.«

Max gibt Torben mit der flachen Hand einen leichten Klaps auf den Hinterkopf.

»Fällt's dir jetzt wieder ein?«

Der nächste Klaps fällt härter aus.

Torben glotzt mit weit aufgerissen Augen. Das nervt Max. Deshalb kein Klaps mehr, sondern ein heftiger Schlag.

»Der Kerl hat mich provoziert«, brüllt Torben. »Was hättest du denn an meiner Stelle gemacht?«

»Wie wär's mit Denken?«

»Ich konnte ja nicht wissen, dass mir der Wichser blöd kommt.«

»Schon ziemlich überraschend, dass man schwach angeredet wird, wenn man eine Asylantenbude zutextet.«

»Genau. Die Zecken haben alle noch zu wenig Angst vor dem Nationalen Widerstand.«

»Torben, ich habe gerade mit dem Stilmittel der Ironie gearbeitet, falls dir das was sagt. Bei Facebook kommt dann immer ein Zwinker-Smilie.«

Max lässt Torben los und straft ihn mit einem Blick ab, den er sich für hoffnungslose Fälle aufhebt.

»Ich konnte mir das doch nicht gefallen lassen. Du kennst mich, Max: Ich bin keine Pussy! Wenn mir einer blöd kommt, dann kriegt er was auf die Fresse!«

»Bleib flauschig, Torben. Du hyperventilierst ja schon.«

Die Aufforderung hilft. Torben drückt sich fest an die Wand und beginnt wieder gleichmäßig zu atmen. Max lehnt sich ebenfalls mit dem Rücken an den Putz. Der Putz ist so rau, dass man ihn auch durch die Lederjacke spüren kann. Max holt eine Zigarettenpackung aus seiner Jackentasche, klopft eine Zigarette heraus und steckt sie in den Mundwinkel. Er hält die Schachtel in Torbens Richtung. Der schaut einen Moment verständnislos darauf, bevor er den Kopf schüttelt. »Nein, danke. Ich rauche nicht im Haus.«

»Ich schon.«

Max zündet sich sich eine Zigarette an. Während der ersten Züge schaut er sich einfach das Licht an, das durch die offene Tür in den Hausflur fällt.

»Es war schon ziemlich schwachsinnig, so eine Aufmerksamkeit zu erregen, wo wir gerade still und heimlich dabei sind, unsere Vertriebswege neu zu organisieren.«

»Meine Weltanschauung hat Aufmerksamkeit erregt. Nicht das Geschäft.«

»Leider bündelt sich beides in deiner Person, du Brotgehirn.«

»Du bist doch politisch voll auf meiner Wellenlänge. Wir wollen beide nicht diesen Abschaum, der bei uns angeschwemmt wird. Dieses Pack.«

»Ich bin Unternehmer. Handelspolitik ist das Einzige, was mich interessiert. Ich verkauf meine Ware an Betriebswirtschaftsstudenten, an Gastarbeiterkinder aus der dritten Generation, Nationalsozialisten, Künstler und Hartz-4-Empfänger. An die ganzen bedürftigen Konsumenten, die mit Chemie ihre Lebensqualität verbessern wollen. Wenn er mir die Kohle gibt, bevor er sich in die Luft sprengt, würde ich meine Produkte auch an einen Dschihadisten verkaufen. Ich mach da keinen Unterschied. Hauptsache, alle sind zufrieden.«

»Du bist der Letzte, von dem ich gedacht hätte, dass er mich mit Toleranz und dem ganz Kack weichkochen will.«

Max legt seinen Arm um Torbens Schulter.

»Hey, ich hab gar nichts gegen deine Einstellung. Überall in unserem Land werden Leute laut, die sich gegen Überfremdung wehren. Die Islamisierung. Die Multikuli-Umerzieher in den Systemparteien. Leute aus der Mitte der Gesellschaft sind plötzlich widerstandsbereit. Da ist es doch strategisch unklug, gerade jetzt die Nerven zu verlieren. Ich will auch nicht, dass meine Freundin verschleiert rumläuft. Ehrlich gesagt, turnt mich das sogar an, wenn ihr einer im Supermarkt auf den Arsch schaut. Dann denke ich: Yeah, den Arsch kannst du gleich haben und der Wichser nicht. Ich hau dem Spanner nicht reflexartig in die Fresse. Torben, beruhig dich einfach mal und überlass den Widerstand den Amateuren. Und wir verfolgen störungsfrei unser profitables Geschäftsmodell.«

»Ich habe unserem Geschäft überhaupt nicht geschadet.«

Max tritt die Zigarette auf dem Teppich im Flur aus. Anschließend schaut er sich den Brandfleck an, der dabei entstanden ist.

»Natürlich hast du das. Der Kerl hat dich gesehen.«

»Der Minusmensch war viel zu sehr damit beschäftigt, die Schläge abzuwehren, ohne sich einzukacken. So ein Vollaffe kann mich doch hinterher nicht beschreiben.«

»Träum weiter, aber halte ein paar Vorsichtsmaßnahmen ein. Schaff alles weg, was dich belasten kann. Flugblätter und so einen Scheiß – vor allem, wenn strafbare Symbole drauf sind. Die Hakenkreuz-Flagge in deinem Schlafzimmer hängst du natürlich auch ab. Und pass auf, dass du kein Ice im Haus hast. Unsere Geschäftsbeziehung ruht erst einmal, bis sich die Wogen geglättet haben und wir sicher wissen, dass dich die Cops nicht auf dem Radar haben. Bis dahin solltest du an deiner charakterlichen Eignung arbeiten, Torben.«

Max bleibt noch eine Zeit an die Wand gelehnt neben Torben stehen. Er kann riechen, dass Torben zu schwitzen anfängt und das Deodorant versagt. An Körperausdünstungen kann man am besten feststellen, ob eine Geschäftsbesprechung erfolgreich verlief. Zufrieden geht Max den Hausflur entlang. Er kickt den Baseballschläger zur Seite, der quer vor der Eingangstür liegt. Max dreht sich noch einmal um.

»Sag mal, Torben, du hattest doch nicht etwa vor, mir mit dem Basy eins auf den Schädel zu geben?«

Torben schüttelt heftig den Kopf. Sein Schweiß zieht wie eine Nebelbank durch den Korridor.

»Natürlich nicht, Max.«

Max nickt.

»Gut. Sonst müsste ich dich echt mal anstupsen.«

Nachdenklich hebt Max den Baseballschläger auf und betrachtet ihn. »Besser, ich nehm das Ding mal mit. Nicht, dass du auf die Idee kommst, damit Cops anzugreifen, die bei dir eine Hausdurchsuchung machen.«

Max geht mit dem Baseballschläger nach draußen. Die meiste Zeit ist es okay, der Babo zu sein. Mit Idioten zu arbeiten, mit Rookies, aber manchmal nervt es doch, ständig für sie mitzudenken.

Carsten lehnt am Auto und wartet. Als Sascha mit der Kameraausrüstung aus dem Haus kommt, kneift Carsten die Augen zusammen. Dann zieht er die Mundwinkel anerkennend nach unten. »Boah, das sind ein paar hochwertige Prellungen und Cuts. Hattest du Stress mit deiner Frau?«

»Ausnahmsweise nicht.«

»Wer war's dann?«

»Ein Nazi, der Hakenkreuze an eine Turnhalle gesprayt hat.«

»Wenn es gegen den Verein ging, war es eher ein Hooligan.«

»In der Turnhalle sind Flüchtlinge untergebracht.«

»Das wäre ein Grund, ihn zu verprügeln, und nicht umgekehrt. Hast du ihm wenigstens ein paar mitgegeben?«

»Immerhin habe ich meine Meinung dazu gesagt.«

Carsten zieht verächtlich die Mundwinkel nach unten.

»Wenn man eine Meinung hat, muss man sich auch verteidigen können. Wenn du willst, kann ich dir Tipps geben, wo du ein gutes Messer herkriegst oder einen Teleskopschlagstock.«

»Will ich nicht.«

»Vielleicht wäre Pfefferspray das Richtige für dich. Mädchenzeugs. Darfst du dir bloß nicht in die eigenen Augen sprühen.«

»Ich kann mich auch so verteidigen.«

»Sieht man.«

Nachdem die Kamera im Kofferraum verstaut ist, steigen sie ins Auto.

»Wo geht's hin?«

»Kennst du das ehemalige Hotel *Deutsches Haus*?«

»Klar. Ist jetzt eine Flüchtlingsunterkunft.«

Carsten fährt los.

»Bist du geprägt von deinem Nazi-Zusammentreffen, oder warum fahren wir dorthin?«

»Dokus zur Situation der Flüchtlinge verkaufen sich gut.«

»Da musst du dich aber beeilen. Die Fernsehsender bringen einen Flüchtlings-Report nach dem anderen. In Talkshows wird über nichts mehr anderes geredet. Bald ist das Thema durch. Es nervt schon jetzt.«

»Es beeinflusst halt unser tägliches Leben. Zumindest meins.«

»Ja, weil du auf die Fresse bekommen hast. Wenn die Leute ein bisschen mehr *History Channel* und weniger *Shopping Queen* glotzen würden, sähen sie das alles gelassener. Nach dem Ende des 2. Weltkriegs gab es 14 Millionen Flüchtlinge. Sie waren nicht wirklich willkommen, aber nachdem sie das Wirtschaftswunder maßgeblich mit aufgebaut hatten, war alles gut. Danach kamen die Russlanddeutschen. Die ganze DDR. Wir haben alles geschluckt. Und hinterher waren wir ein super Land. So wird es auch dieses Mal laufen. In fünf Jahren erinnert sich keiner.«

»Du bist zu gebildet für einen Türsteher.«

»Vorurteile gegen Türsteher gehen anscheinend immer«, schnauft Carsten. »Alle Türsteher sind verkappte Nazis und offensichtlich Vollpfosten. Ist das fair? Ich habe einen mittleren Schulabschluss. Außerdem kommen meine Vorfahren aus Schlesien. Da interessiert man sich für die beschissene Geschichts-Wiki unseres Landes und die Flüchtlingsproblematik. Überhaupt bin ich vielseitig interessiert.«

»Ich hab schon verstanden. Das Leben ist auch zu Türstehern nicht gerecht.«

Vor dem *Deutschen Haus* parkt Carsten ein. Sascha holt die Kamera aus dem Kofferraum. Als er sich nach vorne beugt, funken Prellungen Schmerzsignale über die Nervenbahnen. Die Rippen. Der Rücken. Immerhin: Alles, was aufschreit, ist noch da. Sascha atmet heftig aus.

»Wird's gehen?«, fragt Carsten.

»Schau ich hilfsbedürftig aus?«

»Nein, nur ein bisschen ramponiert. Ich bin bei Schmerzen ein echtes Weichei. Deshalb teile ich auch lieber aus, bevor ich einstecke. Kann ich dir irgendwie helfen?«

»Ich bin Kamera. Du bist Auto.«

»Ist gut. Ich steh auf Arbeitsteilung.«

»Vielleicht kannst du das Auto raussaugen. Oder deine Fahrkünste verbessern.«

»Was bitte passt an meinen Driver-Skills nicht?«

»Du lässt die Kupplung zu hart kommen.«

»Boah. Und das sagt einer ohne Führerschein zu mir. Ein Radfahrer.«

Sascha lacht, aber er hört damit sofort wieder auf. Die Prellungen in seinem Gesicht sind echte Spielverderber. Mimik kann keine Schwellung leiden.

Sascha packt die Kamera aus und schultert sie.

»Was passiert jetzt?«, fragt Carsten.

»Zuerst schießen wir eine Totale des Gebäudes.«

Das ehemalige Hotel *Deutsche Haus* versprüht den niederschmetternden Charme einer 80er-Jahre-Volksmusiksendung im Zweiten Programm. Kurz vor der Zeit, als die Privatsender dazu kamen und die Öffentlich-Rechtlichen aus ihrem Dornröschenschlaf weckten: mit Tutti-Frutti und nackten Brüsten und sinnloser Gewalt. Also mit allem, was die Leute mochten – und viel zu lange vermisst hatten.

Von außen schaut das *Deutsche Haus* aus, als hätte man im Kalten Krieg wegen der grenznahen Lage der DDR unbedingt demonstrieren wollen, wie wertbeständige, westdeutsche Gastronomie ausschaut. An ein altes Haus mit Erkern und Giebeln wurden Balkone und ein Kupfervordach rangeklatscht, als würde man nicht nur auf die Vergangenheit scheißen, sondern sie auch gleich noch neu erfinden. Demonstrativ ausgestelltes Wirtschaftswachstum. An die Wiedervereinigung hat zur Zeit des Umbaus keiner mehr geglaubt, auch wenn sie in den Sonntagsreden vorkam. In den 80ern glaubten auch noch mehr Leute an Gott. Jedenfalls am Anfang. Wann haben eigentlich die Leute den Glauben verloren? Vielleicht mit dem Aufkommen von AIDS. Oder als es keinen Sendeschluss mehr gab im Fernsehen. Keine Zeit mit Testbild.

Innen hält das *Deutsche Haus*, was die Fassade androht: Eiche rustikal in der beschichteten Pressspan-Version.

Im Eingangsbereich werden Sascha und Carsten von Walied, dem Integrationsbeauftragten, begrüßt. Walied ist Sozialpädagoge. Er stammt aus Ägypten und lebt seit 12 Jahren in Deutschland. Die langen Haare hat er zu einem Pferdeschwanz zusammengebunden und unter seinem Jackett trägt er ein *Radiohead*-Band-Shirt.

»Schöne Räume«, erklärt Walied. Er öffnet die Arme. Die Geste wirkt, als würde ein Vermieter gerade einen Gast durch eine Ferienwohnung führen.

Sascha schwenkt über eine Hotelbar, an der man als Handelsvertreter spät nachts lieber nicht mehr sitzen möchte.

»Schöne Räume?«, fragt Carsten. »Schaut aus wie die Art Kneipen, in die wir als Kids nicht gegangen sind, weil sie wie ein Röntgenbild unserer Eltern rüberkamen. Wie ein Röntgenbild von sehr unschönen Körperregionen.«

»Carsten, sei still«, sagt Sascha.

Sascha richtet die Kamera auf Walied. Großaufnahme Integrationsberater.

»Die Räume sind funktional«, sagt Walied. »Alle Bewohner haben eine eigene Nasszelle. Es gibt eine gemeinsame Küche und ein Esszimmer. Büros. Und Räume für den Unterricht.«

»Die Besitzer haben mit der Vermietung dieser Bruchbude jedenfalls das große Los gezogen«, kommentiert Carsten trocken.

Sascha dreht sich zu Carsten.

»Carsten!«

»Schon klar: Ich halte die Klappe.«

Sascha zoomt näher ran an Walied.

»Irgendwann muss ja auch mal einer glücklich werden. Das Hotel lief nicht so gut«, sagt er. »Und du kannst mal die jungen Leute fragen, die hier sind. Für die ist es das Paradies. Besser als in einem überfüllten Zeltlager in Griechenland. Und besser als ohne Wasser und Strom. Besser, als im Mittelmeer zu ersaufen.

Zu verhungern. In eine lebende Bombe verwandelt zu werden oder in einen Kindersoldaten. Ein Mädchen will man sowieso nicht sein. Denken ist überall schlecht, aber in manchen Ländern ist es schlechter. Unerwünscht. Bloß kein eigener Kopf. Wenn du Pech hast, kriegst du den Kopf abgeschnitten, damit das Denken endlich aufhört. Anschließend wird dein Leichnam kopflos an einer Straßenlaterne aufgehängt, mit Benzin überschüttet und angezündet. Das passiert da, wo diese Menschen herkommen. Heimat will man dazu nicht mehr sagen, aber die meisten haben noch Eltern dort. Geschwister. Freunde. Heimat kann einem ganz schön in die Fresse hauen.«

»Hier gibt es auch Heimat. Leute, die zuerst da waren«, antwortet Sascha.

Walied nickt traurig.

»Besorgte Bürger. Die tun so, als wäre die Katastrophe hier bei uns, aber in Wirklichkeit ist sie woanders. In den zerbombten Städten, in denen Scharfschützen auf Kinder schießen.«

»Die Angst vor dem Fremden gehört zu den Urängsten. Die Steinzeitmenschen hatten einen Überlebensvorteil davon.«

»Nachts kommen die ängstlichen Steinzeitmenschen und schmieren unser Haus voll. Asylanten raus. Deutschland den Deutschen. Das Boot ist voll. Die Neuankömmlinge wollen bei jeder neuen Parole wissen, was das heißt. Manchmal habe ich keine Lust, die Scheiße zu übersetzen. Oder falsch zu übersetzen. Ich kann ja nicht so tun, als wären das alles Verse von Goethe, dem Dichterfürsten. Ich muss meinen Job machen. Dem Integrationsauftrag nachkommen. Ich erkläre dann, dass es überall auf der Welt Ärsche gibt. Wo die Flüchtlinge herkommen. Wo sie hingehen. Das müssen sie lernen.«

»Aber du kannst schon verstehen, dass die Deutschen Angst vor Terror haben?«

Walied nickt.

»Die ganze Menschheit hat Angst davor. Nur die Terroristen haben keine.«

»Was kann man tun, damit sich keiner der jungen Männer radikalisiert? Die sind ja besonders gefährdet.«

»Offen sein. Reden. Ich kann nicht vor jeder verschlossenen Tür stehen und darauf warten, dass einer mit einem Sprengstoffgürtel rauskommt.«

»Haben die Leute hier im Haus alle ein Handy?«

»Die meisten. Manche nicht. Die tun mir am meisten leid.«

»Und die mit Telefon? Haben die alle noch Kontakt zu ihren Verwandten?«

»Kontakt ist nicht einfach. Überall Ruinen. Verwaiste Landschaften. Verwüstete Menschen. Gestern war ich dabei, als ein junger Mann erfahren hat, dass sein Bruder im Mittelmeer ertrunken ist. Er hatte es schon vermutet. Jetzt weiß er es sicher.«

»Wie gehst du mit solchen Situationen um?«

Walied zuckt mit den Schultern.

»Ich stand ja nur daneben. Trauer kannst du keinem abnehmen.«

»Fällt es den Flüchtlingen schwer, Deutsch zu lernen?«

»Natürlich fällt es ihnen schwer. Ich erinnere mich an meine ersten Lektionen. Ich heiße Walied. Ich komme aus Ägypten. Was habe ich mir angetan?, dachte ich.«

»Jetzt sprichst du gepflegter als die meisten Muttersprachler.«

»Danke. Die Kinder und Jugendlichen lernen natürlich am schnellsten. Die Kollegen, die sie außerhalb der Unterrichtszeit betreuen, sind nicht immer hilfreich. Sie reden zu oft Englisch mit den Leuten. Effizienz und so. Wenn sich ein Junge nicht die Zähne putzt, geht es um die Zähne – nicht um die Sprache.

Dann sagst du ihm auf Englisch, dass er sich die Zähne putzen soll.«

»Walied, was fällt den Flüchtlingen besonders schwer?«

Walied lacht.

»Pünktlichkeit. Das lernen die nie. Es gibt deutsche und arabische Pünktlichkeit. In Arabien ist man höflich, wenn man eine Viertelstunde zu spät kommt. Und überall auf der Welt gibt es Ausnahmen. Hier gibt es keine Ausnahmen. Wenn man als Baby zu spät kommt, wird die Geburt eingeleitet.«

»Dürfen wir noch mit ein paar Bewohnern sprechen?«

»Natürlich.«

Schnell trommelt Walied ein paar männliche Flüchtlinge zusammen. Die Frauen haben Angst vor der Kamera. Nur eine ist bereit zu sprechen.

»Ich bin froh, dass ich hier Freiheit als Frau spüre. Jede Frau in Afghanistan sollte das erleben. Die Leute reden mit mir. Ich darf da sein.«

Sie fängt an zu weinen.

Sascha zoomt an die Tränen heran. Eine rollt richtig lange über die Wange. Sascha folgt ihr mit der Kamera. Tiefenscharf kullert die Träne in ihrem eigenen Rhythmus über die Haut. Auch ohne Alkohol am Morgen eine ruhige Hand. Er ist zufrieden.

Die jungen Männer gehen offensiv mit der Kamera um. Sie ist ihr Freund. Schon genug Erfahrung mit Selfies und sozialen Netzwerken.

»Bei Deutschland gefällt mir am besten Disziplin. Alle funktioniert. Ordentlich. Rufst du Polizei, wenn dein Nachbar stört. Du hast ein Recht keine genervt zu werden. Bei uns ist es schon gut, wenn Nachbar nicht dich umbringen will. Viele Waffe, wo ich herkomme. Hier kann jeder machen, wenn nicht nervt. Mach dein Ding. Haha. Ich wollte nur weg. Egal, wo – Hauptsache weg. Hauptsache, wo sicher. Die Leute, das ich bisher begegnet habe in Deutschland, sind richtig nett. Und ich habe noch nie irgendwelche Leute getroffen, dass ich den Eindruck bin, dass ich falsche Land gelandet habe. Es gibt viele warme Leute hier mit große Herz. Die gebracht haben Jeans. Gute Trademarks. Levis. Sogar Bücher habe die angetragen. Ganze Kartons. Obwohl wir Bücher deutsch noch nicht lesen konnten. Aber Deutsche denken voraus. Für später. Als ich angefangen wurde mit Deutsch – das war der größte Schock. Dachte: Lernt nie. Jetzt wurde es aber okay. Scheiß Ausländer! Haben welche gerufen. Hau ab – ich hau dir auf die Fresse! Meine Freunde ganz schweigen von Angst. Schauen nur auf den Boden. Hey, sag ich zu meinen Freunden, wo wir herkommen, alles ist kaputt und Hass. Viel Hass. Viel Leute müssen sterben jeden Tag. Hier kommt Auto und bringt dich in Krankenhaus, wenn du krank hast. In meinem Land kommt Auto mit Irre, die Kopf abschneiden. Es ist gut hier. Selbst die Idiote haben nicht so verrückt. In Deutschland du kannst dich sogar mit die Idioten integrieren.«

Nach dem Dreh packt Sascha die Kamera wieder in den Kofferraum. Sofort ist der Schmerz wieder da. Die Rippen schreien, der Rücken beschwert sich nur. Das ist gnädig von ihm.

Nachdem Sascha den Kofferraumdeckel geschlossen hat, fragt Carsten:

»Mal ehrlich – drehst du diese Flüchtlings-Doku nur aus Rache, weil du abgeklatscht wurdest?«

»Das hat nichts damit zu tun.«

»Ach?«

»Okay, zuerst war ich wütend.«

»Wütend? Ich wäre voll angepisst.«

»Dann hat aber wieder der Verstand die Kontrolle übernommen. Deshalb sind wir jetzt hier. Irgendwas muss man ja machen. Zum Beispiel einen Film.«

»Stimmt schon. Rache ist ein Gericht, das am besten kalt serviert wird, sagen die Klingonen.«

»Genau genommen kommt es zuerst in Der Pate vor.«

Carsten schaut Sascha lange an.

»Ich hab den Film fünfmal gesehen und kann mich nicht daran erinnern.«

»Im Buch, nicht im Film.«

»Scheiß Geisteswissenschafler. Ich glaub dir trotzdem nicht. In echt ist es von den Klingonen.«

Die beiden Männer lachen und steigen ins Auto. Carsten macht Musik an. *Darkness Within* von Machine Head.

Sascha ist froh, dass er nicht fahren muss. Vom Beifahrersitz aus werden andere Gehirnregionen angesprochen. Wenn man gelassen in die Landschaft schaut, während man von E-Gitarren zugespült wird. Sascha ist auch froh, dass er nicht für den Sender filmt. Die Zombie-Erwartungen der Zombie-Zuschauer erfüllen muss. Nicht mehr dauernd im Hinterkopf zusammenrechnet, ob man schon genug Material für einen Drei-Minuten-Beitrag hat. Er fühlt sich tatsächlich befreit, weil er die Ochsentour für den Sender hinter sich gelassen hat. Schön, wenn man frei ist. Natürlich bezahlt man mit einem Mangel an Sicherheit. Beschissene Bezahlung war besser als gar keine. Und sich Gedanken machen über die Miete und dieses Jahr vielleicht ohne Urlaub. Obwohl die Frau gut verdient. Abhängigkeit auch noch. Trotzdem. Andere Regionen im Hirn sind definitiv gut.

Sascha liegt auf der Couch und schaut gerade ein Zweitliga-Fußballspiel an, das ihn nicht interessiert, als es an der Wohnungstür klingelt.

Ein Pass zu einem Phantomspieler. Wieder ist der Ball beim Gegner. Der Mangel an Strafraumszenen erinnert Sascha an seine erste Freundin Franzi.

Im Flur wird leise gesprochen. Lydia hat die Stimme gesenkt, weil die Kinder schon im Bett sind.

Ein Spieler wird rüde gefoult. Der Trainer regt sich zu Recht auf, dass es keine gelbe Karte gibt.

»Du hast Besuch«, sagt Lydia.

Sascha hebt den Kopf. Er sieht den Kopf von Björn Grosch über sich.

»Hallo Sascha, wie geht's dir?«

»Geht so. Die Nase ist im Arsch und der ganze Rest tut auch weh.«

Als sich Sascha aufrichtet, bringen sich die Rippen unangenehm in Erinnerung.

Bevor sich Björn in den Sessel setzen kann, muss er einige Legosteine von der Sitzfläche pflücken und auf den Wohnzimmertisch legen. Lydia stellt sich neben das Fenster und schaut streng.

»Schön, dass du schon wieder aus dem Krankenhaus raus bist«, sagt Björn.

»Auf eigene Gefahr«, fügt Lydia vorwurfsvoll hinzu.

»So schlimm ist es nicht«, stöhnt Sascha, während er über seine Rippen reibt.

»Er ist ein Cowboy«, sagt Lydia trocken.

Sascha stellt mit der Fernbedienung den Ton des Fernsehapparats leiser. Einen Moment schauen alle auf den Monitor. Rudelbildung um einen Spieler, der auf dem Boden liegt.

»Schön, dass du mich besuchst, Björn.«

»Na klar, Sascha, aber ehrlich gesagt, bin ich auch dienstlich hier.«

»Okay.«

»Kannst du die Fotos mal durchsehen? Also, wenn du fit genug bist.«

»Passt schon.«

»Wir wollen ja beide den Täter kriegen.«

Björn gibt Sascha ein kleines Fotoalbum. Das interessiert auch Lydia.

Sie beugt sich über die Couch, um die Fotos ebenfalls zu sehen. »Erkennst du jemanden auf den Fotos?«

Sascha blättert die Bilder durch. Manche schaut er sich zweimal an. »Sind das alle Nazis? Sicher nicht. Wahrscheinlich sind auch ein paar Polizisten als Füllmaterial dabei.«

Björn schüttelt den Kopf.

»Dazu darf ich keine Auskunft geben. Ich will dich nicht beeinflussen. Sag mir einfach, ob du deinen Angreifer erkennst.«

Sascha blättert noch mal alle Fotos durch. Die Männer auf den Bildern sehen alle gleich aus. Pausbacken und Vollbart ist gar nicht so selten.

»Der vielleicht«, sagt Sascha.

Björn schaut sich das Foto an und nickt.

»Falsche Antwort, oder?«

»Dazu darf ich nichts sagen«, entgegnet Björn.

»Auf den Fotos hätte ich auch niemanden erkannt«, mischt sich Lydia ein. »Die Typen schauen ja alle aus, als trügen sie Masken. Will jemand was trinken? Kaffee? Tee?«

»Nein, danke«, antwortet Björn. »Das ist lieb, aber ich muss noch arbeiten.«

Auf dem Weg nach draußen drückt Björn mit der Hand kurz Saschas Schulter.

»Gute Besserung.«

Lydia übernimmt die Begleitung zur Tür.

Sascha dreht den Ton lauter.

Der Kommentator sagt etwas von Not gegen Elend. Die Spieler sehen so aus, als würden sie nur in die Halbzeitpause kommen wollen.

Sascha klingelt.

Alina öffnet. Zu den blauen Strähnen sind ein paar rote dazugekommen. O'Malley erscheint neben ihr und schaut den Besucher mit einem abschätzigen Katzenblick an.

»Ach du Scheiße, was ist denn mit deinem Gesicht passiert?«, fragt Alina.

»Arbeitsunfall. Erzähl ich dir später.«

»Wie geheimnisvoll. Versuchst du dich interessant zu machen?«

»Nein.«

»Magst du ein Bier?«

»Es ist zu früh.«

»Also ja.«

Alina holt zwei Bier aus ihrem für einen Single-Haushalt überdimensionierten Kühlschrank. O'Malley drückt sich an ihre Beine. Als er merkt, dass es nichts zu fressen gibt, verzieht er sich beleidigt. Sie prosten und trinken und setzen sich auf die von Bonsais umrankte Couchlandschaft.

»Hast du die Möbel umgestellt?«, fragt Sascha.

»Ja. Das Video schalte ich morgen frei. Hast du dir die anderen Clips angesehen, die ich aus deinen Aufnahmen gezaubert habe?«

»Du hast Talent. Ich mag harte Schnitte. Wie bei Peckinpah.«

»Peckinpah kenne ich nicht. Ich habe mich an Tarantino orientiert.«

»Tarantino hat von Peckinpah gelernt.«

»Welches Video gefällt dir am besten?«

»Das mit dem Poporutscher ist natürlich schön physisch. Hat mich an Buster Keaton erinnert«

»Wer ist Buster Keaton?«

»Der Meister des körperlichen Kinos. In einem seiner Filme fällt die Wand eines Holzhauses auf ihn, aber er kommt nicht zu Schaden, weil ihn eine Fensteröffnung trifft. Damals wurde das noch gedreht, indem man die Wand auf Buster Keaton fallen ließ. Das Live-Rollen-Spiel-Video ist auch super.«

Alina hebt die Augenbrauen. Sie beugt sich zu Sascha, so dass die Augen noch größer wirken.

»Das sind so große Bilder. Episch.«

»Bei so einer tollen Location kann man wenig falsch machen. Überall Felsen und Wald und Einsturzhöhlen.«

»Die Kamera bleibt immer dicht dran. Trotzdem geht bei den Kampfszenen die Übersicht nie verloren.«

»Das ist dein Verdienst als Cutterin. Es wirkt martialisch wie in *300.* Schnell geschnitten wie in den Bourne-Filmen. Und dann stehen die Nerds an dieser verlassenen Bahnhaltestelle irgendwo im Outback. Der alte Bahnhof im Hintergrund ist längst aufgegeben. Bretter vor den Fenstern, nachdem die Scheiben eingeworfen worden sind. Es gibt nicht mal einen Getränkeautomaten. Alle trinken Cola und Club Mate. Und haben in Schaumstoff eingewickelte Schwerter, Streitäxte und

Magierstäbe bei sich. Als Zuschauer spürt man den Hangover, der sich einstellt, wenn man aus einem gekickten Fantasy-Dasein in die Normalität zurück muss.«

»Wie findest du das Video vom Ausdruckstanz im Skulpturenpark?«

»Das ist ehrlich gesagt ziemlich artifiziell.«

»Das soll ja auch Kunst sein.«

»Man merkt es ein bisschen zu überdeutlich. Damit will ich nicht sagen, dass du nicht gut tanzen kannst.«

»Du hast keine Ahnung.«

»Ich hab bloß eine andere Meinung.«

»Die Community liebt es. Ich hab super viel Klicks.«

Beide trinken Bier.

»Ich finde, ich habe mich weiterentwickelt.«

»Beim Tanzen oder bei den Videos?«

»Bei allem.«

Sascha holt ein paar ausgedruckte Fotos aus seiner Jackentasche und breitet sie auf dem Tisch vor Alina aus.

»Wer ist dieser Typ?«

»Warum zeigst du mir das nicht auf dem Handy?«

»Ich drucke gerne aus.«

»Wo hast du die Fotos her?«

»Schnappschüsse aus einem deiner älteren Videos.«

»Da tauchen eine Menge Leute auf. Warum interessierst du dich ausgerechnet für den?«

»Du kennst ihn.«

»Ich kenne doch nicht jeden Hirni auf einer Party.«

»Wie kommt er dann auf deinen digitalen Bilderrahmen?«

»Hast du meine Sachen gecheckt?«

»Nein. Der Bilderrahmen hat die Bilder einfach präsentiert.«

»Ich muss nicht jeden auf einem Foto kennen.«

»Wow. Du lügst mich ja an.«

»Er heißt Torben. Was passt dir nicht an ihm?«

»Er ist ein Nazi.«

»So ein Quatsch. Der schaut überhaupt nicht wie ein Nazi aus.«

»Die nennen sich vielleicht nicht mehr so, weil sie gemerkt haben, dass es kontraproduktiv ist. Und deshalb haben sie auch ihr Outfit verändert.«

»Woher willst du dann wissen, dass er ein Nazi ist?«

»Er hat mich vor einer Flüchtlingsunterkunft zusammengeschlagen, als ich ihn beim Sprayen erwischt habe.«

»Damit wäre das mit deinem Gesicht geklärt. Was hat er gesprayt?« »Ausländerfeindliche Parolen und das Übliche.«

»Das Übliche?«

»Hakenkreuze. Was weißt du noch über ihn?«

»Es gibt Quellen, mit denen du das bestimmt viel besser rauskriegen kannst. Die ganze Antifa. Die prügeln sich gerne mit Torben.«

»Also hast du gewusst, dass er ein Nazi ist?«

»Du kannst mich mal. Schau ich wie eine Nazi-Braut aus?«

Sascha holt noch ein Foto aus seiner Tasche.

»Wer ist der Kerl neben Torben?«

»Warum willst du das wissen?«

»Er redet so vertraut mit Torben. Sie scheinen sich gut zu kennen. Und er ist eigentlich ein paar Jährchen zu alt für eure Partys.«

»Er heißt Max. So eine Art großer Bruder für Torben.«

»Ich versteh schon. Der sagt, wo's langgeht. Er ist der Boss.«

»Du hörst dich wie ein beschissener Bulle an.«

»Und du hörst dich wie eine beschissene Lügnerin an.«

Sascha schaut in Alinas große Manga-Augen.

Alina senkt die Lider und knabbert auf der Lippe.

»Bitte jetzt kein Show-Programm«, sagt Sascha.

»Max hat immer was zu den Partys mitgebracht. Das sagst du aber niemandem weiter.«

»Drogen?«

»Spaß.«

»Crystal?«

»Auch. Crystal. Legal Highs. Speed. Alles.«

»Wer ist das Mädchen, das mit euch abhängt? Die du dauernd umarmst.«

»Kira. Meine beste Freundin. Meine damals beste Freundin.«

»Und der dritte Typ auf den Fotos?«

»Dennis.«

»Und was macht der so?«

»Er ist tot. Bei der letzten Party lief alles schief. Johannas Eltern waren gerade auf Gran Canaria. All inclusive. Kira und ich mussten Johanna erst überreden, bei ihr zuhause eine Party zu schmeißen. Sie machte sich wahnsinnig Sorgen, dass was kaputtgehen könnte. Damit Johannas Eltern nichts mitkriegen, haben wir die Party natürlich nicht bei Facebook groß herausposaunt. Super mega geheime Geheimparty im Geheimbereich. Nur für die echten Swagger, aber natürlich hatte jeder noch eine Begleitperson im Schlepptau. Und alle brachten was mit. Man macht sich keine Vorstellung davon, wie viel billigen Fusel es gibt. Von der Flaschenbatterie auf der Küchentheke von Johannas Eltern kriegte man schon beim Anschauen Kopfschmerzen. Die Kräutermischungen wurden auch gesammelt. Legal Highs. Die Sachen, die legal im Internet zu erwerben sind, bis sie verboten werden. Sah aus wie ein Panini-Album des gepflegten Rauschs auf der Küchentheke. Viele schwarze

Tüten. Weiß-rote Aufschriften mit entsprechenden Bildchen: Flammen. Dämon. Cannabisblätter. Totenkopf. Und bunte Tüten im Party-Look. Ibiza. Affen als DJ. Bienen im Anflug auf eine Blumenwiese. Silberne Tüten waren auch dabei. Aliens. Arktis. Ägyptische Augen. Ein paar Gäste hatten auch Crystal im Gepäck. Nur ganz wenig.«

»Lass mich raten: Die Gäste waren Max und Torben?«

Alina nimmt einen Schluck von ihrem Bier, dann erzählt sie weiter:

»Wir haben die ganzen Tüten und das Meth in so eine Tupperware-Salatschleuder geschüttet und dann gemixt. Zusammen mit Kira, Johanna und so einem Nerd namens Saren war ich das Expertenteam. Die Elite-Vorkoster. Wir haben zuerst geraucht. Mal sehen, wie das Zeug schmeckt. Mal sehen, wie das Zeug wirkt. Hat dich voll umgehauen. Wie ein Tornado. Affe auf Lava. *Feiert,* sagte ich zu den Gästen, *morgen könnten wir sterben.* Natürlich nahm der Abend eine unerfreuliche Wendung. Wenn sich jemand nennt wie ein Typ aus einem Computerspiel, dann erwartet man nicht, dass er sich den Rest des Abends auf einem Klo verbarrikadiert. Wir klopften gegen die Tür. *Saren, mach auf. Saren, geht's dir gut? Alles im grünen Bereich,* antwortete Saren. Die Tür öffnete er aber nicht. Gott sei Dank waren zwei Klos im Haus. In dem einen Saren, vor dem anderen eine Warteschlange Mädels. Die Jungs konnten ja in den Garten pissen. Das ist der Vorteil, wenn du ein Junge bist. Bei Johanna schlug unsere Spezialmischung voll durch. Sie hat pausenlos gelacht. Irgendwann tanzte sie auf dem Wohnzimmertisch. Rotierte mit den Hüften. Zog sich das Oberteil aus. Den BH. Natürlich alle das Handy raus und wie wild ein Foto nach dem anderen. Die Bilder waren nur kurz bei Facebook zu sehen, aber na ja. Das Internet vergisst nichts. Dann hat irgend so ein Hirschkopf mit wasserfestem Stift seinen Tag quer über den Flachbildschirm im Wohnzimmer hinterlassen. Da verging sogar Johanna das Lachen. Spätestens als sie zu heulen anfing, hat sich auch das T-Shirt wieder drübergezogen. Wie wild rubbelte sie mit einem Lappen auf der Scheibe rum. Dennis hat ihr geholfen. Da war Dennis noch topfit. Er hatte sogar die Idee, Spiritus zu nehmen, um den Monitor zu reinigen. Leider war der Spiritus nicht mehr in der Garage, wo ihn Johanna vermutete. Beim Versuch, mit dem Spiritus den Grill in Betrieb zu nehmen, war das Terrassenholz schwer in Mitleidenschaft gezogen worden. Wenigstens hatte jemand den Brand geistesgegenwärtig gelöscht, indem er einen Blumenkübel auf den Brandherd warf. Gerade als ich die gröbsten Verwüstungen auf der Terrasse beseitigen wollte, verwandelte sich die Küche in eine Wrestling-Arena. Pascal und Niklas prügelten sich durch IKEA. Ich hab die beiden getrennt. Dabei fing ich mir ein paar fiese Schläge und Tritte ein, aber ich hab auch ein paar ausgeteilt. Als Gastgeber bist du echt für jeden Scheiß zuständig. Die beiden Idioten waren sich über die Frage in die Haare geraten, wer den Thrash-Metal erfunden hat: Metallica oder Slayer. Die zwei Idioten waren vollkommen außer sich. Hinterher habe ich erfahren, dass keine der beiden Bands wirklich Thrash-Metal erfunden hat. Ich weiß auch nicht, ob dieses Argument geholfen hätte, um Pascal und Niklas herunterzufahren. Die waren außer sich. Der volle Gehirnfick. Währenddessen hat Dennis noch mal geraucht. Ganz entspannt. Bevor ihn das Brett traf. Die Synapsen aufglühten. Der Kreislauf durchbrannte. *Mir ist heiß*, sagte er und rannte nach draußen. Manchmal hat man das Gefühl, dass die Haut brennt, wenn das Mischungsverhältnis nicht stimmt. Dann willst du dir die

Kleider vom Leib reißen. Und das hat Dennis auch gemacht. Wir fanden seine Klamotten direkt am Fluss im Schnee. Haben blöd darauf geglotzt. Kira hat sich gebückt und in den Kleidungsstücken gewühlt. Hose. Shirt. Slip. Schuhe. Kira hat wie eine Gestörte gewühlt. Als wäre Dennis geschrumpft worden. Als wäre er unter seinen eigenen Klamotten verschüttet, aber das Leben ist kein scheiß Disney-Film. Dennis war verschwunden. Ganz und gar verschwunden. *Was machen wir jetzt?*, fragte Kira. Ich hab mit den Schultern gezuckt. Blöd mit den Schultern gezuckt. *Was machen wir jetzt?* Da war Kira schon fast dabei zu heulen. Hat sie aber nicht. Stattdessen hat sie angefangen, mich zu verprügeln. Ein paar Leute haben sie weggezerrt. Auf die hat sie auch eingeschlagen. Und auf die Polizei, als die endlich kam. Die kannten keinen Spaß. Pfefferspray. Handschellen. Einer der Bullen musste sich auf Kira setzen, aber sie hörte nicht auf zu zappeln. Die meisten Gäste hatten sich aus dem Staub gemacht, nachdem wir die Notrufnummer gewählt hatten. Das Anwesen war plötzlich leer. Von den Party-Überresten abgesehen. Johanna heulte. Ich stand bloß rum und hab auf Dennis' Klamotten geglotzt. Die lagen da, als hätte sich ein Reptil gehäutet. Eine Schlange. Eine sehr schöne Schlange, die sich anmutig bewegt. Zwei Tage später wurde Dennis' Leiche drei Kilometer flussabwärts gefunden. Bei der Beerdigung haben wir alle geheult – außer Kira. Keine Ahnung, wie sie das geschafft hat. Vielleicht hat sie vorher Meth geraucht. Crystal macht widerstandsfähiger. Es ist doch normal, dass man auf einer Beerdigung heult. Vor allem, wenn man eine Rose in ein Grab schmeißen muss, und da liegt Dennis drin. Zu den Eltern sind wir lieber nicht hin. Die haben für sich geweint. Kira und ich haben uns geschworen, dass wir uns einmal im Jahr an Dennis' Geburtstag treffen, um gemeinsam an sein Grab zu gehen. Und Blumen hinlegen. Oder ein Stofftier. Das ist doch das Mindeste, was man machen kann: dass man an jemanden denkt, oder?«

»Habt ihr das durchgehalten?«

»Was durchgehalten?«

»Wart ihr jedes Jahr an Dennis' Geburtstag am Grab?«

»Es sind ja noch nicht so viele Jahre. Dieses Mal war ich allein. Ich habe keinen Kontakt mehr zu Kira, seit sie ihren neuen Freund hat.«

»Wo finde ich diesen Max?«

Alina nimmt einen Kugelschreiber und schreibt den vollständigen Namen von Max auf ein Papiertaschentuch.

»Den Rest musst du selbst recherchieren, Mister Videocam. Und sorge dafür, dass Max deine Quelle nicht rauskriegt.«

»Was wäre dann?«

Sie zuckt mit den Schultern.

»Keine Ahnung, aber du bist doch Profi. Profis achten auf Quellenschutz.«

Für den Nachhauseweg holt sich Sascha ein Bier an der Tankstelle. Die leere Flasche lässt er in einem städtischen Abfalleimer verschwinden, um im eigenen Müll keine Spuren zu hinterlassen. In der Wohnung der erste Weg zum Computer. Hochfahren. Erst dann merkt er, dass Lydia schon im Bett ist. Sascha freut sich darüber, obwohl es moralisch bedenklich ist. Ein guter Ehemann würde sich freuen, seine Gattin noch anzutreffen. In einer idealen Welt. In einer idealen Welt würde Lydia auch in Strapsen auf ihn warten. Real würde vermutlich nichts laufen, weil sie überhaupt schon viel zu müde wäre – und insbesondere für Sex. Sie hätte ein ausgeleiertes XXL-T-Shirt an, das sie wer weiß woher hat. Vielleicht von einem fetten, früheren Liebhaber. Sascha recherchiert noch ein wenig.

Gibt ein paar Namen bei Google ein. Findet ein paar Orte, von denen er noch nie gehört hat, bei Google Maps.

Er schreibt Alina eine WhatsApp-Nachricht.

Heutzutage kann man sich nirgends mehr verstecken.

Sascha kramt den Whisky hinter der Gesamtausgabe von Philip K. Dick hervor und nimmt einen kräftigen Schluck.

Signalton.

What to do with a good man who is not romantic?, antwortet Alina. *Mein nächstes Thema im Vlog.*

Carsten und Sascha fahren durch den Versuch eines Potemkinschen Dorfs. Als kosmetische Operation wurden in der Kleinstadt zehn Schaufensterscheiben mit Folien beklebt, damit die Leerstände freundlicher ausschauen. Eigentlich hätte man erst mit zwanzig beklebten Schaufensterscheiben einen echten Befreiungsschlag setzen können, aber der Stadtrat konnte sich wegen der Kosten nur auf zehn Scheiben verständigen.

Carsten fährt besonders langsam durch die verkehrsberuhigte Zone, damit Sascha gut filmen kann.

»Dem Auto fällt es schwer, so langsam zu fahren«, sagt Carsten. »Es will lieber seine Pferdestärken auskosten.«

»Zu viel Testosteron«, antwortet Sascha.

»Verkehrsberuhigung ist hier total überflüssig. Du kannst zwanzig Minuten rauf und runter durch die Innenstadt fahren, ohne dass dir ein Auto entgegenkommt.«

»Immerhin gibt sich die Stadt Mühe, obwohl sie verloren ist.«

»Schon gut. Ich entwickle Respekt.«

Hin und wieder halten sie vor einem der beklebten Schaufenster an und Sascha steigt aus, um es etwa eine halbe Minute zu filmen.

Blumen.

Lachende Kinder.

Im Morgenlicht weckt der bebilderte Leerstand mediterrane Assoziationen. Rotwein. Sanftes Meeresrauschen. Der lichte Schatten in Olivenhainen. Lust, die nicht erarbeitet werden muss, sondern einfach da ist.

Sascha schwenkt die Kamera.

So früh am Morgen ist die Straße noch menschenleer. In der vergangenen Nacht hat jemand die komplette Bepflanzung aus den überdimensionierten, bunt bemalten Blumentöpfen gerissen, die aufgestellt wurden, um die Innenstadt aufzuwerten. Die Blumen liegen zerknickt auf der Straße, wie die Opfer eines heruntergedimmten Amoklaufs. *Vandalismus* werden es die Kollegen von der lokalen Presse nennen, obwohl Carsten gerade lange darüber referiert hat, dass die Vandalen ihren Ruf komplett zu Unrecht haben. Genau wie die Türsteher.

Sascha schwenkt die Kamera nach oben.

Schönes Motiv. Eine Rentnerin, die mit den Ellbogen auf dem Fenstersims lehnt und nicht verstehen kann, was an einem leerstehenden Ladengeschäft so interessant sein kann. Sie sieht es jeden Tag, und es war noch nie interessant.

Nach dem Ortsschild beschleunigt Carsten. Das Auto ist froh, dass es kurz seine Pferdestärke zeigen kann. Sascha legt sich mit in die Kurven. Reflexartig bewegt er den rechten Fuß, aber natürlich kann er auf der Beifahrerseite keine Bremse finden. Die Landstraße ist eigentlich zu schmal für die Geschwindigkeit. Vor allem, wenn ein LKW entgegenkommt. Sascha ist froh, dass die Aufschrift an der Lastwagenplane an ihnen vorbei donnert und nicht in sie. Die Bäume am Straßenrand kommen so nahe, als würden sie jeden Moment ins Auto einsteigen wollen. Carsten beachtet sie nicht. Er stellt Musik an. *Overkill* von Motörhead.

Nach den Bäumen übernehmen Felder das Landschaftsbild. Gerade Strecke. Carsten beschleunigt. Er lächelt zufrieden Sascha an und schaut nicht auf die Straße. Sascha lächelt zurück und lehnt seinen Kopf an die Seitenscheibe und schaut nach oben. Über ihnen fliegt ein Storch. Wenigstens kreisen keine Geier. Der Storch fliegt geradeaus.

Auf einer Anhöhe sagt Sascha:

»Wir sind da. Fahr bei der nächsten Gelegenheit raus und stell das Auto ab.«

Carsten biegt in einen Feldweg ab und parkt das Auto an einer Stelle, an der der Feldweg besonders breit ist. Sie steigen aus. Während Sascha die Kamera checkt, gönnt sich Carsten einen Rundumblick in die Landschaft.

»Wow, wir sind am Arsch der Welt«, sagt Carsten.

»Nein, wir müssen noch ein paar Meter weiter«, antwortet Sascha.

»Sind wir wegen des Dings da?«, fragt Carsten.

»Was für ein Ding meinst du?«

»Na, halt das ... Ding.«

Sascha folgt Carstens Blick. In einem umzäunten Gehege steht ein Anhänger mit Hühnerställen.

»Ach so. Nein.«

»Was ist das?«

»Ein vollautomatisches Hühnermobil. Sonnenbetrieben. Voll ökologisch. Die Photovoltaikanlage ist auf dem Dach.«

»Das ist so was wie ein mobiler Stall?«

»Genau. Da drin haben die Hühner alles, was sie brauchen:

Futter, Wasser, Nester, Sitzstangen und einen Scharrbereich. Der Kot wird aufgefangen und über ein Band nach draußen transportiert.«

»Und warum laufen die Hühner nicht draußen rum?«

»Wir sind zu früh. Um vier Uhr nachts geht innen das Licht an. Um zehn öffnen sich die Klappen. Dann dürfen die Hühner raus und haben einen attraktiven Freilauf.«

»Attraktiv?«

»So steht's im Internet.«

»Hühner verstehen unter attraktiv wahrscheinlich was anderes als ich.«

»Wenn das Gras abgeweidet ist, fährt das Hühnermobil weiter.«

»Wie viele Chicks wohnen da drin?«

»225. Und drei Hähne.«

»Für die Hähne ist das doch Stress.«

»Die Hähne sind wichtig. Sonst wäre es nicht ökologisch.«

»Und dann können Idioten wie du ökologische Eier kaufen.«

»Genau. In drei Größen.«

»Gehen die abends wieder rein?«

»Klar. Hühner sind doof. Sie folgen den Hähnen.«

»Und warum gehen die Hähne rein?«

»Weil sie nicht vom Fuchs gefressen werden wollen.«

»Klingt einleuchtend.«

Carsten holt sein Smartphone aus der Tasche und macht ein paar Fotos vom Hühnermobil. Anschließend gehen Sascha und Carsten eine Anhöhe hoch. Sie bleiben unter einer Eiche stehen, die im Wind beruhigende Geräusche von sich gibt. Sascha filmt mit einem Suchschwenk das Tal. Es schaut friedlich aus. Alle Arten von Grün. Dann bleibt die Kamera an einem bäuerlichen Anwesen haften. Sascha zoomt heran.

»Filmst du den Bauernhof?«

»Ja.«

»Deshalb sind wir hier?«

»Ja. Ein paar Aufnahmen. Ein bisschen Recherche.«

Carsten starrt angestrengt ins Tal.

»Da ist nichts Besonderes zu sehen.«

»Das ist die Herausforderung.«

»Echt jetzt?«

Sascha beendet die Aufnahme.

»Das ist die Herausforderung bei investigativem Journalismus. Herauszukriegen, was hinter den Wänden ist.«

»Wer wohnt da unten im Bauernhof?«

»Ein ambitionierter Jungunternehmer. Offiziell Internetgeschäfte.«

»Und inoffiziell?«

»Drogen. Ich glaube, er vertickt Crystal im großen Stil.«

»Hört sich immer beschissener an. Hat der Arsch einen Namen?«

»Max Thoss.«

Carsten zuckt mit den Schultern.

»Nie gehört. Ist das sein Haus?«

»Eigentümerin ist die Mutter.«

»Wohnt die auch hier?«

»Nein. Sie hat mehrere Häuser.«

»Wir sind ja wahrscheinlich nicht wegen der Mama hier.«

»Ich glaube, er verkauft das Ice gezielt auch in die rechte Szene. Der Nazi, der mich niedergeschlagen hat …«

»Du meinst den Graffiti-Künstler?«

»Ja. Die beiden sind befreundet. Vielleicht sogar Geschäftspartner.«

»Und woher weißt du das alles?«

»Quellenschutz. Als Journalist gibt man seine Informanten nicht preis.«

Sascha filmt noch ein paar Minuten ins Tal, ohne dass sich vor dem Haus eine Menschenseele blicken lässt. Dann sagt er: »Gehen wir.«

Carsten ist irritiert.

»War's das schon?«

»Bei einer Recherche muss man geduldig sein.«

»Ich bin geduldig. Kannst du mir glauben. Wenn du lang genug als Türsteher gearbeitet hast, ist *Geduld* dein zweiter Vorname.«

»Ich sag weiter Carsten zu dir. Das gefällt mir besser.«

»Wir müssen noch mal her, oder?«

»Ganz bestimmt.«

»Machen wir dann ein Interview?«

»Eher nicht.«

»Vielleicht sollte ich einfach runtergehen und dem Sackgesicht eins mit meinem Teleskopschlagstock überbraten. Dann würden wir schon etwas herauskriegen. Das ist eine effektive Methode.«

»Was investigativen Journalismus angeht, hast du ein paar Sachen noch nicht so ganz verstanden.«

Sascha packt die Kamera ein und macht sich mit Carsten auf den Rückweg zum Auto.

Mittlerweile haben sich die Klappen des Hühnermobils geöffnet.

Als sie am Gehege vorbeigehen, drehen die Hühner auf eine Art den Kopf, die keinen Zweifel daran lässt, dass sie früher einmal kleine fiese Saurier waren.

Im Auto startet Carsten erst die Musikanlage, dann das Auto. Nachdem er rückwärts aus dem Feldweg gefahren ist, gibt er Gas und stellt die Musik lauter. *Tales From The Hard Side* von Biohazard.

»Oldschool«, sagt Carsten, »aber passend.«

Auf dem Weg zurück in die Stadt kaufen sich Sascha und Carsten Kaffee in einem Drive-in im Gewerbegebiet. Sie warten mit dem Trinken, weil der Kaffee zu heiß ist. Carsten regt sich gerade über die Ampelschaltung auf, als sich ein lauter Signalton zwischen ein Gitarrenriff drängt. Eine WhatsApp-Nachricht. Sascha holt sein Smartphone aus der Tasche.

»Scheiße, das Flüchtlingsheim, in dem wir neulich gedreht haben, steht in Flammen. Fahr hin.«

»Meinst du das Deutsche Haus?«

»Ja.«

»Fuck.«

Nur ein Katzensprung.

Das brennende Haus steht an einer Kreuzung.

Dichter Qualm dringt aus der Eingangstür. Aus den geborstenen Glasscheiben über der Holztür schlagen Flammen. Kleine schwarze Partikel fliegen durch die Luft. Papier vielleicht.

Carsten hält. Sascha sondiert die Lage.

Zwei Streifenwagen der Polizei stehen quer in der Kreuzung.

Natürlich sind die Beamten schlau genug, nicht in das brennende Haus zu gehen, sondern den Verkehr zu regeln. Bruce Willis rennt ständig durch brennende Häuser, aber die Cops sind für Heldentod zu schlecht bezahlt. Bei einem Brand sterben die meisten Menschen an Rauchvergiftung. Wenn die richtigen Materialien brennen, genügen ein paar Atemzüge und du liegst bewusstlos im Treppenhaus, oder wo anders, wo du auf keinen Fall bewusstlos liegen willst, bis dich die gut ausgerüsteten Feuerwehrleute mit Atemschutzgerät finden.

Sascha sieht, wie sein Freund Björn Grosch in Zivil auf einen der uniformierten Kollegen zurennt und sich heftig gestikulierend mit ihm austauscht.

Weit und breit keine Feuerwehr, keine Rettungswagen, keine Notärzte.

Es riecht verbrannt und nach geschmortem Plastik.

»Da drüben links ist eine Parklücke«, sagt Carsten.

»Schaut eng aus«, antwortet Sascha skeptisch.

»Passt schon.«

Carsten gibt Gas und zieht schnittig quer über die Straße. Er parkt das Auto gegen die Fahrtrichtung am Straßenrand.

Als Sascha aussteigen will, hält ein Auto, das mit den Schriftzügen seines alten Senders beklebt ist, so dicht in der zweiten Reihe direkt neben ihnen, dass sich die Beifahrertür nur einen Spalt öffnen lässt. Sein Ex-Kollege Werner grinst aus der Beifahrerscheibe und winkt. Dann quetscht er seinen fettleibigen Körper aus dem Fahrzeug.

»Der Wichser parkt uns absichtlich zu«, brüllt Sascha. Er öffnet die Beifahrertür zwei Mal heftig und rammt sie gegen das scheiß Sender-Auto.

»Hey«, sagt Carsten, »reg dich ab, und steig hier aus.«

Sascha klettert über die Fahrerseite nach draußen und holt die Kamera aus dem Kofferraum. Er könnte kotzen, weil der fette Werner schon filmt. Über das Display gebeugt ein paar schnelle Handgriffe. Sascha reißt die Kamera nach oben und geht auf das brennende Haus zu.

Er spürt die Hitze des Feuers auf der Stirn. Die Haut spannt. Plötzlich die lauten Schreie einer Frau aus einem geöffneten Fenster im zweiten Stock. Das lilafarbene Kopftuch betont das angstverzerrte Gesicht und die verzerrte Mimik noch einmal zusätzlich. Alles an der Frau ist Schrei. Sie hält ein Baby in den

Armen. Der Säugling weint, weil die Mutter außer sich ist. Sie brüllt aus Leibeskräften. Die Halsschlagadern sind deutlich hervorgetreten. So, dass man sie sogar im Display sehen kann. Aus dem Mund kommt ein Ton, der vorher in ihrem zierlichen Körper keinen Platz gehabt haben kann. Er überdeckt mühelos die noch weit entfernten Martinshörner.

Björn Grosch läuft zusammen mit einem uniformierten Beamten armwedelnd auf einen Sattelschlepper mit Sperrmüll-Container zu, dessen Fahrer gerade versucht, sich wegen der Straßensperrung eine Umgehung zu suchen. Grosch spricht wild gestikulierend mit dem LKW-Fahrer, während der andere Polizist das quergestellte Fahrzeug zur Seite fährt. Sascha hat den Fahrer des Sattelschleppers nah herangezoomt. Der Trucker trägt eine *AC/DC*-Baseballkappe. Er nickt und fängt an zu rangieren. Tatsächlich bewegt sich der Koloss unter seinen Lenkradbewegungen wie ein Dressurpferd unter einem geübten Reiter.

Ein anerkennender Pfiff. Carsten steht neben Sascha.

»Geile Scheiße«, sagt Carsten.

Dem LKW-Fahrer gelingt es in Rekordgeschwindigkeit, den Container unter das Fenster mit Mutter und Kind zu fahren – beide schreien immer noch. Zum Glück ist vor dem brennenden Haus absolutes Halteverbot. Wenn jetzt ein Auto am Straßenstand stünde, wäre Schicht im Schacht. So ist Zeit für Helden.

Grosch klettert flink am Container nach oben. Einmal rutscht er ab, aber er kann sich festhalten und wieder nach oben ziehen. Gerade dieser Fehltritt macht ihn noch menschlicher.

Grosch stapft über den Sperrmüll im Container. Teppiche. Eine Schubkarre gibt ein hohles Geräusch von sich. Vorsichtig setzt er den Fuß zwischen Regalböden. Auf einer Schreibtischplatte bleibt er stehen. Er streckt die Arme nach oben.

Die Frau schreit immer noch. Das Baby heult. Es ist noch viel Raum zwischen Groschs Händen und dem Baby. Die Mutter hat Angst, ihr Kind loszulassen.

Sirenen. Kameraschwenk. Notarzt und Rettungsfahrzeuge kommen. Dann wieder zurück. Dorthin, wo es spannend ist. Zoom.

Grosch sagt etwas zu der Frau. Sie beruhigt sich, aber man kann immer noch sehen, wie sie heftig atmet. Das Baby wird auch leiser. Noch weiter ranzoomen. Dann tut sie es. Sie streckt die Arme nach vorn und lässt das Baby los. Es fällt in Groschs Arme. Er drückt es an sich, streichelt es kurz und stakst über den Sperrmüll an den Rand des Containers.

Ein Sanitäter mit einer leeren Bierkiste stürzt heran. Wo hat der die Bierkiste her?, denkt Sascha. Der Sanitäter stellt sich darauf und nimmt das Kind in Empfang. Er läuft damit zu einem Rettungswagen. Die Mutter lässt sich langsam aus dem Fenster gleiten. Sie hängt aus dem brennenden Haus. Die Fingerspitzen noch am Fensterrahmen. Dann mutig sein. Nur ein Meter. Als sie auf der alten Schreibtischplatte aufkommt, hält sie Grosch fest. Sie lächelt ihn an. Er nickt. Sie drückt sich kurz an ihn, dann fällt ihr zuerst das Baby wieder ein und dann ihre Religion. Sie schiebt sich mit den Handflächen von Grosch weg. Stapft durch den Sperrmüll. Immer wieder bleibt sie mit ihren Umhängen hängen. Obwohl die Frau auf der Leiter immer wieder ausrutscht, will sie sich nicht helfen lassen. Als sie auf dem Straßenpflaster steht, schreit sie laut. Großes Kino. Gutes Bildmaterial.

Endlich kommt auch die Feuerwehr. Sascha hält kurz drauf.

Grosch klettert ebenfalls vom Container. Der LKW-Fahrer

fährt seinen Sattelschlepper weg, damit die Feuerwehr vor das Haus kann. Schläuche werden ausgerollt. Ein Hydrant angezapft. Eine Leiter hochgefahren. Jeder Handgriff sitzt. Profis kommen angesichts einer Katastrophe gut an. Routine beruhigt.

Feuerwehrleute in Atemmasken öffnen die Eingangstür. Schnell treten sie zur Seite. Flammen schlagen nach draußen. Wollen etwas zu fassen kriegen. Dann Wasser marsch! Voller Druck. Zwei Feuerwehrmänner halten den Schlauch. Das Feuer gibt nicht so schnell auf. Der Qualm, der sich aus dem Haus zwängt, ist fett und böse.

Sascha spurtet mit der Kamera auf Grosch zu. Neben sich hört er Schritte. Aus dem Augenwinkel sieht er Werner neben sich rennen. Erstaunlich schnell für so einen Fettsack.

Dann Grosch in Großaufnahme.

»Wie fühlt man sich als Held?«, fragt Sascha.

Grosch winkt ab. Mit dem Arm wischt er sich den Schweiß ab, der von der Stirn in die Augen läuft.

»Ich bin Polizist. Ich hab nur meinen Job gemacht.«

Werner ruft:

»Glauben Sie, der Brand hat einen fremdenfeindlichen Hintergrund?«

Sascha dreht sich wütend zu Werner. »Hey, du Hirni, das ist mein Interview!«

»Ich glaube nicht, dass du einen Exklusivvertrag hast.«

Grosch fährt sich durchs Haar.

»Leute, jetzt ist's gut. Ich hab hier noch zu tun.«

Während er in Richtung des brennenden Hauses geht, holt er sein Handy heraus und telefoniert.

Sascha dreht sich zu Werner.

»Fahr dein scheiß Auto neben meinem weg, damit ich wieder ausparken kann.«

»Beruhig dich mal. Ich mach hier noch ein bisschen Katastrophenfilm.«

»Das ist Nötigung. Ich hab's eilig, Mann.«

»Willst wohl dein Zeug möglichst schnell verkaufen, was? Tja, mein Material läuft auf jeden Fall über den Sender. Es muss bloß rechtzeitig fertig werden. Deinen Scheiß kannst du hinterher bei *YouTube* einstellen.«

Werner geht weiter filmend in Richtung des brennenden Hauses.

»Du bist ein fettes Arschloch, Werner!«, ruft ihm Sascha hinterher. Werner hebt den Mittelfinger.

Carsten legt eine Hand auf Saschas Schulter.

»Beruhig dich«, sagt Carsten.

»Ich bin beruhigt.«

Sascha rennt Slalom durch die zuckenden Blaulichter. Die von Grosch gerettete Frau wird gerade auf eine Rettungsbahre geschnallt. Sie weint. Walied, der Integrationsbeauftrage, hält ihre Hand. Sascha hebt die Kamera und zoomt heran. Die Frau schreit etwas auf Arabisch.

»Was hat sie?«, fragt Sascha.

»Sie hat Angst um ihr Kind«, antwortet Walied.

»Wo ist das Baby?«

»Sie haben es mit dem ersten Rettungswagen weggefahren.«

»Willst du es ihr nicht sagen?«

»Alle haben es ihr schon gesagt. Sie hat trotzdem Angst.«

Die Frau wird in den Rettungswagen geladen.

Walied zuckt mit den Schultern und geht in Richtung des brennenden Hauses.

Auf dem Weg zurück zum Auto passieren Sascha und Carsten circa zwanzig Leute, die den Brand mit dem Handy filmen, um den Clip anschließend bei Facebook zu posten.

»Schau dir diese Video-Geier an«, sagt Carsten. »Wenn du zu lange diese brutalen Videospiele machst, verrohst du noch, behauptete meine Mutter immer. Eigentlich hätte sie es besser wissen müssen. Man verroht nicht in Videospielen, sondern in der Realität.«

Das Sender-Auto hat sie immer noch zugeparkt.

»Dieses beschissene Medien-Sackgesicht«, sagt Sascha. Da lächelt er noch grimmig. Dann nimmt er Anlauf und tritt ein paar mal kräftig gegen Werners Auto. Carsten packt ihn von hinten, zerrt ihn weg und verfrachtet ihn in das eigene Auto. Während Sascha auf den Beifahrersitz rutscht, haut er noch ein paar Mal mit der Faust auf das Armaturenbrett.

»Pass auf, dass der Airbag nicht losgeht«, sagt Carsten, während er sich in den Fahrersitz fallen lässt und den Zündschlüssel herumdreht.

»Ramm das Scheißhacken-Mobil einfach weg!«, brüllt Sascha. »Schnall dich an und halt die Klappe!«, befiehlt Carsten unmissverständlich.

Carsten steuert das Auto vorsichtig zehn Meter den Gehweg entlang. Dabei hupt er wild. Die Schaulustigen machen widerwillig Platz. Sascha filmt sie aus dem Auto heraus und fährt die Lüftung herunter, damit nicht die Rauchgase von draußen ins Auto strömen.

Zuhause startet Sascha den Computer und beginnt sofort das Filmmaterial zusammenzuschneiden.

Max hält vor Torbens Haus. Er holt den Baseballschläger aus dem Kofferraum, geht damit zur Haustür und klingelt.

Nachdem Torben die Haustür geöffnet hat, fällt sein Blick

zuerst auf den Baseballschläger. Er stellt sich aufrecht hin, spannt seinen Körper und schaut Max ins Gesicht.

»Willst du mich schlagen?«

»Gibt es denn einen Grund?«

»Natürlich nicht.«

»Gut.«

Max hält Torben den Baseballschläger entgegen.

»Der gehört dir.«

»Danke.«

Torben nimmt vorsichtig den Baseballschläger.

»Komm rein«, sagt Torben. »Magst du einen Kaffee?«

»Ich hab nicht viel Zeit.«

»Der Kaffee steht schon auf der Warmhalteplatte.«

»Dann sag ich nicht nein.«

Torben platziert den Baseballschläger wieder neben der Tür. In der Küche schenkt er Kaffee ein. Max schaut sich das Motiv auf der Tasse genau an. Heidi, im Anime-Stil der japanischen Fernsehserie aus den siebziger Jahren.

»Magst du Heidi?«, fragt Max.

»Meine Ex-Freundin mochte sie. Und alles, warum die Japaner auch die Serie liebten: schneebedeckte Berggipfel, blauen Himmel, Tiere. Das Ursprüngliche.«

»Warum hat sie die Tasse nicht mitgenommen?«

»Ich glaube, als sie mit mir Schluss machte, schloss sie auch mit Heidi ab.«

Max nickt, trinkt Kaffee und schweigt. Er weiß, dass er länger schweigen kann als Torben. Tatsächlich wird Torben unruhig. Seine Mimik spielt nicht mit.

»Kann ich dir bei irgendwas behilflich sein?«, platzt es schließlich aus ihm, als er sich überhaupt nicht mehr zurückhalten kann.

Max schaut sich noch mal Heidi an. Dann stellt er die Tasse weg und hebt den Blick.

»Schau ich hilfsbedürftig aus?«

Torben schüttelt heftig den Kopf.

»Auf keinen Fall.«

Max nickt. Mit einer schnellen Bewegung schüttet er Torben den restlichen Kaffee ins Gesicht.

Torben bleibt stocksteif sitzen. Er wagt es nicht, sich das Gesicht abzuwischen.

»Deine Warmhalteplatte ist kaputt.«

»Tut mir leid.«

»Hast du das Asylantenheim angezündet?«

Torben schüttelt den Kopf.

»Natürlich nicht.«

»Das ist gar nicht *natürlich*. Es macht ja Spaß, so ein Drecksloch anzuzünden.«

»So was würde ich nie bringen, ohne es vorher mit dir abzusprechen.«

Max schaut Torben skeptisch an.

»Einer von den anderen Jungs?«

»Ich glaube nicht.«

»Hör dich um. Vielleicht impulsiv. Vielleicht im Suff. Einer, der sich vorher mit zehn Bier weggeschädelt hat.«

»Okay. Ich halt dich auf dem Laufenden.«

Max holt aus seiner Hosentasche ein Papiertaschentuch und reicht es Torben.

»Danke.«

Torben wischt sich mit dem Taschentuch das Gesicht ab.

»Gibt es Gerüchte?«, fragt Max.

»Na klar. Alle sind erstaunt. Man redet die ganze Zeit darüber, und dann macht es plötzlich jemand.«

»Und?«

»Die meisten vermuten, dass es der Typ war, der auch die Autos abfackelt.«

Max schaut sich die Tasse mit Heidi auf der Almwiese an.

»Hochwertige Autos abfackeln ist doch eher so eine links-autonome Nummer.«

»Das dachten die in Berlin auch. Und dann war es ein verrückter Einzeltäter.«

»Halt mich auf dem Laufenden.«

»Das mache ich immer.«

Max nickt. Er klopft Torben auf die Schulter. Dann holt er seinen Geldbeutel aus der Hosentasche. Er gibt Torben einen Zwanzig-Euro-Schein.

»Kauf dir eine neue Kaffeemaschine. Kalten Kaffee kann ich nicht haben.«

Auf dem Weg nach Hause fährt Max ein paar Umwege, um im Auto zu denken. Seine Handy-App warnt ihn vor einer Radarfalle. Er fährt langsam vorbei. In einem Wald rennt fast ein Fuchs in die Vorderreifen. Im letzten Moment stoppt das Tier am Straßenrand. Max schaut in den Rückspiegel. Kein Fuchs mehr zu sehen, nur Fahrbahnmarkierungen und Fichten. In einem Discounter kauft er Früchte und Milch. Zuhause angekommen, hält er vor dem alten Bauernhaus. Er schnupft eine schnelle Line Crystal im Auto. Sofort flimmert die Chemie über seine Haut und gibt ihm das Gefühl, vollkommen anwesend in seinem Leben zu sein. Dann trägt er die Plastiktüte mit dem Einkauf in die Küche und stellt sie auf den Tisch.

»Kira?«, ruft Max.

»Ich bin in meinem Zimmer.«

Max geht die Treppe nach oben und öffnet die Tür.

Kira sitzt an ihrer Staffelei und malt ein altes Familienfoto ab. Ihr Vater beim Angeln. Sie sitzt als kleines Mädchen daneben und schaut auf den See. Das Wasser auf dem Bild schaut bedrohlich aus.

»Wie findest du es?«

Max zuckt mit den Schultern.

»Es ist noch nicht fertig.«

»Wahrscheinlich gefällt es mir nicht, wenn ich fertig bin.«

»Es wird bestimmt krasse Kunst.«

»Danke. Ich glaube, ich lasse noch ein Monster aus dem Wasser auftauchen.«

»Cool.«

»Oder einen Hund.«

»Musst du wieder mit dem Hund anfangen?«

»Du hast recht. Ein riesiges Axolotl ist besser. Kiemenäste. Lidlose Augen. Ein molchmäßiges Monsterbaby.«

Max schaut Kira beim Malen zu. Mit ein paar schnellen Pinselstrichen verändert sie die Färbung des Wassers. Sie hat einen hübschen Hals.

»Sag mal, Kira ...«

»Ja?«

Sie schaut ihn nicht an.

»Hatte ich dir nicht gesagt, du sollst aufhören, Autos abzufackeln?«

»Ich fackle so viel Autos ab, wie ich will.«

Kira mischt Farben auf ihrer Plastik-Palette. Danach tupft sie Grautöne ins Wasser. Dort, wo die Farbe frisch ist, schaut das Wasser tiefer aus.

»Hast du das Feuer im Asylantenheim gelegt?«

Kira hält kurz in der Bewegung inne und kichert.

Dann verstreicht sie weiter konzentriert Farbe auf der Leinwand.

»Und wenn es so wäre?«, fragt Kira, während sie weitermalt.

»Das wäre geschäftsschädigend. Dann solltest du dir dringend andere Aktionsformen suchen. Mit einer Schweinemaske demonstrieren. Das Brandenburger Tor besetzen. Irgendwas, das keine Hausdurchsuchungen nach sich zieht. Bloß weil wir das Zeug an Nazis verticken, müssen wir selber keine sein. Ich bin Geschäftsmann. Ich verkaufe mein Produkt an jeden, der in cash bezahlen kann. Nazis. Hipster. Punks. Akademiker. Auf der Ü30-Party. Auf dem Pausenhof der Berufsschule. Die dämlichen Nazis sind nur ein Geschäftsfeld.«

»Scheiß Kapitalismus. Benutzt du mich auch?«

»Hast du an der Asylantenbude rumgezündelt?«

»Das geht dich einen Scheißdreck an.«

Max zerrt Kira an den Haaren hoch. Sie schreit. Der Pinsel macht einen grünen Strich quer über die Leinwand. Er zerrt sie herum. Ihr entsetztes Gesicht. Er schlägt mitten hinein. Sie kippt einfach um. Dann liegt sie auf dem Boden. Stocksteif. Ohne Schmerzenlaute. Ohne Weinen.

Max geht in die Hocke. Seine Hände schweben über ihr. Er weiß nicht genau, was er machen soll.

»So was musst du mir doch sagen.«

Max geht auf die Knie. Er streichelt über ihre Arme. Ihre Schultern. Ihr Gesicht.

Kira schlägt seine Hände weg und richtet sich auf. Kniet sich vor ihn. So dass Max ihr direkt ins Gesicht sehen muss. Ein Auge schwillt langsam zu. Eigentlich wollte er sie nicht so voll treffen. Schwarze Pädagogik ist manchmal ziemlich wirkungsvoll, aber nicht bei dieser Frau. Sie ordnet sich nicht unter. Kira schaut ihn geradewegs an, während ihr Auge zuschwillt.

»So was musst du mir sagen.«

»Klappe zu, du Halbhirn. Ich habe keinen Bock auf Reden.

Und ich bin auch nicht für deine scheiß Geschäftsprobleme zuständig. Ich bin keine von den Mutterkreuzträgerinnen oder deine Haushaltshilfe mit Sex-Anschluss. Kira fragt nicht um Erlaubnis. Sie wirft Mollies. Kira ist eine Aktivistin.«

»Du hättest am liebsten einen Todesstern, mit dem du diesen Planeten ein wenig toasten kannst, oder?«

»Ja, und zwar schnell! Aber die Flüchtlingsunterkunft habe ich nicht angezündet. Ich bin keine von denen, die zuerst auf die Schwachen losgehen.«

»Und warum sagst du das nicht gleich? Baby, es tut mir leid. Wahnsinnig leid.«

Während Max spricht, entgleist ihm seine Mimik.

»Du bist ja weichgespült, wenn du nicht gerade eine Frau prügelst«, sagt Kira. »Ich hoffe mal, du fängst nicht an zu heulen. Das wäre echt peinlich.«

Beim Zuhören zuckt seine Gesichtsmuskulatur noch ein wenig mehr. Kira greift zum Pinsel, der neben ihr liegt. Fährt damit Max heftig übers Gesicht. Hin und her. Grüne Streifen über die Wangen, die Stirn, die Nase. Als sie aufspringt, boxt sie ihm mit voller Kraft gegen die Schulter. Sie steht über ihm.

»Du hast mich geschlagen!«, brüllt Kira. »Das machst du nie wieder, Arschloch!«

Max hebt entschuldigend die Hände.

»Sorry.«

»Schlagen geht gar nicht mit mir!«

»Ich versteh schon.«

»Nichts verstehst du. Ich bin eine Rebellin. Ich bin wütend.«

»Weil ich dich geschlagen habe? Tut mir leid, Baby.«

»Du nimmst dich zu wichtig. Ich bin wütend geboren.«

»Wie Bonnie und Clyde.«

»Wie die RAF.«

Einen Moment lang kämpft Max gegen das Lachen, dann platzt es aus ihm raus.

Kira kickt mit voller Kraft den Fuß gegen seine Brust. Solarplexus. Volltreffer. Max kippt auf den Rücken. Er ringt nach Luft. Heftige Atemzüge kurz hintereinander. Die Luft will nicht so richtig in die Lunge. Die Lunge schnappt nach Sauerstoff. Der ganze Brustkorb ist gestaucht. Alles eng. Max keucht trotzdem ein paar Worte.

»Die RAF war aber links.«

»Das weiß ich, verdammt noch mal. Wir haben zusammen den scheiß Film gesehen.«

»Einen RAF-Film?«

»Den mit Moritz Bleibtreu.«

Kira tritt Max noch mal kräftig in den Bauch.

»Fick dich selber, du Vollhonk.«

Kira reißt das Bild von der Staffelei und schmeißt es auf Max. Dann wirft sie die Staffelei auf ihn. Sie rennt türknallend aus dem Zimmer, aber auf der Treppe hat sie das Gefühl, dass es noch nicht reicht. Sie kehrt um. Reißt die Tür auf. Tritt Max. Tritt.

»Krieg dich mal wieder ein!«, brüllt Max, aber Kira hat keine Lust, sich einzukriegen. Sie springt auf ihn und schlägt mit der Faust. Nur so ist es echt.

Sascha schaut sich die museumsreife eiserne Spindelstanze im Eingangsbereich an. Sie hat keinerlei Schutzeinrichtungen und keine Blutspuren, von den Fingern, die sie irgendwann abgetrennt hat. Die Maschine ist blank geputzt und die Arbeitsunfälle sind nach Asien ausgelagert.

Sascha geht die Treppe hoch zu Alinas Wohnungstür und klingelt. Hinter der verschlossenen Wohnungstür kommen Schritte näher. Barfuß.

Nachdem sie die Tür geöffnet hat, neigt Alina den Kopf kurz zur Seite. Es dauert einen Moment, bis sie sich entschließt zu lächeln, aber dann fällt es groß und herzlich aus, wie sie es von null auf gleich auch in ihren Videos kann.

»Hi Sascha, schön dich zu sehen. Möchtest du mich über meine Bekannten oder meine Vergangenheit aushorchen?«

»Ich würde gerne einfach was trinken.«

»Ich hab deine Aufnahmen von der brennenden Flüchtlingsunterkunft bei Facebook gesehen.«

»Und?«

»Awesome. Vor allem die weinende Mutter. Also der Film. Nicht die weinende Frau. Nicht das brennende Haus.«

»Trotzdem hat kein Sender die Aufnahmen gekauft.«

»Wie uncool. Dabei zahl ich Fernsehgebüren.«

»Ich würde wirklich gerne was trinken. Wenn du was im Kühlschrank hast. Und wenn du mich reinlässt.«

»Kein Verhör?«

»Nein. Wirklich nicht.«

»Komm rein.«

Alina schließt die Wohnungstür hinter ihrem Besucher und fragt:

»Industriebier oder lieber einen Rotwein? Schmeckt angeblich nach Sommer. Steht auf dem Etikett.«

»Sommer wär nicht schlecht. Er fehlt viel zu lange.«

»Mach's dir schon mal auf der Couch bequem, während ich den Wein hole. Ich habe wieder die Möbel umgestellt, aber du wirst dich schon zurechtfinden.«

Tatsächlich ist die Couchlandschaft zusammen mit den

Bonsais wieder auf Wanderschaft gegangen. O'Malley schläft dekorativ auf einem Kissen vor der Balkontür. An den Wänden hängen jetzt Plakate von Filmklassikern.

Frühstück bei Tiffany, Attack Of The 50 Ft. Woman, Bullitt, Außer Atem.

Viel altes Material für eine junge Frau. Dafür ist der digitale Bilderrahmen aus dem Bücherregal verschwunden. Mitsamt der verräterischen Fotos.

Alina kommt mit einer entkorkten Weinflasche und zwei Gläsern herein.

»Du gibst deiner Liebe zu alten Filmen ziemlich offensiv Ausdruck«, sagt Sascha.

»Mir gefällt, dass da eine Welt war, bevor ich geboren wurde. Kino hatte noch mehr Charakter. Und bei den Plakaten ging es noch um Kunst und nicht nur um Kohle.«

»Glaub mir, es ging schon immer um Kohle.«

»Ich mag Audrey Hepburn. Sie war eine echte Stilikone. Siebenachtel-Hosen. Das kleine Schwarze. Keine andere Schauspielerin hat über so lange Zeit unzählige Frauen beeinflusst. Ich werde ihr demnächst ein eigenes Video widmen. Fünfundzwanzig zeitlose Audrey-Hepburn-Styling-Tipps, die jedes Mädchen kennen sollte.«

»Mach ich da die Kamera?«

»Keine Ahnung.«

Alina zuckt mit den Schultern.

»Wenn du nicht gerade auf Nazi-Jagd bist. Vielleicht mache ich es lieber selber.«

»Wusstest du, dass Frühstück bei Tiffany zwar als Film ein Happy-End hat, aber nicht im Roman?«

»Ich wusste ja nicht mal, dass es einen Roman gibt.«

Alina reicht Sascha das Weinglas. Sie prosten mit allem drum und dran. Mit in die Augen schauen und so. Bevor das komisch wird, sagt Alina wieder etwas:

»Mir gefällt das gestreifte Kleid, das Jean Seberg in Außer Atem trägt. Das hätte ich gerne. Schönes Kleid. Schöne Frisur. Schöne Frau. Vielleicht mache ich mich überhaupt so. Nur ohne Schicksal. Nachdem Jean Seberg tagelang vermisst worden war, wurde sie tot zwischen Vorder- und Rücksitz ihres Autos gefunden. Neben sich Schlaftabletten und einen Abschiedsbrief.«

»Traurige Geschichte«, sagt Sascha.

»Ja, aber es gibt den Film und das Kleid.«

Sascha nickt, während er sich auf dem Filmplakat das Gesicht von Jean Seberg anschaut, als hätte er es noch nie zuvor gesehen. Dabei hat sie ein Gesicht, das man nicht vergessen kann.

Alina schenkt nach.

»Warum bist du hier?«, fragt sie.

»Keine Ahnung. Vielleicht, um mich zu entschuldigen, dass ich dich nach deinen alten Freunden gefragt habe.«

»Meinst du Kira, Max und Torben?«

»Du weißt genau, wen ich meine. Der digitale Bilderrahmen ist weg und die Filmposter sind da.«

Alina nickt.

»Okay, und warum bist du wirklich hier?«

»Keine Ahnung.«

»Du bist ein miserabler Lügner.«

Alina setzt sich breitbeinig auf seinen Schoß. Sie legt ihre Arme um seinen Nacken. Ihre Augen sind jetzt sehr groß. Sascha kann sein Spiegelbild in den Pupillen sehen. Alina grinst. Frech und einladend. Sein ganzes Blut fließt in den Unterleib, bis die Betriebstemperatur erreicht ist.

»Ich muss gehen«, sagt Sascha. Dabei klingt seine Stimme, als würde der Auspuff über den Boden schleifen.

»Hast du Angst?«, fragt Alina, während sie ihn mit einem Augenaufschlag auf der Couch festtackert.

»Ich habe kleine Kinder. Ich muss morgen früh aufstehen.«

Alina verzieht traurig das Gesicht.

»Schade. Ich dachte, wir würden noch ficken.«

»Ich steh überhaupt nicht auf dich.«

»Dein Schwanz ist anderer Meinung.«

Sie drückt ihre Oberschenkel zusammen und schiebt ihren Unterkörper nach vorn. Mit der Zunge fährt sie sich über die Lippen. Das schaut billig aus, aber genau darauf legt sie es an. Es funktioniert. Er sollte sie jetzt auf keinen Fall mehr berühren. Nicht mal am Oberarm. Nirgendwo. An keiner Stelle, an der Haut zu spüren ist. Natürlich berührt er sie doch. Sie grinst.

»Noch zu viel Stoff dazwischen. Soll ich dir helfen?«

Alina öffnet ihren BH, und als er ihre Brüste in den Händen hat, atmet Sascha aus, als hätte er gerade einen Langstreckenlauf hinter sich.

»Wow, weißt du, dass du die schönsten Brüste hast, die ich je gesehen habe?«

»Klar. Ich kann ja spüren, wie ein bestimmtes Körperteil von dir darauf reagiert.«

Als sie seine Boxershorts nach unten zieht und er ihren Slip, verheddern sie sich kurz ineinander. Dann wirft er sie auf die Couch. Er packt ihre Schenkel. Ihren Arsch. Sein Schwanz findet punktgenau den Weg. Und er fickt sie. Alina klopft ihm auf die Schulter.

»Hey, langsam. Auch wenn das mal eine Fabrik war. Sonst kommst du, bevor der Spaß richtig losgeht.«

Ihre Mundwinkel verraten, dass sie schonungslos sein wird. Tatsächlich ist ihr ganzer Körper unnachgiebig. Heftig. Hitzig. Als Sascha sie von hinten bearbeitet, drückt sie sich ihm ungestüm entgegen. Dabei schaut er abwechselnd auf ihren Arsch und auf einen Bonsai. Sascha hält kurz inne, als sich O'Malley mit dem Kopf schnurrend gegen seinen nackten Oberschenkel presst. Alina verscheucht den Kater. Danach nutzen sie wieder die ganze Couchlandschaft aus. Als Sascha in sie spritzt, fängt sie an zu lachen. Einen Moment ist er irritiert. Nur einen Moment. Dann lacht er mit. Während sie noch auf seinem Schwanz sitzt, sagt Alina:

»Du bist ein verdammt guter Kameramann.«

»Danke.«

»Und dafür, dass wir vorher noch nie geprobt haben, bist du auch als Liebhaber okay.«

»Ich nehme das als Kompliment.«

Von einem schmatzenden Geräusch begleitet, steht sie auf und schenkt noch mal Rotwein nach. Sie stoßen an und trinken in kräftigen Schlucken.

»Ich muss gehen.«

Alina nickt.

»Weiß schon. Kleine Kinder.«

Auf dem Nachhauseweg kauft sich Sascha noch ein Bier in einer Tankstelle. Während er es trinkt, schaut er den Gabelstaplern zu, wie sie am Bahnhof Schicht für Schicht Container übereinander laden.

Vom Gehweg aus kann Sascha sehen, dass in der ganzen Wohnung das Licht schon aus ist. Er atmet aus, aber vor der Wohnungstür hält er wieder den Atem an.

Vorsichtig führt er den Schlüssel ein. Langsam öffnet er die Wohnungstür. Im Flur bewegt er sich möglichst geräuschlos.

Am liebsten würde er den Geruch, Alinas Geruch, von sich wegduschen, aber das würde auf jeden Fall Lydia wecken. Und sie ist nicht doof. Sie würde sofort wissen, was los ist. Als würde ihm *Untreue* auf der Stirn stehen.

Judith riecht nach Babyöl. Lydia hat ihre Kopfhaut vor dem Zubettgehen eingeölt, um am nächsten Morgen den Milchschorf abwischen zu können. Auch Julian schläft friedlich. Einen Daumen im Mund. Die Nachtlampe malt bunte Farben an die Wand. Möglichst leise legt er sich neben Lydia. Einen Moment lang überlegt er, ob er den Arm um sie legen soll.

Das Licht der Telefonzelle strahlt in die Nacht. Schaut aus wie Technik aus einem alten Science-Fiction-Film. Ein alter langhaariger Typ telefoniert seit einer halben Stunde.

Max und Torben beobachten vom Auto aus die Telefonzelle.

»Der hat aber viel zu erzählen«, sagt Torben.

Max nickt genervt.

Das ganze Szenario kotzt ihn an. Warum steht an so einer verlassenen Straße noch eine Telefonzelle? Hat sie der Rückbau-Computer vergessen? Wenigstens ist das ganze Areal schön einsehbar. Für einen Hinterhalt schlecht geeignet.

»Für mich schaut das scheiße aus«, sagt Torben. »Ist der neue Kurier wirklich vertrauenswürdig?«

»Ludvik ist von seinem neuen Vertriebssystem überzeugt. Warten wir noch ein paar Minuten.«

Max fokussiert den Abfalleimer neben der Telefonzelle, als könnte er die Ware dort kraft seiner paranormalen Geisteskraft herausholen. Das Paket würde auf ihn zuschweben. Telekinese wäre nicht schlecht. Max zieht sein Smartphone aus der Hose und schreibt eine Nachricht bei Telegram.

In der Telefonzelle steht ein Typ, der schon seit einer halben Stunde telefoniert.

Nach ein paar Minuten kommt eine Antwort.

Das ist nur so ein Freak. Beachtet ihn gar nicht. Alles nach Plan.

Max beobachtet noch ein paar Minuten die Telefonzelle. Der langhaarige Typ darin denkt überhaupt nicht daran, seine Kommunikation abzubrechen.

»Und?«, fragt Torben.

»Lass es uns durchziehen.«

Max und Torben steigen aus dem Auto. Es ist schön, aus dem Auto rauszukommen. Die Luft draußen ist frisch und klar. Sie gehen auf die Telefonzelle zu. Der Kerl in der Telefonzelle spricht ununterbrochen.

»Du holst das Paket aus dem Abfalleimer«, sagt Max. »Ich passe auf.«

Vor der Telefonzelle schauen sich Max und Torben noch einmal um. Alles friedlich. Eine sternenklare Nacht.

Torben schiebt seinen Ärmel nach oben und greift in den Abfalleimer. In diesem Moment reißt der Mann in der Telefonzelle die Tür auf. Er hat eine Pistole im Anschlag.

»Keine falsche Bewegung!«, brüllt er.

Die Ceska aus dem Hosenbund. Nicht lang anlegen, sondern schnell schießen. Die Schüsse beißen durch die Nacht. Glas splittert. Der Langhaarige wird zurück in die Telefonzelle katapultiert. Seine Pistole schlittert über den Asphalt. Dabei macht sie ein Geräusch wie eine Tupper-Dose. Überall in der Telefonzelle ist Blut versprüht. Der Hörer baumelt hin und her. Darunter liegt ein zerlöcherter Typ im Trenchcoat. Die Augen aus den Höhlen gedreht. Der Körper zuckt. Ein letztes Röcheln verblubbert im Blut.

Torben hat den Arm immer noch im Abfalleimer.

»Scheiße«, sagt er.

»Hol endlich das Zeug raus!«, zischt Max, während er sich hektisch umschaut. Zum Glück sind die nächsten Häuser weit weg, aber er kann sehen, wie hinter einem der Fenster Licht angeht.

Endlich hat Torben ein mit Noppenfolie umwickeltes Päckchen in den Händen. Er rennt los. Versehentlich tritt er auf die am Boden liegende Pistole des Langhaarigen. Ein knacksendes Geräusch. Torben bleibt stehen und geht ein paar Meter zurück. In einer Pfütze liegen die Überreste einer zertretenen Schildkröten-Wasserspritzpistole.

»Scheiße«, sagt Torben mit weit aufgerissenen Augen, »das ist ein Spielzeug.«

»Wir müssen weg!«

Max packt Torben an der Kapuze seines Shirts und reißt ihn mit. Sie rennen über die Straße zum Auto. Max startet den Wagen. Die Reifen quietschen wie in alten Action-Filmen aus den 80er-Jahren.

»Das war eine Wasserspritzpistole«, sagt Torben.

»Halt einfach die Fresse.«

Als Sascha aufwacht, ist das Bett neben ihm leer. Barfuß geht er durch den Flur. Obwohl die Morgensonne warm in die

Küche scheint, ist sie vermintes Gelände. Lydia steht mit einer Tasse Kaffee am Fenster und schaut auf den Hinterhof.

Wahrscheinlich gibt es nichts zu sehen.

»Guten Morgen«, sagt Sascha.

Den Impuls, Lydia zu umarmen, verwirft Sascha zügig, als er keine Antwort bekommt. Er weiß, dass seine Ehefrau schnell das Gefühl hat, dass Grenzen überschritten werden. Sascha möchte auf keinen Fall Grenzen überschreiten. Stattdessen schenkt er sich einen Kaffee ein und setzt sich auf den Stuhl, der am weitesten von Lydia entfernt ist. Ein Zeichen von Respekt. Wahrscheinlich merkt sie es nicht.

Schweigen hängt in der Luft. Lydia dreht sich nicht um.

»Wo warst du gestern Nacht?«, fragt sie, immer noch mit Sightseeing im Hinterhof beschäftigt.

»Im *Taktlos.*«

»Mit Carsten?«

»Allein.«

»Warum?«

»Keine Ahnung. Weil ich willensschwach und verantwortungslos bin. Weil ich einen miesen Charakter habe. Weil ich saufen muss, obwohl ich eine tolle Frau habe.«

»Hör auf, dich zu bemitleiden. Sonst willst du mir nichts erzählen?«

»Nein.«

Lydia dreht sich um. Das Gegenlicht legt sich wie ein Heiligenschein um sie. Sie grinst ihn bitter an.

Es klingelt an der Wohnungstür.

Sascha geht zur Tür und öffnet sie.

Björn Grosch hebt entschuldigend die Arme.

»Ich schon wieder. Tut mir leid, dass ich so früh störe.«

»Dienstlich?«

»Ja.«

»Komm rein.«

In der Küche schenkt Sascha einen Kaffee ein und stellt ihn vor Björn. Lydia setzt sich zu den Männern an den Tisch.

»Ich bin wegen Udo Fröhlich hier.«

Sascha schüttelt den Kopf.

»Sagt mir nichts.«

»Auch Spritzer-Udo genannt. Der Typ mit der Schildkröten-Wasserpistole.«

Sascha lacht.

»Hat er wieder mal eine Polizistin besprüht?«

»Er ist tot.«

»Scheiße. Und wenn du da bist ...«

»Er wurde Opfer eines Gewaltverbrechens. Ich habe gedacht, ich befrage dich mal, immerhin hast du über ihn berichtet.«

»Ich kenne ihn gar nicht persönlich.«

»Vielleicht hast du bei deiner Recherche etwas erfahren, das hilfreich sein könnte.«

»Nichts, wieso man jemanden umbringt. Das war doch nur ...«

»Ja?«

»Ein armer Irrer, der sich in Telefonzellen herumgetrieben hat, um mit Außerirdischen Kontakt zu halten.«

Björn nickt und holt sein Notizbuch hervor.

»Wir sind auch noch auf der Suche nach einem Motiv. Erzähl mir einfach, was du weißt.«

»Vielleicht war er einfach zur falschen Zeit am falschen Ort.«

»Vielleicht.«

Mandavar stapft bergwärts durch den tiefen Schnee. Plötzlich ein Geräusch hinter ihm. Sollte es ausgerechnet hier in einem Bergwald jemand wagen, ihn anzugreifen? In einer Umgebung, in der er seine Waldläufer-Skills voll ausspielen kann. In einer einzigen fließenden Bewegung zieht Mandavar sein Schwert und fährt herum. Nur ein Fuchs, der über den Weg trottet. Dabei schaut er den Menschen skeptisch an. Mandavar setzt den Weg weiter fort. Oberhalb der Baumgrenze hat er einen weiten Blick über die eisigen Gipfel des Bergzugs. Kurz vor dem Gipfel beginnt es heftig zu schneien, so dass der bedrohlich aufragenden Magierturm sich erst aus dem Schneetreiben schält, als Mandavar nur noch hundert Meter entfernt ist.

Vor dem Turm wartet Lysander reglos auf seinen Stab gestützt. Die Kapuze der Zauberkutte hat er noch tiefer ins Gesicht gezogen, als gewöhnlich.

»Sei gegrüßt Lysander.«

»Preise die Schönheit des Schnees, Wanderer.«

Ludvik mag Extravaganzen. Damit er die auch in einem Videospiel gut pflegen kann, hat er sich als Avatar natürlich einen Magier ausgesucht. Sein tschechischer Akzent unterstreicht schön die bedrohliche Aura des Schwarzmagiers.

»Die Schönheit des Schneekristalls meinst du wohl«, sagt Max. »Ich hab die Lieferung. Alles gut.«

»Das wolltest du mir mitteilen?«

»Ja. Vielleicht hast du's mitgekriegt. Es gab bei der Übergabe ein paar Schwierigkeiten.«

»In letzter Zeit sterben Leute überall, wo du bist. Das ist sehr schlecht.«

»Das lag nur an diesem fucking Übergabeort. Den hat unser neuer Kurier gewählt. Ein Typ, den du nicht persönlich kennst.«

»So laufen Geschäfte in der globalisierten Welt. Mit Avataren im Internet.«

»Ich bin nicht für Globalisierung.«

»Der Kurier ist neu im Geschäft. Du hättest entscheiden müssen.«

»Ja. Hinterher ist man immer schlauer. Woher sollte ich wissen, dass der Typ in der Telefonzelle austickert?«

»Angeblich war er mit Spielzeug bewaffnet.«

»Das Ding sah täuschend echt aus.«

»Du bist nicht cool genug. Das ist sehr schlecht. Damit bringst du uns alle in Gefahr.«

»Ich bin cool. Es ist nur Kacke gelaufen. Das muss sich alles erst mal einspielen. Und natürlich werde ich die Vertriebswege optimieren. Ich hab schon eine Idee.«

»Das ist gut. Viel Glück auf deinen Wegen, Wanderer.«

Kira kommt aus dem Bad. Sie streckt den Kopf ins Zimmer. Max sitzt immer noch nachdenklich auf der Couch.

»Führst du Selbstgespräche?«, fragt Kira.

»Nein. Ich hatte eine Unterredung mit einem Magier.«

»Aha. Und worum ging es?«

»Ich glaube, um mangelndes Vertrauen.«

Sie lacht.

»Was gibt's da zu lachen?«, fragt Max.

»Du führst Beziehungsgespräche mit einer Spielkonsole.«

Max steuert noch eine Weile Mandavar durch das Schneetreiben auf dem Bildschirm. Dann wirft er das Gamepad auf den Boden und stellt die Playstation aus.

Sascha und Carsten nehmen ihre Rucksäcke vom Rücksitz des Autos. Die letzten Nebelschwaden verziehen sich, aber die Sonne entwickelt nur die Kraft einer Energiesparlampe.

Als sie am vollautomatischen Hühnermobil vorbeigehen, stellt sich Unruhe unter den freilaufenden Hühnern im Gehege ein. Laut gackernd beschweren sie sich mit seitlich geneigtem Kopf.

»Hühner sind blöd«, stöhnt Carsten. »Wie die glotzen. Neugierig, ohne was zu begreifen. Könnten Menschen sein. Meinst du, dass die wissen, dass sie eingesperrt sind? Dass sie fürs Eierlegen nicht adäquat entlohnt werden? Dass wir sie jederzeit essen können?«

»Ich kenn mich mit Hühnern nicht aus. Mit Menschen auch nicht.«

»Das soll Zynismus sein, was?«

»Ich bin in einem Alter, in dem man es mal damit versuchen kann.«

»Mach ruhig, aber mich beeindruckst du damit nicht.«

Während sie den Hügel durchs feuchte Gras hochgehen, kann Carsten seinen Blick nicht von den Hühnern abwenden.

»Wie die gucken. Ich finde das unheimlich, wie doof die sind. Und schau dir die ganze Scheiße an.«

»Irgendwo müssen sie ja hinkacken.«

Die beiden Männer halten an. Vor ihnen liegt ein totes Huhn auf dem Pfad. Es fehlen einige Teile.

»Vielleicht ein Fuchs«, sagt Sascha.

Carsten schüttelt den Kopf.

»Wie soll ein Fuchs in das Gehege kommen? Das ist Chicken-Park. Ein verdammtes Hochsicherheitsgefängnis.«

»Vielleicht war es ein Raubvogel. Oder das Huhn ist rausgeflattert.«

»Da ist ein Netz über das ganze Gehege gespannt. Kein Huhn kommt raus, und kein Raubvogel kommt rein.«

Sascha und Carsten schauen kurz in den Himmel, dann gehen sie weiter.

»Wahrscheinlich ist es wie beim Menschen«, sagt Sascha. »Dein Schicksal findet dich.«

Carsten nickt.

»Das Schicksal ist schon ein Arschloch. Zum Glück glaube ich nicht daran.«

Oben auf dem Hügel angekommen, ist der Blick auf den Bauernhof im Tal bereits ungetrübt. Weiter oben im Wald klammern sich noch ein paar Nebelreste an die Nadelbäume, aber die Sonne wärmt bereits den Rücken.

Die beiden Männer wühlen in ihren Rucksäcken.

Während Sascha kauernd seine Kamera startklar macht, breitet Carsten eine Picknick-Iso-Decke aus und legt sich bäuchlings darauf. Sascha zögert einen Moment, bevor er sich ins nasse Gras legt. Sofort kann er spüren, wie Kälte und Feuchtigkeit nach seiner Haut krallen. Carsten grinst.

»Der General, der eine Schlacht gewinnt, stellt vor dem Kampf viele Berechnungen an. Der General, der verliert, stellt vorher kaum Berechnungen an.«

»Zitierst du Sun Tzu? Spielst du Strategie-Computerspiele?«

»Damit hast du wohl nicht gerechnet. Ich bin kein Huhn.«

»Du siehst auch nicht wie ein Huhn aus.«

»Vor allem habe ich keine kalten Eier.«

Carsten lacht.

Sascha unterdrückt den Impuls zu fluchen und fängt an, den Bauernhof zu filmen. Er schaut idyllisch aus. Sascha hat noch nie Bildern getraut, in denen nichts Hässliches zu sehen war.

»Bist du bereit?«, fragt Sascha.

»Alter, ich bin bereit geboren!«, antwortet Carsten. Genüsslich setzt er eine Mütze und eine Sonnenbrille auf. Allem Anschein nach macht es Carsten Spaß, sich zu verkleiden. Er hebt den Rucksack auf, schultert ihn und geht den Hügel hinab. Sascha aktiviert die Kamera und filmt. Carstens Schritte sind so regelmäßig, als würde er seit vielen Kilometern in sich versunken wandern. Das Tal leuchtet ihm entgegen wie eine romantische Leuchtreklame. Auf dem Display der Kamera sieht Carsten aus wie ein scheiß Wanderer auf einem Caspar-David-Friedrich-Gemälde.

Unten auf dem Hof des Bauernhofs angekommen geht Carsten schnurstracks zum Auto und bringt den Sender unter dem hinteren rechten Radkasten an. Sascha hat kaum Zeit heranzuzoomen. Bestimmt verwackelt.

Dann macht Carsten etwas, womit Sascha nicht rechnet. Etwas, das nicht abgesprochen ist. Er stellt sich direkt vor den Bauernhof, holt einen Fotoapparat aus seiner Outdoor-Jacke und macht Bilder vom Anwesen. Er lässt sich Zeit, läuft über den Hof und wählt unterschiedliche Perspektiven.

Die Tür des Hauptgebäudes wird geöffnet. Max steht in einem Trägershirt in der Tür und ruft Carsten etwas zu. Eine Frau erscheint in der Tür hinter Max und legt ihre Arme um seinen Oberkörper.

Sascha zoomt an die Frau heran, bis er sie tiefenscharf im Kameradisplay hat.

Carsten hebt die Hand kurz zum Gruß und macht sich auf den Rückweg. Max tritt aus dem Haus und schaut ihm eine Weile hinterher. Die Frau hinter ihm auch. Nachdem Carsten lange genug gleichmütig den Hügel hochgewandert ist, küsst Max seine Freundin und geht mit ihr zurück ins Haus. Langsam wird Carsten im Display der Kamera größer. Oben auf dem Hügel angekommen, legt er sich mit dem Rücken auf die Iso-Decke und schaut in den Himmel. Er nimmt die Sonnenbrille ab und kneift die Augen kurz zusammen. Dann lächelt er zufrieden in den wolkenlosen Himmel. Langsam wärmt die Sonne auch den Körper.

»Was hat Max zu dir gesagt?«, fragt er.

»Dass das Privatgrund ist.«

»Und seine Freundin?«

»Die war einfach da. Warum hast du mir nichts von ihr erzählt?«

»Ich wusste auch nicht, dass Max Thoss eine Lebensgefährtin hat.«

»War aber zu erwarten. Aus irgendeinem Grund stehen Frauen auf Arschgeigen. Hast du eine Ahnung, wer die Schlampe sein könnte?«

»Kira.«

»Ich mag's, mit Profis zu arbeiten.«

»Sie ist eine Freundin von Alina.«

»Bitte erspar mir die Details. Hört sich nach so einem hysterischen Frauen-Ding an.«

Sascha nickt.

Dann schaut er zusammen mit Carsten ins Tal.

»Was sollte denn die Nummer mit dem Fotoapparat?«, fragt Sascha.

»Der Krieg ist ein Weg der Täuschung«, antwortet Carsten.

»Können wir mal kurz mit dem Sun-Tzu-Quatsch aufhören.«

»Das ist kein Quatsch. Unser kriminelles Superhirn käme doch nie auf die Idee, dass ihn einer ausspionieren will, der sich so dämlich anstellt. Gut, was?«

»Ja. Gut.«

Auf dem Weg zurück zum Auto lässt Carsten die Hühner nicht aus den Augen.

»Ich vertraue denen einfach nicht«, sagt er. »Das sind die Nachkommen von Sauriern. An den Beinen kann man es genau erkennen.«

Der Wind ist stärker geworden. Ab und zu schlägt ein Ast auf das Dach des Autos. Der Wagen ist so im Waldweg geparkt, dass Max ihn unmöglich sehen kann, wenn er aus seinem Gehöft an der Einfahrt vorbeikommt. Und schon gar nicht nachts. Die nächste Straßenlaterne ist etwa eineinhalb Kilometer entfernt. Sascha und Carsten warten. Ringsherum Wetterleuchten. Die Blitze jagen durch Wolkenberge, die sich kilometerhoch auftürmen. Wenn sich der Blitz in einer Wolke entlädt, leuchten deren Ränder auf.

»Ich könnte da stundenlang zusehen«, sagt Carsten.

»Du hast mehr Geduld als ich«, antwortet Sascha. »Wahrscheinlich deine Erfahrung als Türsteher.«

»Ein Augenblick der Geduld kann vor großem Unheil bewahren, ein Augenblick der Ungeduld ein ganzes Leben zerstören.«

»Hast du eigentlich für jede Lebenssituation ein Sun-Tzu-Zitat auf Lager?«

»Ich glaube, das Zitat war gar nicht von Sun Tzu.«

»Nein? Hört sich aber chinesisch an. Wie bist du auf Sun Tzu gekommen?«

»Ich weiß nicht. Wahrscheinlich, weil die Songtexte in den Charts so schlecht waren.«

»Eigentlich weiß ich total wenig von dir.«

»Was willst du denn hören. Meine Familiengeschichte?«

»Warum nicht? Wäre ein schöner Zeitvertreib.«

Carsten nickt.

»Okay. Also mein Vater war Dildo-Konstrukteur.«

»Was?«

»Dildo-Konstrukteur. Ist das kein ehrbarer Job? Jeder hat die Dinger, aber keiner gibt es zu. Deine Frau und du – habt ihr keine Sexspielzeuge zuhause im Nachtkästchen? Oder liegt da nur die Taschenbuchausgabe von *Herr der Ringe* drauf?«

»Auf meinem Nachtkästchen liegt nicht *Herr der Ringe.*«

»Jeder steckt sich die Dinger bei der erstbesten Gelegenheit rein. Irgendjemand muss sie entwerfen. Und da kommt mein Vater ins Spiel. Er hatte alle Varianten drauf. Weiße Vibratoren wie aus der Apotheke. Große schwarze mit dicken Adern. Modelle mit Klitoris- und Analstimulation. High-Tech-Dildos mit per Fernbedienung fein justierbarer Stoßtechnik. Als ich elf Jahre alt war, hatte mein Vater einen Arbeitsunfall. Ein Vibrator ist in seinen Händen explodiert. Alle Finger waren sofort ab.«

Sascha nickt.

»Meinst du, dein Vater kann mir billig einen Dildo besorgen?«

»Er hat mit der Branche gebrochen und ist jetzt in einer freichristlichen Gemeinde.«

»Was hat er wirklich gemacht?«

»Qualitätsprüfung in einer Porzellanfabrik. Damals gab es noch Industrie in Deutschland. Eine Fabrik für Industrieporzellan. Sicherungen und so ein Scheiß. Der hat 30 Jahre mit einer Stimmgabel gegen Porzellan geklopft und die defekten Teile aussortiert. Am Ende hatte er Tinnitus. Natürlich versuchte er das zu verheimlichen, aber die Fehlerquote stieg und irgendwann kam er nicht mehr damit durch. Frührente. Noch zehn Jahre nachmittags Tierdokumentationen anschauen bis zum Schlaganfall. Meine Mutter hat zunächst nicht mal bemerkt, dass er tot ist. Sie dachte, er wäre so ergriffen von den Pinguinen.«

»Klingt scheiße.«

»Na klar. Die Dildo-Story ist auf jeden Fall besser. Da hat man den Eindruck, er hätte was von Bedeutung für die Menschheit gemacht. Hattest du auch Eltern oder bist du computeranimiert?«

»Computeranimiert.«

»Lass mich raten: Deine Eltern haben beide bei der Sparkasse gearbeitet. Sie haben sich dort in der Ausbildung kennengelernt und anschließend geheiratet. Deine Mutter ist zuhause geblieben, als das erste Kind kam. Das warst auf jeden Fall du.«

»Warum?«

»Man merkt es dir irgendwie an.«

»Nur meine Mutter hat bei der Sparkasse gearbeitet. Mein Vater war beim Arbeitsamt.«

»Oh, Mann.«

»Als der anfing, machte er es aus Menschenfreundlichkeit.«

»Ja, ja.«

»Ja, ja heißt du Arschloch.«

»Keiner fängt aus Menschenfreundlichkeit beim Arbeitsamt an.«

»Mein Vater hat geglaubt, er könne da Leuten helfen. Und er käme mit richtigen Menschen in Kontakt. Stattdessen saß er tagaus, tagein in der Leistungsabteilung vor Formularen, ohne andere Menschen zu Gesicht zu bekommen als andere Beamte. Am unteren Ende des Formulars kam eine Summe raus. Das war das Arbeitslosengeld. Und das musste einem Leistungsempfänger reichen, den er nicht kannte. Das erste Mal wurden die Formulare unterbrochen, als um halb zehn der mobile Imbiss kam, um Wiener zu verkaufen. Bauern. Weißwürste. Knacker. Käseknacker kamen erst später auf. Mein Vater wurde fett, aber gleitende Arbeitszeit. Später ließ er sich aus dem Getränkeautomaten direkt neben der Stempeluhr morgens um sieben ein Bier raus. Er war nicht er Einzige.«

Es beginnt zu regnen. Zuerst nur ein paar vereinzelte Tropfen, dann geht der Regen übergangslos in einen Wolkenbruch über. Carsten stellt den Scheibenwischer an. Der Scheibenwischer schmiert. Er zermatscht die Dunkelheit vor der Windschutzscheibe.

»Man schleppt halt den ganzen Scheiß mit sich rum«, sagt Carsten.

»Willst du nicht Musik anmachen?«, fragt Sascha.

Carsten startet den Player. *Killing In The Name* von Race against The Machine.

»Passt gut zum Wetter«, sagt Carsten zufrieden mit seiner Musikauswahl. »Sind halt alles Oldies. Ich hab nicht gedacht, dass meine prägenden Musik-Jahrzehnte mal Oldschool sind.«

Max fährt vorbei.

Sofort startet Carsten das Auto und prescht auf Verdacht aus der Ausfahrt. Gott sei Dank kein Verkehr, denkt Sascha. Und total überflüssig, unvorsichtig zu fahren. Auf dem Tablet bewegt sich ein roter Punkt eine Landkarte entlang. Schöne illegale Technik.

»Fahr nicht zu dicht auf«, sagt Sascha.

Carsten lacht.

»Wenn der in den Rückspiegel schaut, sieht er bei dem Regen nicht allzu viel.«

Schmale Landstraßen. Leere Dörfer, in denen bei Einbruch

der Dunkelheit die Gehsteige hochgeklappt werden. Ab und zu sieht man einen großen Flachbildschirm im Wohnzimmer.

»Ist heute Fußball?«, fragt Sascha.

»Mittlerweile ist jeden Tag Fußball.«

Noch mehr abweisende Dörfer. Dazwischen spröde Fichtenwälder. »Sei vorsichtig«, sagt Sascha. »In der Gegend kann jederzeit ein Wildtier auf die Straße laufen.«

»Da geb ich einfach Gas. In so einer Situation voll zu bremsen, ist lebensgefährlich.«

»Kann schon sein. Ich hab mal versucht, einem Fuchs auszuweichen.«

»Das ist natürlich das Idiotischste, was man machen kann. Am besten gibt man einfach Gas und überfährt das Wildtier.«

Plötzlich stoppt Carsten das Auto und macht die Musik aus.

»Warum bleiben wir stehen?«, fragt Sascha.

»Warum wohl? Dein Lieblings-Drogendealer hat gestoppt.«

»Okay, stell das Licht ab.«

»Hab ich längst abgestellt.«

Sascha schaut auf das Display. Der rote Punkt hat es sich inmitten ein paar versprengter Häuser bequem gemacht.

»Schaut aus, wie mit einem Becher hingewürfelt.«

»Was?«

»Das Dorf auf der Karte. Wie weit sind wir entfernt?«

»Vierhundert Meter.«

»Fahr noch ein wenig näher ran.«

»Ist das eine gute Idee?«

»Ich seh ein paar winzige, verschmierte Lichter vor uns.«

»Wie weit willst du ran?«

»Auf zweihundert Meter. Aber von hier ab ohne Licht.«

»Ohne Licht sehe ich in der scheiß Dunkelheit nicht, wo ich hinfahre.«

»Wenn wir die sehen können, können die uns auch sehen.«

»Okay. Ohne Licht.«

Carsten tastet sich ohne Licht Meter für Meter vorwärts.

»Also ehrlich«, sagt Carsten, »ich kann die Straße nicht sehen. Ich kann bestenfalls eine Prognose abgeben.«

Das Auto rollt so langsam vorwärts, dass man die schmatzenden Geräusche der Reifen auf der regennassen Fahrbahn hören kann. Die Insassen atmen vorsichtig, um nicht abgelenkt zu werden.

Vorne rechts spreiselt etwas, das sich anhört, als würde jemand Spaghetti brechen, um sie besser in einem zu kleinen Topf unterzubringen.

Carsten bremst. Das Auto rutscht. Carsten bremst noch ein paar Mal kurz hintereinander, bis sie endlich stehen. Saschas rechte Schulter drückt bedenklich gegen die Scheibe der Beifahrertür.

Er öffnet die Tür. Das Auto hängt gefährlich unmittelbar über einem Straßengraben. Unter der Fußleiste schaut unglücklich ein umgeknickter Leitpfosten hervor.

»Einer von diesen Fahrbahndingern, oder?«, fragt Carsten.

»Ja.«

»Und?«

»Er ist tot, Jim.«

»Sehr witzig. Dafür, dass ich nach Gehör fahren musste, war das nicht mal so schlecht.«

»Hauptsache, du fährst nicht noch weiter nach rechts. Dann liegen wir nämlich endgültig bei den Fröschen im Graben.«

»Willst du fahren?«

»Lieber nicht.«

»Vielleicht würdest du dich in einen Prinzen verwandeln, wenn dich die Frösche küssen.«

»Konzentrier dich.«

Carsten gibt Gas. Die Reifen drehen durch. Das Auto ruckelt. Carsten macht einen neuen Versuch. Der Motor heult auf.

»Du musst raus und anschieben«, sagt Carsten.

»Okay.«

Sascha öffnet die Tür. Beim Aussteigen gibt er sich Mühe, dass er nicht in den Graben rutscht, aber natürlich verliert er auf dem nassen Gras sofort den Halt und schlittert in den Graben. Instinktiv versucht er sich festzuhalten, aber an den nassen Grashalmen findet er keinen Halt. Er landet am Grund des Straßengrabens und alle seine Klamotten sind nass. Als er sich auf allen vieren aufrichtet und hinstellt, läuft das Wasser auch in seine Schuhe. Beim Versuch, nach oben zu klettern, bleibt ein Schuh stecken und Sascha muss eine Weile im Schlamm wühlen, um ihn wiederzufinden. Er nimmt die Schnürsenkel zwischen die Zähne und klettert mit dem vor ihm baumelnden Schuh nach oben. Mit seinen Fingern krallt er sich tief in die nassen Grasbüschel.

»Aller klar?«, fragt Carsten aus dem Wageninneren.

»Alles super«, antwortet Sascha, ohne die Zähne mit dem Schuh dazwischen voneinander zu entfernen. Er lässt sich auf den Beifahrersitz fallen. Es kostet einige Überwindung, einen vollkommen verschlammten Schuh anzuziehen.

»Bist du wieder so weit?«

»Ja.«

»Dann könntest du mal anschieben.«

»Kann ich vielleicht auf deiner Seite aussteigen?«

»Klar, aber pass auf, dass du nicht meinen ganzen Sitz einsaust.«

Carsten steigt aus und Sascha klettert über die Fahrerseite

nach außen. Dabei gibt er sich Mühe, den Fahrersitz nicht mit seiner verschlammten Hose zu berühren.

»Auf drei«, sagt Carsten und setzt sich wieder auf den Fahrersitz. Sascha stellt sich hinter das Auto und legt die Handflächen auf den Kofferraum.

»Eins – zwei – drei.«

Carsten gibt Gas. Sascha schiebt. Die Reifen drehen durch. Schlamm spritzt fett auf Saschas Hose, aber dann macht das Auto doch einen Satz auf die Fahrbahn. Sascha steigt wieder ein.

»Scheiße«, sagt Carsten. »Ich hätte doch einen Sitzbezug auf dem Beifahrersitz anbringen sollen.«

Dann lacht er.

»Sehr witzig. Am besten, du fährst doch mit Licht.«

Carsten stellt das Licht an und sie rollen langsam die letzten Meter bis zum Dorfeingang. Das Auto von Max steht vor einem alten Gebäude, das vielleicht mal eine Schule war. Zu einer Zeit, als alle Jahrgänge in einem großen Raum untergebracht waren. Und der Dorflehrer noch eine angesehene Persönlichkeit war. Und der Pfarrer.

»Park bei der Scheune.«

»Was hast du vor?«

»Ich schau mir das mal näher an.«

»Und was mache ich?«

»Du bist fluchtbereit.«

»Bei einem Banküberfall ist man fluchtbereit.«

»Und?«

»Ich dachte, wir wären auf der guten Seite.«

»Wir sind auf der guten Seite.«

»Dann sollten wir handeln und nicht fluchtbereit sein.«

»Der klügste Krieger ist der, der niemals kämpfen muss.«

»Wow. Du hast Sun Tzu gelesen?«

»Ein paar Aphorismen im Internet. Damit ich mit dir mithalten kann. Für den Fall, dass ich mal klugscheißen muss.«

Sascha stellt die Kamera ein und rennt die Straße entlang. Wenigstens hat es aufgehört zu regnen. Ein paar Kilometer entfernt arbeitet sich das Gewitter noch ab, aber der Donner wird immer schwächer. Aus dem Haus kommt laute Musik. Immerhin haben sie den Motor nicht gehört. Fünfzig Meter vor dem Haus bleibt er stehen und filmt das Anwesen. Dann rennt er zum Gartentor und zoomt das Klingelschild nah heran: Torben Rebhahn.

Auf dem Weg zurück zum Auto fällt Sascha auf, dass der verschlammte Schuh bei jedem Schritt ein schmatzendes Geräusch abgibt. Der Schuh ist definitiv nicht mehr auf seiner Seite.

Als Sascha sich auf den Beifahrersitz fallen lässt, fragt Carsten: »Und? Was hast du rausgekriegt?«

»In dem Haus wohnt ein gewisser Torben Rebhahn.«

»Wer ist das?«

»Der Nazi, der mich zusammengeschlagen hat.«

»Woher weißt du das?«

»Aus dem Internet.«

»Ich muss dir ja nicht jeden Quatsch glauben. Willst du klingeln und die beiden aufmischen?«

Sascha schüttelt den Kopf.

»Dazu bist du nicht der Typ. Dann schlage ich vor, dass wir möglichst schnell von hier verschwinden.«

Carsten wendet das Auto und fährt langsam aus dem Dorf. Kurz danach beschleunigt er. Obwohl die Scheibenwischer schmieren, kann Sascha den umgefahrenen Leitpfosten und die von Autoreifen zermähte Grasnarbe erkennen. Die Nadelbäume begrüßen sie wieder unfreundlich.

Gleich nach dem Waldrand heult eine Polizeisirene auf. Sascha schaut in den rechten Rückspiegel. Er muss den Kopf verrenken, um etwas erkennen zu können.

Rote Leuchtlettern. STOPP. POLIZEI.

»Shit«, sagt Carsten. Eigentlich sagt er es nicht wirklich, sondern es zischt mehr aus ihm heraus.

»Wir haben nichts Ungesetzliches getan«, beruhigt ihn Sascha.

»Außer Fahrerflucht vielleicht.«

»Scheiße.«

Carsten fährt rechts ran und flüstert: »Hoffentlich hast du kein Dope dabei.«

Reflexartig sucht Sascha in seinen Taschen, bis ihm einfällt, dass er das Rauchen komplett aufgegeben hat, als die Kinder kamen. Mit Saufen schädigt man keinen anderen. Jedenfalls nicht offensichtlich.

Es klopft an die Seitenscheibe auf der Fahrerseite, aber Sascha merkt, dass an der Beifahrerseite auch ein Polizist steht.

Carsten lässt gelangweilt das Fenster herunter. Man muss Carsten schon ziemlich gut kennen, um zu wissen, ob er wirklich gelangweilt ist oder ob er nur so tut.

Der Zivilbeamte an der Fahrertür leuchtet direkt in die Gesichter von Sascha und Carsten.

»Was macht ihr hier?«

»Hey«, sagt Carsten, »sollten Sie uns nicht erst mal sagen, warum Sie uns anhalten, und nach den Fahrzeugpapieren fragen, bevor wir uns duzen?«

»Verdachtsunabhängige Kontrolle«, sagt der Polizist und beugt sich ein wenig ins Fahrzeuginnere. Er lässt keinen Zweifel, dass er Sascha anspricht:

»Was macht ihr hier, Sascha?«

»Recherche für eine Doku«, antwortet Sascha.

Carsten schaut mit zusammengekniffenen Brauen Richtung Beifahrersitz.

»Bist du mit dem etwa bekannt?«

»Das ist Björn. Ich war mit ihm auf der Schule.«

»Aus Menschen werden Leute«, lacht Carsten.

»Führerschein und Fahrzeugpapiere«, befiehlt Grosch schlecht gelaunt. Carsten klappt die Sonnenblende nach unten, zieht das Mäppchen mit Führerschein und Fahrzeugpapieren aus der Schlaufe und reicht es an den Polizisten. Während Björn Grosch die Dokumente mit der Taschenlampe anleuchtet, sagt Sascha:

»Schon irre, wie oft wir uns in letzter Zeit sehen.«

Grosch leuchtet kurz ins Wageninnere. Die Insassen schließen die Augenlider und drehen den Kopf weg.

»Anscheinend überschneiden sich unsere Betätigungsfelder.«

Dann richtet Björn Grosch die Taschenlampe wieder auf die Fahrzeugpapiere.

»Sie kommen mir irgendwie bekannt vor«, sagt Carsten. «Waren Sie schon mal Akteur in einer dieser Doku-Soaps, in denen echte Einsätze freundlicher Bullen realistisch mit Laiendarstellern nachgestellt werden?«

Grosch wirft einen kurzen, strengen Blick auf Carsten.

»Das mit den Bullen hab ich überhört.«

»Du hast ihn sogar live gesehen«, sagt Sascha. »Er hat das Baby aus der brennenden Flüchtlingsunterkunft gerettet.«

»Wow, ein Held«, nickt Carsten anerkennend. »Schön, dass es das noch gibt. Nicht nur computeranimiert. Können wir jetzt weiterfahren?«

Groschs Lächeln schaut gleichzeitig schlecht gelaunt aus.

»Weitergefahren wird dann, wenn wir hier fertig sind. Also, wenn ich den Startschuss gebe.«

»Hören Sie mal«, sagt Carsten, »auch wenn Sie Saschas Kumpel sind und ein Held und so, kann ich mich trotzdem über Sie beschweren.«

»Und ich kann dein Auto auseinandernehmen, um nach Drogen zu suchen.«

»Wir haben keine Drogen«, geht Sascha dazwischen. Erst in diesem Moment fällt ihm auf, dass er es gar nicht sicher weiß und dass ihn Carsten plötzlich unruhig anschaut, während er sich am Kopf kratzt.

»Hören Sie, Björn«, sagt Carsten, »wir haben den Leitpfosten nicht umgefahren.«

Björn Grosch reicht Carsten das Mäppchen mit den Fahrzeugpapieren und dem Führerschein durchs Fahrerfenster.

»Gute Fahrt.«

Carsten lässt sich nicht zweimal bitten weiterzufahren.

Sascha beobachtet durch die Heckscheibe, wie Björn und sein Kollege zurück zu ihrem Auto gehen.

»Du hast einen Freundeskreis, bei dem ich echt vom Kissen rutsche«, brummt Carsten. «Würde mich nicht überraschen, wenn Wolverine und Cowboy Bebop auch dazu gehören würden.«

Sascha lehnt seinen Kopf an das Beifahrerfenster und denkt nach.

»Ich frag mich, was Björn hier draußen macht.«

»Schaut für mich nach Schleierfahndung aus. Wir sind ja nahe genug an der Grenze.«

»Er hat mir noch nie erzählt, dass er dabei ist.«

»Wahrscheinlich machen das unterschiedliche Bullen, damit das schön unauffällig ist. Du kannst ihn ja fragen, wenn du ihn das nächste Mal triffst. Hauptsache, ich bin nicht dabei. Wenn ich an Kuscheln und Wohlbehagen denke, stelle ich mir nämlich einen Ort vor, der möglichst weit von deinem Freund Björn entfernt ist. Und von jedem anderen Provinz-Sheriff.«

Dann stellt Carsten wieder die Audioanlage ein und Race against The Machine übernimmt die Vorherrschaft über den Innenraum des Autos. Die Bässe teilen Magenschläge aus, die Gitarren fliegen tief.

»Und irgendwie viel rausgekriegt haben wir auch nicht«, sagt Carsten. «Max besucht Torben. Das ist ungefähr so aufregend wie die Tatsache, dass schwule Profi-Fussballer Angst haben, sich zu outen.«

»Für Recherche braucht man Geduld.«

»Ich war Türsteher. *Geduld* ist mir auf den Arsch tätowiert.«

»Man braucht mehr davon.«

»Für die Art Geduld ist das Leben zu kurz.«

»Hast du vielleicht irgendeine Folk-Nummer im Musikarchiv?«, fragt Sascha.

»Was?«

»Eines von diesen bezaubernden Psychedelic-Folk-Stücken, die vielleicht einen Hauch zu ätherisch ausfallen, aber dem Waldambiente nach einer Polizeikontrolle angemessen wären. Mädchenhafter Gesang: unnahbar lockend, gedankenverloren verspielt, aufregend rebellisch. Dazu ein paar Tupfer mit einer Harfe. Oder mit dem Banjo. Natürlich lässt sich die Sängerin von einer Musikzeitschrift nachts im Hallenbad fotografieren. In Berlin. Oder irgendwo auf einer Brücke in Kanada.«

Carsten lacht.

»Hast du mich schon mal genau angeschaut? Habe ich einen Vollbart und eine schwarze Hornbrille? Außerdem stelle ich mir zu Polizei E-Gitarren vor, die zur nächsten Attacke bereit sind.«

Das Licht der Scheinwerfer huscht über die Nadelbäume und macht sie farblos. Grau statt Grün. Hinter jedem Baum könnte ein Monster lauern und tiefer im Wald ein Geheimnis versteckt sein. Die Dunkelheit wächst, je mehr man in sie schaut.

Von rechts springt etwas auf die Straße.

Sascha kann die Augen leuchten sehen. Grün. Ein sehr dunkles Grün, das sich tief hineinbohren kann in die Jagd. Das Fell ist rot. Dann verschwimmen die Konturen. Die Geschwindigkeit bläst die Gestalt weg, obwohl Carsten bremst. Bremst wie ein Wilder. Sascha kann den ganzen Vorgang neben sich spüren. Es gibt einen dumpfen Schlag. Nur die Andeutung eines Schlags, wie ein kurzes Klopfen auf einer Trommel.

Das Auto bleibt stehen. Das quietschende Geräusch der Reifen überholt sie.

»Das war ein Fuchs«, sagt Sascha.

Sascha und Carsten steigen aus. Natürlich hat Carsten eine Taschenlampe dabei. Er ist wirklich gut ausgerüstet. Sie gehen etwa fünfzig Meter die Straße zurück, bis sie am Straßenrand eine Blutspur finden.

»Wir müssen nach ihm suchen«, sagt Sascha.

»Kommt überhaupt nicht in Frage.«

»Der gibt sonst keine Ruhe.«

»Bist du total bescheuert?«

»Ich kenne den Fuchs. So was macht der immer. Und dann läuft's scheiße.«

»Du warst doch angegurtet?«

»Ja.«

»Du hast dir also nicht den Kopf gestoßen?«

»Ich meine es ernst. Wir müssen ihn suchen.«

»Du kannst gerne hierbleiben.«

»Eigentlich muss man einen Wildunfall melden.«

»Leck mich. Meinst du, ich habe Bock, noch mal deinen alten Schulfreund Björn zu treffen? Ich fahre weiter.«

»Kannst du die Taschenlampe hierlassen?«

Carsten reicht Sascha die Taschenlampe.

»Du bist ein verdammter Vollhirni.«

»Kann schon sein.«

»Es war ein scheiß Fuchs. Was an ihm ist so wichtig?«

»Ich weiß nicht. Ich habe ein besonderes Verhältnis zu Füchsen.«

Carsten nickt.

»Okay. Da kann man nichts machen.«

Carsten geht zum Auto, steigt ein und fährt davon. Die Rückleuchten werden kleiner. Wie im Film. Immer die kleiner werdenden Rückleuchten.

Sascha geht in den Wald. Die Taschenlampe ist echt gut. Er kann der Blutspur folgen, obwohl es nur einzelne Tropfen sind, mit etwa einem halben Meter Abstand dazwischen. Wenigstens ist der Fuchs noch gelaufen und hat sich nicht über den Boden geschleppt. Wenn es so gewesen wäre, hätte Sascha ihn schon längst gefunden.

Der Wald ist zu ruhig. Die Ruhe nach dem Sturm. Kein Wind in den Wipfeln. Kein Uhu. Nur Regentropfen, die von den Nadelbäumen auf Saschas Outdoor-Jacke klacken. Und Zweige, die unter seinen Füßen knacken.

Sascha leuchtet abwechselnd in alle Richtungen. Vor sich. Neben sich. Hinter sich. Als müsste er einen Angreifer fürchten. Sogar nach oben leuchtet er. Verletzte Tiere sind zu allem Möglichen fähig.

Sascha stolpert über eine Wurzel, verliert das Gleichgewicht und fällt hin. Die Taschenlampe liegt vor ihm und beleuchtet den Waldboden. Er stützt sich an den Handflächen ab und steht auf. Dann hebt er die Taschenlampe auf und leuchtet an sich herab. Blut auf der Jacke. Einen Moment hat Sascha Angst, dass er sich verletzt haben könnte, aber es ist nicht sein Blut. Es ist aus dem Fuchs gekommen. Sascha holt ein Papiertaschentuch aus seiner Hosentasche und wischt über den Fleck, aber so verteilt er das Blut nur noch weiter über seine Jacke. Ihm fällt ein, dass er keinen Plan hat, was er mit dem Fuchs machen soll, wenn er ihn findet. Das verletzte Tier hat vielleicht keine Lust, sich kilometerweit bis zum nächsten Tierarzt tragen zu lassen. Vielleicht muss er doch die Polizei rufen. Natürlich eine schlechte Idee. Dann hätte Carsten Fahrerflucht begangen. Sascha denkt einen Moment darüber nach, einfach umzukehren, aber dann richtet er die Taschenlampe doch wieder auf den Boden und geht weiter.

Das Unterholz wird dichter. Ab und zu schlägt ein Ast in Saschas Gesicht.

Zuerst hört Sascha das Plätschern. Dann steht er vor dem Fluss. Er geht ein paar Meter am dunklen Wasser auf und ab. Die Blutspur verliert sich. Sascha überlegt, ob ein Fuchs schwimmen kann. Natürlich. Alle Säugetiere können schwimmen, auch wenn es manche nur widerwillig tun.

Er steigt in den Fluss. Der Moment, in dem man spüren kann, dass das Wasser die Schuhe flutet und sich an den Hosenbeinen nach oben frisst. Die Erkenntnis, dass man sich nicht ganz selber gehört. Sascha rutscht auf Steinen im Flussbett aus, aber er kann das Gleichgewicht halten. Die nächsten Schritte macht er vorsichtiger. Das Wasser frisst sich den Körper kalt nach oben bis in die Hirnlappen. Auf der anderen Uferseite kann Sascha kein Blut mehr finden. Der Fuchs ist ihm wieder entkommen. Er macht mit ihm, was er will. Sascha macht sich auf den Rückweg. Er watet wieder durch den Fluss.

Er folgt der Blutspur zurück, bis er zur Landstraße kommt. Dann geht er nach Hause. Sascha stellt sich auf einen langen Fußmarsch ein. Die Schuhe quietschen bei jedem Schritt. Ein Schnaps wäre nicht schlecht.

Carsten parkt das Auto direkt vor seinem Haus. Nachts finden sich immer genug Parkplätze in seinem Viertel. Nachdem er die Fernbedienung betätigt hat, leuchten kurz die Blinker auf. Trotzdem prüft er nochmal am Türgriff der Beifahrerseite, ob das Auto wirklich verschlossen ist, weil er Fernbedienungen nicht vertraut. Als er den Schlüssel ins Schloss der Haustür einführen will, legt sich eine Hand auf seine Schulter.

»Hallo, Carsten.«

Carsten hält in seiner Bewegung inne. Richtet sich langsam auf. Dreht sich um. Zwei Typen stehen ihm gegenüber. Er steckt den Schlüsselbund in seine Hosentasche, weil er es Autodieben nicht zu einfach machen will. Vollautomatisiert rattern Vergleichs- und Erfahrungswerte durch ihn, die in seine Analyse der Chancen eines Straßenkampfes einfließen. Beide gut durchtrainiert. Geschmeidig und selbstsicher in ihren Bewegungen.

»Was gibt's?«

Der Kerl, der gerade noch die Hand auf der Schulter hatte, sagt:

»Du solltest diese nächtlichen Fahrten lassen. Deine Mutter macht sich deshalb bestimmt Sorgen.«

»Das ist ganz unbegründet. Ich bin ein guter Fahrer.«

»Heute hast du einen Leitpfosten umgefahren.«

»Kann ich mich überhaupt nicht daran erinnern. Wir können gerne einen Alkotest machen.«

»Ich schlag vor, wir belassen es bei einer Verwarnung, und du steckst deine Nase nicht mehr in Angelegenheiten, die dich nichts angehehen.«

»Oder was?«

»Früher oder später hast du einen ernsthaften Unfall. Deine Mutter würde weinen.«

»Was hast du die ganze Zeit mit meiner Mama?«

Während der andere nur aufmerksam zuhört, legt der Kerl, der quatscht, wieder die Hand auf Carstens Schulter.

»Sie macht sich Sorgen. Du solltest nicht so viel weg sein. Wer kümmert sich um sie, wenn sie alleine ist? Sie ist unbeschützt.«

»Unbeschützt?«

»Sie könnte hinfallen. Sich den Oberschenkel brechen oder sonst was. Geht schnell bei alten Leuten. Und wer ist dann für sie da? Wer ist in der Nähe? Du jedenfalls nicht, Motherfucker.«

»Und du auch nicht.«

Mit einem Rückhandschlag seiner linken Hand wischt Carsten die fremden Grapscher von seiner Schulter, macht einen Ausfallschritt nach vorn und schlägt seine flache rechte Hand gegen den Kehlkopf des Enthirnten, der es gewagt hat, seine Mutter zu bedrohen. Der Typ geht röchelnd zu Boden, während dessen Kompagnon entsetzt starrt. Erstarrt. Er braucht einen Moment zu lange, um sich in Bewegung zu setzen.

Carsten zerrt seinen Teleskopschlagstock aus der Seitentasche seiner Cargohose. Mit der Bewegung schiebt sich die Waffe auseinander und trifft den zweiten Zahnspangenbettler am Schädel. Gerade noch gestanden, und schon am Boden auf den Ellbogen. Ein Fußtritt gegen die Rippen. Der Arsch kippt auf den Rücken. Noch ein Fußtritt gegen den Solarplexus, und es ist Schicht im Schacht.

Mittlerweile versucht die Quatschtante der beiden wieder aufzustehen. Carsten schlägt ihm mit dem Schlagstock mehrmals auf den Rücken. Der Mann geht zu Boden. Sicherheitshalber tritt Carsten ihm noch einmal zwischen die Beine. Lautes Stöhnen. Er tastet den ausgeknockten Spacko ab und wird fündig. Aus einem Holster zieht er eine Pistole und richtet sie auf den Schweigsamen, der sich gerade nach Atem ringend aufrichtet und in seine Jacke greift.

»Ich würde mir das überlegen.«

Der Schweigsame hält in seinen Bewegungen inne und hebt die Hände.

Carsten behält ihn im Auge, während er den am Boden Liegenden durchsucht. Alle Taschen sind leer.

»Und jetzt zu dir.«

Mit der Pistole im Anschlag umrundet Carsten den Kerl, der immer noch die Hände Richtung Himmel reckt. Er zieht eine Knarre aus einem Holster und steckt sie sich in den Hosenbund.

»Und plötzlich bin ich der mit den zwei Kanonen. In Videospielen und Actionfilmen ist der mit zwei Kanonen immer King. In echt auch, wie ich das sehe. Hey, Wichskopf. Ja, dich meine ich. Hände runter. Hier. Fang.«

Carsten wirft dem Schweigsamen seinen Schlüsselbund zu, während er ihn weiter mit der Pistole bedroht.

»Sperr auf.«

Nachdem der Typ die Haustür aufgesperrt hat, zieht Carsten den Schlüssel ab. Dabei behält er die beiden Männer im Auge. Er wedelt mit der Pistole.

»Ich behalte eure Spielzeuge. Für den Fall, dass ihr meiner Mutter zu nahe kommen wollt. Ihr solltet dringend an eurem Benehmen arbeiten. Motherfucker ist kein schönes Wort.«

Carsten verschließt hinter sich die Haustür und rennt die drei Stockwerke nach oben. Als er die Wohnungstür öffnet, kommt ihm seine Mutter im Nachthemd mit dem Rollator entgegen.

»Was war denn unten auf der Straße los?«

»Nur ein paar alte Schulfreunde. Waren wir zu laut?«

»Morgen beschweren sich bestimmt die Nachbarn.«

»Ich glaube, das hast nur du mitgekriegt, weil du wie jede Nacht auf mich gewartet hast.«

»Ihr habt aber wirklich ganz schön getobt.«

»Die wollten gar nicht mehr aufhören, weil sie sich so gefreut haben, mich zu sehen.«

»Schön, dass du Freude hast. In der Schule hattest du immer Probleme.«

»Jetzt ist alles gut, Mama.«

Sascha öffnet die Wohnungstür. Er versucht möglichst leise zu sein, um Lydia nicht zu wecken, aber Lydia sitzt schon in der Küche. Vor sich eine Thermoskanne und eine Tasse Kaffee. Hinter ihr fallen erste Sonnenstrahlen durch das Küchenfenster.

»Wo warst du heute Nacht?«, fragt Lydia. Dabei mustert sie ihn halb verächtlich, halb besorgt. Eher zu zwei Dritteln verächtlich. Kein Wunder, so runtergekommen, wie Sascha ausschaut. Nachdem er im Graben gelandet ist und das Auto angeschoben hat. Nach der Suche im Wald. Nach dem Fußmarsch nach Hause. Und mit der ganzen Müdigkeit, die Augenringe nach unten zerrt. Seine Lippen sind trocken. Der ganze Mund. Schwer zu erklären.

»Warst du trinken?«, fragt Lydia.

»Schau ich so aus?«

»Du schaust aus, als wärst du im Straßengraben gelegen.«

»Ich hab nichts getrunken. Jedenfalls nicht viel. Du kannst gerne einen Alko-Test machen.«

»Warst du bei einer anderen Frau?«

Sascha schüttelt den Kopf.

»Nein.«

»Vielleicht ist es bei der Tante nicht so ganz gut gelaufen und dann hast du getrunken.«

»Wenn man erst mal mit jemandem verheiratet ist, traut man ihm natürlich alles zu.«

Lydia trinkt einen Schluck Kaffee.

»Dann erzähl es mir doch einfach. Wo warst du heute Nacht?«

»Kann ich mir einen Schluck Kaffee nehmen?«

»Ja klar. Wir haben noch keine Gütertrennung.«

Sascha holt eine Spiderman-Tasse aus dem Hängeschrank und schenkt sich Kaffee ein. Er setzt sich und trinkt einen Schluck. Dann noch einen.

»Ich hab mit Carsten recherchiert.«

»Natürlich. Mit Recherche kann man ja immer alles rechtfertigen.«

»Wir haben einen Drogendealer verfolgt, der zu einem Nazi fuhr.«

»Hört sich nach der bescheuerten Ausgangssituation für eine beschissene Fernsehserie an.«

»Ich erfind das nicht.«

»Drogendealer. Nazis. Und ihr wart natürlich auf der guten Seite.«

»Auf dem Rückweg hat Carsten einen Fuchs angefahren.«

»War er tot?«

»Ich weiß es nicht. Das war ja das Problem. Das Tier war weg. Ich wollte nach dem Fuchs suchen und Carsten ist weitergefahren. Wir haben uns gestritten. Er fand die Idee blöd.«

»War sie ja auch. Wenn es überhaupt stimmt, was du mir erzählst.«

Sascha nimmt noch einen Schluck Kaffee. Lydia wartet ab. Irgendwann werden ihre Augen größer.

»Geht's noch weiter?«

»Ich hab im Wald nach dem Fuchs gesucht.«

»Nachts? Im Wald?«

»Ja.«

»Hast du ihn gefunden?«

»Nein.«

»Was hättest du denn mit dem Fuchs gemacht, wenn du ihn gefunden hättest? Ihn wiederbelebt?«

»Ich weiß nicht.«

»Ich glaub dir kein Wort. Für wie blöd hältst du mich eigentlich?«

»Du bist nicht blöd. Ich würde keine blöde Frau heiraten.«

»Auf Komplimente falle ich nicht rein. Jedenfalls nicht mehr, wenn sie von dir kommen.«

Sie schauen sich an und trinken Kaffee. Beide sind traurig. Als Sascha die Pause zu lang wird, sagt er:

»Guter Kaffee.«

»Danke.«

Lydia lächelt mit einer bitteren Note um die Mundwinkel, die sie nicht verstecken will.

»Diese Videobloggerin hat angerufen.«

»Alina. Was wollte sie?«

»Mit dir sprechen.«

»Wahrscheinlich wegen eines neuen Projekts.«

»Bestimmt. Fickst du sie?«

Sascha schaut kurz in die Kaffeetasse. Dann kann er den Blick in Lydias Augen aufrichten.

»Natürlich nicht.«

Lydia stellt die Kaffeetasse ab. Sie steht auf. Und geht.

Sascha hat einen Moment den Impuls, ihr hinterherzulaufen. Dann lässt er es sein. Manchmal sind die ehrlichen Geschichten zu idiotisch. Und die gelogenen auch. Er glotzt noch eine Weile auf die Morgensonne, die durchs Fenster fällt. Dann schreit endlich Judith. Und er kann sich gemeinsam mit Lydia kümmern. Funktionieren.

Sascha und Carsten treffen sich auf der Fußgängerbrücke, die in der Nähe des Hauptbahnhofs die Gleise überspannt. Sie lehnen sich mit den Unterarmen auf das Brückengeländer. Unter ihnen Elektrifizierung. Links werden Container aufgeladen. Rechts verfällt ein altes Backsteingebäude der Post.

»Hast du den Fuchs gefunden?«

»Nein.«

»Füchse sind schlau.«

»Was soll an so einem Verhalten schlau sein? Ich wollte ihm helfen.«

»Keiner lässt sich gerne helfen.«

Unter der Brücke fährt ein Regionalzug vorbei.

»Als ich nach Hause gekommen bin, haben zwei Typen auf mich gewartet«, sagt Carsten.

»Und?«

»Sie haben mir eindringlich erklärt, dass ich nicht weiter

rumspionieren soll. Da frage ich mich natürlich, woher wissen die von unsersem Projekt?«

»Was hast du gemacht?«

»Was wohl? Ich hab sie zusammengefaltet.«

»Hast du die Polizei gerufen?«

»Du weißt doch, wie ich zu unseren Freunden und Helfern stehe. Ich vertraue denen nicht. Ich bin mehr für Selbstverteidigung und klare Ansagen.«

»Das hätte auch anders ausgehen können.«

»Stimmt. Das Beste hab ich dir noch nicht erzählt. Die Arschgesichter waren gut bewaffnet.«

Carsten zieht seine Jacke zur Seite und zeigt Sascha die Pistole, die er im Hosenbund trägt.

»Heckler & Koch P30. So was haben Cops übrigens auch. Die zweite Pistole habe ich auf dem Weg hierher in den Fluss geworfen.«

»Und die überlebende Knarre willst du mit dir rumtragen?«

»Die haben meine Mutter bedroht.«

»Ist das eine gute Idee? Die wollen die Waffe auf jeden Fall wiederhaben.«

»Auf den Versuch bin ich jetzt schon gespannt.«

Sascha und Carsten hören auf zu reden, weil ein paar indische Austauschstudenten an ihnen vorbeigehen.

»Ich hab eine Idee, wie wir Max und seinen Drogenring ausspionieren können«, sagt Sascha.

»Wow. Ein Drogenring ist das plötzlich.«

»Wir wenden uns nicht direkt an Max, sondern an seinen Nazi-Freund Torben. Der ist nicht so besonders helle. Du triffst dich mit ihm, um Crystal zu kaufen, und wir filmen das Ganze mit versteckter Kamera.«

»Vergiss es.«

»Das funktioniert bei irgendwelchen Fernsehmagazinen ständig.«

»Hältst du mich für blöd? Das Meiste ist gefakt.«

»Schon mal von Günter Wallraff gehört?«

»Und selbst, wenn du das mit der versteckten Kamera auf die Reihe kriegst – technisch, meine ich …«

»Keine Sorge. Ich bin Profi.«

»Da habe ich meine Zweifel. Aber nehmen wir mal an, es könnte funktionieren. Dann gibt es immer noch ein Problem. Diesen Torben habe ich schon circa hundert Mal am Eingang zur *Tanzfabrik* kontrolliert. Der kennt mich.«

»Du passt perfekt ins Bild. Warum sollte ein Türsteher nicht selbst ins Geschäft einsteigen wollen? Du weißt, was mit Crystal geht. Wie viele sich da was reintun. Du kennst das Klientel und bist ein Top-Verteiler. Außerdem sind Türsteher schlecht bezahlt. Letztendlich geht es immer ums Geld.«

»Ist das nicht eine Nummer zu groß für uns, wenn es so eine dicke Drogen-Nazi-Nummer ist?«

»Die Story ist zu gut. Alle werden sich darum reißen. Darüber berichten. Das kommt bei Quick-TV, du wirst sehen. Wir können uns damit platzieren und Sponsoren für neue Projekte akquirieren. Entweder kriegen wir direkt Aufträge oder wir sind besser aufgestellt für Crowdfunding.«

»Bezüglich unserer Gesundheit machst du dir aber keine Sorgen?«

»Zur Polizei können wir immer noch, wenn wir unsere Reportage verkauft haben. Oder wenn es eng wird.«

»Die sind ja nicht mal in der Lage, den Doppelmord an ihren eigenen Kollegen kurz hinter der tschechischen Grenze aufzuklären.«

Sascha und Carsten schauen eine Weile auf die Bahngleise.

»Was genau hindert mich eigentlich wirklich ins Drogengeschäft einzusteigen?«, fragt Carsten. »Mal abgesehen davon, dass wir es mit Nazis zu tun haben? Nazis kann ich nicht ab, aber es gibt ja andere Anbieter und unpolitische Konsumenten. Da könnte einer wie ich gutes Geld verdienen. Auf der anderen Seite der Macht.«

»Du hast einen Ehrenkodex.«

Carsten lacht.

»Ich weiß nicht, was ich von dir halten soll. Du rettest Füchse.«

»Ich hab ihn gar nicht gerettet.«

»Du hast es versucht.«

Sie schauen noch ein wenig zu, wie Container verladen werden.

»Warum treffen wir uns eigentlich hier?«, fragt Carsten.

»Weil mich Züge irgendwie beruhigen. Alles, was mit Eisenbahn zu tun hat.«

»Und außerdem?«

»Damit wir nicht abgehört werden können.«

»Bist du paranoid?«

»Bloß realistisch. Glaub ich.«

»Oh, Mann. Sag mir Bescheid, wenn dein Plan technisch ausgereift ist.«

Sascha schaut Carsten hinterher, wie er die Brücke langgeht. Schönes Fotomotiv in Schwarz-weiß. Vor allem, wenn man weiß, dass er eine Knarre im Hosenbund hat.

Nachdem Torben die Tür geöffnet hat, schaut er Carsten kritisch an. »Du hast zugenommen, seit du nicht mehr als Türsteher arbeitest.«

»Das sind alles Muskeln.«

»Und eine Brille brauchst du auch. Du wirst langsam ein alter Sack, Carsten.«

»Mit der Brille sehe ich das erste Mal, wie scheiße du wirklich ausschaust. Vielleicht hätte ich mir besser keine machen lassen sollen.«

Beide lachen.

»Nicht erschrecken«, sagt Torben, »jetzt kommt ein Wellness-Programm, das du kennst.«

Er tastet Carsten von oben bis unten ab.

»Wie war ich?«, fragt Torben.

»Beschissen. Du hast das übersehen.«

Er holt sein Multitool-Werkzeug aus der Hosentasche. »Muss ich das abgeben?«

»Schon okay.«

»Willst du nicht meinen Rucksack durchsuchen?«

»Auf jeden Fall. Oder dachtest du, ich wäre so dämlich, darauf zu verzichten?«

Carsten nimmt den Rucksack von der Schulter und reicht ihn weiter. »Sowas würde ich nie denken.«

Torben durchsucht den Rucksack gründlich. Auch die Außentaschen. Dann gibt er ihn an Carsten zurück.

»Sicherheitsstandards. Ist nicht persönlich gemeint.«

»Schon okay. Die Pistole habe ich im Handschuhfach gelassen.«

Torben lacht.

»Komm rein.«

»Warum lehnt denn der Basy da hinter der Haustür?«

»Falls ich mal Meinungsverstärkung gegen die Zeugen Jehovas brauche.«

Torben führt Carsten ins Wohnzimmer.

»Mach's dir bequem«, sagt Torben.

Carsten setzt sich an den Esstisch und stellt den Rucksack neben sich auf den Stuhl. Er richtet den Rucksack zurecht. Torben verfolgt das skeptisch. Sehr gut, denkt Carsten. Hauptsache, der Idiot interessiert sich nicht zu sehr für meine Brille.

»Willst du einen Kaffee?«

»Gerne, wenn einer fertig ist. Und ohne was drin.«

Torben grinst.

»Ganz frisch und ohne was drin. Ich habe eine neue Kaffeemaschine. Die ist premium-gourmet-aromatisch.«

»Super.«

Torben geht in die Küche.

Die Brille ist wirklich ganz unauffällig. Modisches schwarzes Design. Die Kamera im linken Bügel fällt kaum auf, aber das Gewicht drückt auf den Nasensteg. Carsten hebt die Brille und reibt sich über die Nase. Dann setzt er sie wieder auf. Zwei Stunden Aufnahmekapazität. Schon irre. Im digitalen Zeitalter brauchst du für die coolen James-Bond-Gadgets keinen »Q« mehr, sondern kannst sie ganz einfach im Internet-Versandhaus bestellen.

Torben kommt aus der Küche und stellt zwei Tassen Kaffee auf den Tisch. Das Gesicht von Benito Mussolini starrt Carsten an. Er dreht die Tasse um. Auf der anderen Seite steht: *A function of a citizen and a soldier are inseparable.*

»Magst du die Tasse nicht?«, fragt Torben.

»Nein. Sehr geschmackvoll. Vor allem der Henkel.«

»Hast du ein Problem mit Faschismus?«

»Solange es nicht körperlich wird.«

»Oder mit Italienern?«

»Solange sie nicht Fußball spielen.«

Torben lacht.

»Warst du schon mal in Predappio?«

»Klingt italienisch. In Italien kenne ich nur die Formel-1-Rennstrecke von Imola. Meine Mama steht auf Venedig. Sie ist ganz verrückt danach. Ich glaube, weil es versinkt. Sie wollte auch ihre Hochzeitsreise dorthin machen, aber meine Eltern waren nur am Chiemsee. Außerdem ist sie ganz verrückt nach italienischen Schuhen.«

»In Predappio ist der Duce geboren.«

Carsten nickt.

»Benito Mussolini«, erklärt Torben.

»Ich weiß schon, wer das ist.«

»Der Duce wurde dort auch in der Familiengruft beerdigt.«

»Wo?«

»In Predappio. Landschaftlich schön gelegen in der Emilia Romagna. Hineingedupft in eine liebliche Hügellandschaft zwischen Wäldern und Weinbergen, steht im Reiseführer. Würde deiner Mama gefallen. In der Familiengruft ist natürlich das Grabmahl des Duce der Anziehungspunkt. Über dem Sarkophag thront eine eindrucksvolle Büste. Strenge Gesichtszüge. Vielleicht von der Totenmaske kopiert.«

»Stehst du auf Totenmasken?«

Torben schaut Carsten verständnislos an.

»Wie kommst du darauf?«

»Keine Ahnung. Jeder hat so seine Hobbys.«

»Am Grabmahl des Duce stehen auch seine Schuhe.«

»Interessant. Für Schuhe interessieren sich sonst nur Frauen.«

Torben grinst.

»Willst du mich provozieren?«

Carsten schüttelt den Kopf.

»Natürlich nicht. Ich bin ja geschäftlich hier.«

Torben schaut streng.

»In einer Urne befindet sich auch das einbalsamierte Gehirn des Duce.«

»Haben die das Hirn vor oder nach seinem Tod einbalsamiert?«

Torben lacht. Wütend. Mit starrem Blick.

»Arschloch.«

»Sorry. Ich frag mich halt, wofür man ein einbalsamiertes Hirn braucht.«

Torben beugt sich nach vorn.

»Vielleicht, weil man es noch mal einsetzen kann. Der Duce hatte ein ziemlich gutes Gehirn. Er hat ja quasi den Faschismus erfunden, als die anderen noch keinen Namen dafür hatten. Ich habe ein Selfie vor dem Sarkophag gemacht. Willst du mal sehen?«

»Gern.«

Torben sucht in der Bildergalerie seines Smartphones. Ein paar Mal runzelt er die Stirn. Dann hält er das Display in Carstens Richtung.

»Schönes Bild. Schaut aus, als wolltest du gar nicht dich fotografieren, sondern die junge Dame dahinter. Die in den pinkfarbigen Shorts.«

Torben grinst.

»Weißt du, was sie ins Kondolenzbuch geschrieben hat? Deine Ideen waren nicht schlecht. Danach habe ich sie die ganze Nacht gefickt. Überall hin. Willst du mal sehen?«

Torben ruft wieder die Galerie auf.

»Schon gut.«

Carsten drückt das Smartphone nach unten.

»Predappio scheint wirklich eine Reise wert zu sein«, sagt Carsten, um das kleine bisschen Porno-Show zu vermeiden, das Torben vorschwebt.

Beim Gedanken an Predappio lächelt Torben erfüllt.

»Es gibt drei Souvenirläden mit Mussolini-Feuerzeugen, Mussolini-Tassen, Mussolini-Shirts. In der Eisdiele gibt es die Eissorte *Benito*. Das ist schwarze Schmelzschokolade.«

»Ich mag kein Schokoeis.«

»Aber Ice magst du schon.«

»Nur, wenn es blau ist.«

»Blau ist es nur im Fernsehen. In echt ist Crystal häufig nicht mal kristallin, sondern milchig, aber auch die miese Qualität ist immer noch gut genug. Die italienischen Kameraden in Predappio waren nach der Truppenversorgung total geflasht. So krasses Zeug hatten die noch nie gehabt. Dabei war das Meth nur mittelmäßig.«

»Ich bin überrascht, dass Kameraden so was nehmen.«

»Echt?«

»Wegen der Volksgesundheit.«

Torben schaut Carsten mitleidig an.

»Der 2. Weltkrieg wurde auf Methamphetamin geführt und seitdem sind alle Kriege auf Speed. Schon mal von *Pervetin* gehört? Rat mal, was das war. Panzerschokolade. Blitzkriege laufen besser, wenn keiner schlafen muss. Stuka-Tabletten. Du wirfst zielgenauer Bomben im Sturzflug ab, wenn du keine Angst hast. Hermann-Göring-Pillen. Damit fliegst du sogar ohne Treibstoff mit dem scheiß unerprobten ersten Düsenjäger auf eine Bomberflotte zu, obwohl der Krieg verloren ist – und hast Spaß dabei.«

»Spaß ist vielleicht ein wenig übertrieben.«

»Es gab auch Hausfrauenschokolade. Mit Pervitin versetzte Tabletten. Damit hältst du alles aus, was dich sonst abdrehen lässt. Selbst Familie. Den ganzen Scheiß mit Vati. Oder Schwiegermutti. Du erträgst den langweiligen Sex besser. Den Haushalt.«

»Und den Schäferhund. Ich hab schon verstanden.«

»Du kannst damit ununterbrochen Krieg führen. Du kannst damit ununterbrochen tanzen. Ficken. Alles, was Spaß macht. Und was dir keinen Spaß macht, kannst du erst recht. Ich verkaufe seit Jahren einem Hausmeister Crystal. Der macht seinen Job gut. Der hält es seit Jahren aus, Hausmeister zu sein. Er repariert fröhlich den Mietern hinterher, die er hasst. Angeblich hat es Hitler auch genommen, als der Krieg fast aussichtslos war. Aber er glaubte weiter an die Wunderwaffe. Ein paar Stunden vor seinem Selbstmord hat er geheiratet. Das macht Crystal aus dir. Dass du alles aushältst. Schmerzunempfindlichkeit ist definitiv die stärkste passive Superkraft.«

»Unverwundbarkeit fände ich noch besser.«

»Unverwundbarkeit hat noch nie funktioniert.«

Carsten schiebt seine Brille auf der Nasenwurzel zurecht. Scheiße, denkt er. Das hätte ich nicht machen dürfen. Aufmerksamkeit für die Brille erzeugen. Jetzt schnell reden und ablenken, während die Kamera weiter filmt.

»Stimmt schon«, sagt Carsten, »Unverwundbarkeit klappt einfach nicht. Irgendwas kommt immer dazwischen. Deine Ferse bleibt verwundbar, weil man dich daran festhielt, als du in den Kessel mit Zaubertrank getaucht wurdest. Oder ein Lindenblatt fällt auf deine Schulter, als du gerade in Drachenblut badest. Und dann trifft dich dort ein Pfeil. Oder ein Speer. Natürlich aus dem Hinterhalt. Darauf ist die ganze Mythologie aufgebaut. Und die Metal-Szene. Typen, die sich für unverwundbar halten, aber es nicht sind.«

Torben nickt.

»Mein Zeug verschafft Schmerzunempfindlichkeit. Man darf halt niemandem den Rücken zuwenden.«

»Hast du die Ware hier?«

»Steht *bescheuert* auf meiner Stirn?«

»Aber du kannst es mir jederzeit besorgen?«

»Allerdings. Ein paar Tage Geduld musst du aber einplanen.«

»Wo kommt das Zeug her?«

Torben lacht.

»Ach komm. Wenn du das wüsstest, müsste ich dich töten. Das wollen wir doch vermeiden.«

Carsten beugt sich nach vorn und legt seine Unterarme auf den Tisch.

»Ehrlich, Torben – ich glaub nicht, dass du mich töten könntest.«

Torben zuckt mit den Schultern.

»Oder ein anderer würde es übernehmen. Das wäre doch uncool.«

»Das wäre schon uncool. Wann krieg ich das Zeug?«

»Sobald ich es habe. Dauert drei oder vier Tage. Höchstens fünf. Du darfst es natürlich nur dort weiterverkaufen, wo ich nicht selbst aktiv bin.«

»Keine Sorge. Ich halte mich an deine Vorgaben.«

»Kluge Entscheidung. Von klugen Entscheidungen profitieren wir am Ende beide.«

Torben schaut sich seine leere Mussolini-Tasse an. Wendet sie in seinen Händen hin und her.

»Was genau gefällt dir an der Tasse nicht?«

»Sie schaut aus, als hätte sie irgendjemand mit irgendwelchen Bildchen aus dem Internet zusammengestöpselt, die nicht zusammengehören. Schau dir mal die alte Weltkarte unter dem Mussolini-Portrait an.«

»Er wollte ein Kolonialreich errichten.«

»Aber nicht im 17. Jahrhundert. Das schaut doch scheiße aus. Immerhin war der Futurismus stilbildend für den italienischen Faschismus.«

Torben mustert die Tasse intensiv. Er nickt und wirft die Tasse hinter sich. Sie zersplittert auf dem Boden.

»Stimmt schon. Ich konnte die Tasse noch nie leiden.«

Es klingelt. Sascha öffnet die Tür. Carsten steht vor der Tür.

»Der Eismann ist da«, sagt er fett grinsend.

»Ich hab gar nichts bestellt.«

»Schade um das Spaghettieis. Bist du allein?«

»Ja. Lydia ist mit den Kindern bei einer Freundin.«

»Gut.«

»Schöne Brille übrigens.«

Sie gehen in die Küche. Carsten legt die Brille auf den Tisch.

»War gar nicht so schwer. Torben hat definitiv nichts geschnallt.«

»Gut.«

»Und dann habe ich noch das.«

Carsten kramt konzentriert in seinem Rucksack. Nachdem er fündig geworden ist, legt er ein kleines Plastiktütchen mit zwei kleinen Kristallsplittern neben die Brille.

»Ist es das, wofür ich es halte?«, fragt Sascha.

»Es ist jedenfalls nicht jugendfrei.«

»Musstest du es unbedingt kaufen?«

»Es war ein Geschenk. Torben hat es mir beim Abschied als Probe zugesteckt. Ich konnte mich ja schlecht dagegen wehren. Immerhin sollte ich Vertrauen aufbauen und so.«

»Er kann uns damit belasten.«

»Wir haben doch alles auf Video.«

»Ja, aber auch, wie du das scheiß Crystal in Empfang nimmst.«

»Das kannst du doch problemlos rausschneiden.«

Sascha schaut müde auf das Tütchen aus der Kategorie *Glück & Erfrischung* am Küchentisch.

»Man kann die Wirklichkeit nicht rausschneiden, wenn sie erst mal auf den Teppich gekotzt hat. Politiker wünschen sich das, aber am Ende müssen sie zurücktreten.«

»Ein paar kommen trotzdem durch. Wie diese Landtagsabgeordneten, die ihre Ehefrauen zu einem überhöhten Gehalt in ihrem Büro angestellt haben.«

»Ein bisschen Filz. Zu langweilig für einen Skandal. Keine guten Bilder. Keine Blonde in Strapsen.«

»Ich würde die Blonde in Strapsen nehmen.«

»Logisch. Und das Crystal-Tütchen. Damit hat er dich zum Komplizen gemacht.«

»Ach, Scheiße. Du hättest es auch mitgenommen. Wer das Tütchen nicht nimmt, verrät sich. Immerhin habe ich nichts davon selbst konsumiert.«

Carsten und Sascha schauen sich kurz an, aber immer wieder gleitet ihr Blick auf den Tisch. Die Kristalle ziehen die Augen auf sich.

»Wir könnten den Dreck auch einfach zur Polizei bringen«, sagt Carsten. »Dann haben die auch ein bisschen Spaß.«

»Bist du verrückt? Wir sind noch nicht so weit. Wenn wir jetzt zur Polizei gehen, dann bestimmen wir nicht den Content, sondern wir sind die Story.«

Er steht auf und holt ein Tupperware-Behältnis mit der Aufschrift *Kräuter der Provence* aus dem Regal und öffnet den Deckel. Mit den Fingern gräbt er eine Grube in die Kräutermischung. Darin beerdigt er das Plastiktütchen. Schiebt Kräuter der Provence darüber. Schließt den Deckel. Stellt das Behältnis zurück ins Regal.

Carsten muss niesen.

»Ich reagiere allergisch auf so was«, sagt Carsten, während er sich die Nase putzt. »Thymian, Rosmarin, die ganze mediterrane Küche.«

Nachdem Carsten gegangen ist, geht Sascha einkaufen. An den Einkaufstrolley musste er sich erst mal gewöhnen. An diese unterprivilegierte Art der Mobilität ohne Auto. Man stellt sich automatisch gebeugte alte Frauen dazu vor. Im Supermarkt arbeitet er Lydias Einkaufsliste ab. Wenn es irgendwie geht, entscheidet er sich gegen das Markenprodukt und nimmt stattdessen einen No-Name-Artikel. Weil er keine tiefgekühlten Produkte gekauft hat, muss er sich keine Sorgen machen, dass die Kühlkette unterbrochen wird. Das erlaubt ihm einen kleinen Umweg über den Bahnhof. Am Kiosk kauft er sich ein Bier und beobachtet von einer Bank am Bahnsteig aus die ein- und abfahrenden Züge. Eine Gruppe Pfadfinder läuft lachend an ihm vorbei. Selbst die Pfadfinder sind nicht mehr geordnet.

Als er nach Hause kommt, sieht er, dass der Kofferraum des Familienautos geöffnet ist. Ein großer Koffer, zwei Reisetaschen und ein Rucksack sind bereits eingeladen. Außerdem ein Wäschekorb mit Spielsachen.

Sascha rennt zur Haustür und die Treppe nach oben. Jedenfalls so gut, wie man mit einem Treppensteiger-Einkaufstrolley die Treppe nach oben rennen kann. Im ersten Stock kommt ihm Lydia entgegen. Judith in der Baby-Trage und Julian an der Hand.

»Was wird denn das?«, fragt Sascha.

»Wie sieht's denn aus?«

Sascha schüttelt den Kopf.

»Ich sprech das nicht aus. Ich werde es auf keinen Fall aussprechen.«

»Feigling.«

»Du verlässt mich.«

»Genau.«

Sascha hält sie am Arm fest.

Ihre Augen funkeln ihn an.

»Lass mich sofort los.«

Sascha nimmt die Hand weg und Lydia geht weiter die Treppe nach unten.

»Warum?«, brüllt er ihr hinterher. »Warum?«

Sie dreht sich um und legt den Finger auf ihren Mund.

»Psst. Sollen uns die ganzen Nachbarn hören?«

Sie holt aus ihrer Jeans ein kleines Plastiktütchen mit Kristallen. Julian greift danach. Lydia hält es etwas höher.

»Es ist nicht so, wie du denkst«, sagt Sascha.

»Es ist nie so, wie ich denke.«

»Das hat mit einem Filmprojekt zu tun.«

»Aber es ist das, wofür ich es halte.«

»Ja. In echt ist es nicht blau.«

»Und du versteckst es in unserer Küche?«

Sascha zuckt mit den Schultern.

»Ist dir klar, dass an das Regal jederzeit Kinder rankommen? Julian. Oder ein Freund, der zu Besuch ist.«

»Das ist viel zu hoch. Da kommt kein Kleinkind ran.«

Auf Lydias Stirn schwillt eine Ader an.

»Und wenn Julian seinen Hochstuhl hinschiebt?«

»Ich wollte niemanden gefährden.«

»Niemand? Ist Julian niemand?«

»Ich wollte Julian auf keinen Fall gefährden.«

Lydia dreht sich um und geht die Treppe nach unten. Sascha folgt ihr. Draußen geht sie an einen Gully und entleert das Plastiktütchen. Dann drückt sie die leere Tüte Sascha in die Hand und schnallt die Kinder im Auto fest.

»Wo willst du hin?«

»Ich fahre zu meinen Eltern. Wenn ich wiederkomme, hast du die Wohnung verlassen. Du hast eine Woche Zeit.«

Lydia steigt ins Auto und startet den Motor. Als sie losfahren will, springt Sascha vor den Wagen und klopft mit den Händen auf die Motorhaube. Lydia lässt die Seitenscheibe nach unten.

»Kriegst du dich wieder ein oder muss ich Hilfe holen?«

»Was für Hilfe denn?«

»Eine Freundin. Die Polizei. Keine Ahnung.«

»Keine Angst. Ich krieg mich voll ein.«

Sascha tritt zur Seite und Lydia fährt weg. Er hat den Impuls zu winken, aber das wäre natürlich blöd. Stattdessen schleppt er den Einkauf im Trolley nach oben. In der Küche riecht es immer noch nach Tomatensoße. Die Spaghetti liegen ungekocht neben dem Herd. Die scheiß Kräuter der Provence stehen auf der Arbeitsplatte. Sascha wirft das Tupperware-Behältnis gegen einen Hängeschrank. Mit einem lauten Krachen schlägt es auf. Öffnet sich. Die Kräuter schweben in der Luft. Oregano. Rosmarin. Bohnenkraut. Thymian. Basilikum. Langsam sinken sie nach unten.

Carsten stellt die Musik lauter. Deutlich. Ultraviolence-Mode.

»Mir ist schon klar, dass du genervt bist«, sagt Sascha.

Carsten schaut kurz zu Sascha.

»Merkt man das?«

»Ja.«

»Gut.«

»Ich bin auch genervt.«

»Tatsächlich? Du machst doch in investigativem Journalismus, während ich dich seit Tagen hinter einem rechtslastigen Drogendealer herkutschiere.«

»Und was stört dich genau dabei? Dass du noch nichts verdient hast?«

»Das nervt zusätzlich, aber am meisten stinkt mir, dass wir nur blöd glotzen und nichts unternehmen. Vor allem nach diesem nächtlichen Intermezzo mit den beiden Geisterbahnfiguren. Doch statt proaktivem Handeln gurken wir nur durch die Gegend.«

»Recherche. Geduld zahlt sich aus. Wir warten auf den richtigen Moment.«

»Der richtige Moment ist immer jetzt.«

Carsten stellt die Musik so laut, dass Sascha schreien müsste, um etwas zu antworten. Sie folgen weiter dem roten Punkt auf dem Display. Früher konnte man nicht tagelang jemanden verfolgen, ohne gesehen zu werden, aber ein Sender und GPS machen es möglich. GPS weiß, wo du bist. Wenn du als Bergsteiger in den Abgrund stürzt. GPS schafft Sicherheit. Du weißt, dass dein Kind nicht die Abkürzung durch den Wald nimmt. Du weißt, dass dein Ehepartner während der Mittagspause wirklich im McCoffee sitzt. GPS sagt dir, wie lange du brauchst, um joggend den See zu umrunden. Je nach Fitness und mentaler Stärke bist du danach motiviert oder bedient. Du willst deine Zeit für die Jogging-Runde lieber nicht bei Facebook posten und dich von Menschen aufmuntern lassen, die du nicht einmal persönlich kennst. In Amerika wurden die ersten Angeklagten zum Tode verurteilt, weil GPS ihr Alibi zum Einsturz brachte. GPS ist schon super. Man kann sogar besser damit Krieg führen.

Der rote Punkt auf dem Display bleibt stehen. Carsten stellt die Musik leiser.

»Was macht er?«, fragt Sascha.

»Einkaufen«, antwortet Carsten. »Er ist auf dem Parkplatz eines Nahversorgungszentrums stehen geblieben.«

Carsten beschleunigt kurz, dann biegt er auf einen Parkplatz ab. Ein Supermarkt. Ein Discounter. Eine Apotheke. Die Filiale einer Frisör-Kette. Ein Sonnenstudio mit Flat-Rate-Angebot. Eine Bäckerei mit Café und bestuhltem Außenbereich.

Max schiebt gerade mit einem Einkaufswagen eine Plastiktüte mit Pfandflaschen in den Supermarkt.

»Und jetzt?«, fragt Carsten.

»Stell dich auf einen der hinteren Parkplätze, die nicht so frequentiert sind.«

»Beim Frisör?«

»Gute Idee.«

»Wir schauen nicht gerade nach Frisör aus.«

»Park einfach.«

Carsten fährt das Auto schnittig in die Parklücke. Sein The-Fast-and-the-Furious-Moment. Er lächelt zufrieden und stellt die Musik ab.

»Jetzt kriegen wir raus, dass Nazi-Max eine Thunfisch-Pizza einkauft«, sagt Carsten. »Oder eine Wassermelone.«

»Eine Wassermelone?«

»Melonen passen zu Nazis. Wassermelonen klingen hohl, wenn man auf sie klopft. Zuckermelonen klingen dumpf. Vielleicht sind Zuckermelonen sogar noch geeigneter für Nazis.«

»Du unterschätzt ihn.«

»Echt?«

»Er ist auch kein richtiger Nazi.«

»Der ist bloß so geschickt, dass man es ihm nicht gleich anmerkt.«

»Vielleicht hast du recht. Es braucht auch ein paar intelligente Nazis, damit sich die Ideologie wie ein Virus ausbreitet.«

»Das mit dem Virus stimmt. Ob es intelligente Nazis gibt, kann ich nicht beurteilen. Ich hatte bisher mit den Arschgeigen keine Diskussionen, sondern höchstens mal eine Schlägerei.«

»Warum schlägerst du dich mit denen? Darauf warten die doch bloß.«

»Auf mich warten die Wichser nicht, du Klugscheißer. Bei Nazis werde ich zum Berserker. Das ist zwar nordisches Brauchtum, aber erleben wollen die das nicht. Den Kampfschrei des Berserkers. Voll aggro.«

Um seine Worte zu unterstreichen, stellt Carsten wieder die Stereoanlage an und die Lautstärke hoch. Die Bässe scheppern durch den Inhalt des Handschuhfachs. Die E-Gitarren fräsen eine Schneise durch die Haarzellen im Innenohr. Das Schlagzeug prasselt auf die Haut wie Ninja-Sterne. Der Kampfschrei des Berserkers. Sascha fragt sich, aus welchem Video-Spiel Carsten das wohl herhat. Der Kampfschrei des Berserkers ist bestimmt eine Spezialfähigkeit. Entweder steigert sie die eigenen Angriffswerte oder senkt die Moral des Gegners. Oder beides gleichzeitig. Das wäre aber ein wenig overpowered.

Carsten klopft auf Saschas Schulter. Als er zu ihm schaut, hebt Carsten seinen Kopf und schiebt sein Kinn nach vorne.

Sascha schaut auf den Parkplatz, aber er kann nirgends Max entdecken.

Carsten stellt die Musik leiser, damit alle besser denken können. Männer können besser denken, wenn die Musik leiser gestellt wird. Carsten schiebt stärker das Kinn nach vorn.

»Da ist dein Bullen-Schulfreund. Der Nette. Der Lebensretter.«

Tatsächlich steigt Björn Grosch gerade aus seinem schwarzen

Audi. Er schaut kurz in alle Richtungen und geht zum Heck des Autos. Dort dreht er sich einmal vollständig um die eigene Achse. Dann öffnet er den Kofferraum und holt eine mit Leergut gefüllte Plastiktüte aus dem Kofferraum. Während er das Auto mit der Fernbedienung verschließt, schaut Grosch noch mal über beide Schultern. Dann schlendert er über den Parkplatz.

»Warum schaut der sich so um?«, fragt Carsten. »Das schaut ja aus, als wäre er Clint Eastwood, in diesem Film, in dem er Bodyguard des amerikanischen Präsidenten ist.«

»In The Line Of Fire.«

»Genau. Er ist aber kein Bodyguard.«

»Er ist Polizist. Da wird man vorsichtig. Berufskrankheit.«

Grosch geht zu den Einkaufswägen, die in ihrem überdachten Stellplatz auf den nächsten Konsumenten warten. Er zieht einen Einkaufswagen heraus, der gerade noch mit seinem Kollegen kuschelt. Schon wird die Tüte mit Pfandflaschen hineingestellt. Grosch holt sein Smartphone aus der Hosentasche. Tippt eine Nachricht auf das Display.

Carsten zieht sein Handy ebenfalls aus der Hosentasche und filmt Björn.

»Was machst du?«, fragt Sascha.

»Deinen Job, aber du kommst ja nicht in die Gänge bei deinem Bullen-Kumpel, weil ihr als Teenager mal die gleichen Mädels gepoppt habt.«

Grosch steht mit seinem Einkaufswagen auf dem Parkplatz. Schaut auf das Display. Ab und zu sondiert er die Lage.

»Warum filmst du ihn?«, fragt Sascha.

»Ist das dein Ernst? Max und er sind zur gleichen Zeit hier und der Provinz-Sheriff benimmt sich verhaltensauffällig.«

»Das ist Zufall.«

»Bei so einem Zufall krieg ich Pickel am Arsch.«

Grosch schiebt den Einkaufswagen in Richtung des Supermarkts. Weil er dabei sein Display nicht aus den Augen lässt, stößt er mit dem Wagen gegen ein parkendes Auto. Einen Moment beobachtet er den Parkplatz aus den Augenwinkeln. Keine Reaktion. Leute laufen auf ihre Geschäftigkeit konzentriert an ihm vorbei. Grosch steckt das Handy in die Hosentasche und schiebt weiter Richtung Supermarkt.

»Die Fahrerflucht haben wir schon mal«, kommentiert Carsten trocken und öffnet die Fahrertür.

»Hey, was machst du?«

»Wie schaut's denn aus? Ich gehe in einen Supermarkt einkaufen.«

»Die könnten uns sehen.«

»Ja, könnten DIE. Entweder du kommst mit oder ich zieh die Shopping-Tour allein durch.«

Sascha und Carsten gehen über den Parkplatz.

»Glotz nicht so angepisst«, sagt Carsten. »Wir sind kein Ehepaar, das gerade den üblichen Streit zum Wochenende hatte.«

Als die beiden den Supermarkt betreten, werfen Björn Grosch und Max Thoss gerade nebeneinander Plastikflaschen in die beiden Leergutautomaten ein. Carsten hebt sein Handy und filmt.

»Was siehst du?«, fragt Carsten.

»Zwei Typen, die Pfandflaschen abgeben. Zufall.«

»Oh, Mann.«

»Wir gehen zurück zum Auto, damit wir nicht gesehen werden.«

Wieder im Auto sagt keiner ein Wort. Sascha und Carsten schauen auf den Eingang des Supermarkts. Eine Viertelstunde vergeht, bis Björn Grosch den Einkaufswagen durch die Schiebetür steuert. Carsten fängt wieder an mit dem Smartphone zu filmen. Sascha ist genervt.

Grosch verstaut seine prall gefüllte Einkaufstüte im Kofferraum. Er dreht sich noch einmal um, bevor er ins Auto steigt und vom Parkplatz fährt.

»Soll ich ihm folgen?«, fragt Carsten.

»Lass mal«, sagt Sascha zu Carsten, der sich bereits seinem Autoschlüssel widmet, um das Auto zu starten.

Enttäuscht lässt sich Carsten in seinem Autositz zurückfallen. »Fahren wir wieder Nazi-Max hinterher? Das macht keinen Spaß mehr.«

»Was würde dir denn Spaß machen?«

»Den Wichser mal nach allen Regeln der Kampfkunst aufmischen.«

»Das ist immer noch eine verdeckte Ermittlung. Es ist der Recherche nicht gerade dienlich, jemanden aufzumischen.«

»Findest du? Davon bin ich aber nicht überzeugt.«

Carsten will die HiFi-Anlage wieder anstellen. Sascha schaut ihn streng an. Carsten zieht seinen nach vorne gestreckten Daumen zurück und klappt ihn in seine Faust.

Max kommt aus dem Supermarkt. Carsten filmt. Nachdem Max seinen Einkaufswagen zurück an den Sammelplatz gestellt hat, trägt er seine Einkaufstüte zurück zum Auto. Oben schaut eine Ananas heraus. Als Max die Tüte in den Kofferraum lädt, fällt die Ananas auf den Boden. Max flucht und robbt unter das Auto, um die Frucht hervorzuholen. Wütend wirft er sie ins Auto und knallt den Kofferraumdeckel zu. Dann sucht er in den Taschen seiner Lederjacke. Er holt eine Schachtel Zigaretten und ein Feuerzeug hervor. Zündet sich eine Zigarette an. Die ersten Züge raucht er tief in die Lunge. Entspannt vielleicht. Oder zufrieden. Dann schaut er sich vorsichtig um.

Scannt den Parkplatz. Sein Blick bleibt mitten in Carstens Kamera hängen. Zuerst weiten sich seine Augen. Dann kneift er die Lider zusammen.

»Hey, ihr Spanner, braucht ihr ein Passfoto?«

Max wirft die Zigarette weg und rennt los.

»Scheiße, er hat uns entdeckt. Fahr los!«, brüllt Sascha. Carsten wirft das Handy in Saschas Schoß und dreht den Zündschlüssel.

Fast fährt er Max über die Füße.

Ein heftiger Schlag auf das Autodach.

Ein Einwegfeuerzeug zersplittert auf der Heckscheibe. Nachdem Carsten vom Parkplatz gefahren ist, fragt er:

»Wohin?«

»Erst mal weg. Wo es ungestört ist.«

Carsten schaltet Musik zu. *Roulette* von *System Of A Down.*

»Mit einer Ballade hätte ich nicht gerechnet«, sagt Sascha.

»Keine Sorge, der nächste Song passt sich wieder meiner Stimmung an«, antwortet Carsten.

Carsten und Sascha stehen am Rand des Stadtparks und starren durch die Windschutzscheibe nach draußen. Das Licht auf der Motorhaube verändert sich ständig. Die Zweige der Buchen sind in Bewegung.

»Mit deinem Rumgefilme hast du uns auffliegen lassen«, sagt Sascha enttäuscht.

»Na und? Das sind amtliche Aufnahmen. Die wiegen sehr schwer vor Gericht.«

»Echt? Und was sollen sie beweisen?«

»Crystal-Max und Bullen-Björn haben was am Laufen.«

»Und diese Eingebung hast du, weil sie miteinander zur gleichen Zeit in einem Supermarkt waren? Das ist ziemlich überzeugend.«

»Sie haben die Einkaufstüten getauscht.«

»Man kann die Tüten nicht voneinander unterscheiden. Sie sind identisch.«

»Nur auf einer Seite. Die andere Seite ist interessant. Damit es spannend bleibt, lässt sich die PR-Abteilung ab und zu was Neues einfallen. Auf der Tüte von Björn stand der aktuelle Slogan *Jeden Tag ein bisschen Spaß.* Max hat eine ältere Tüte verwendet. Kann man an dem Werbespruch *Besser leben* erkennen. Als Björn aus dem Laden kam, hatte er auch eine *Besser-Leben*-Tüte.«

Sascha starrt Carsten mit offenem Mund an.

»Hier. Schau's dir an.«

Carsten gibt sein Smartphone an Sascha, der sich die Videos mehrmals hintereinander anschaut.

»Björn hat seine Tüte weggeworfen und sich an der Kasse eine neue geholt«, sagt Sascha.

Carsten lacht.

»*Besser leben* wird seit Monaten nicht mehr ausgegeben.«

»Da waren noch alte Tüten unten drin im Fach.«

»Ja klar. Wahrscheinlich in einem Fach unter dem Fach. Du willst daran glauben, dass Björn auf der guten Seite der Macht steht. Das ist menschlich. Menschen wollen an was glauben. Freundschaft. Polizei. Gott. Netflix.«

»Und du, Carsten? Glaubst du an nichts?«

»Vielleicht fange ich irgendwann an, an Neflix zu glauben. An die Polizei glaube ich auf keinen Fall.«

Sascha gibt Carsten das Handy zurück.

»Kannst du den Sender orten?«

Carsten bedient das Tablet, das an einer Halterung am Armaturenbrett befestigt ist.

»Ich hab ihn. Er ist nicht in Bewegung.«

»Lass uns hinfahren.«

Während der Fahrt hören sie mehr Stücke von *System Of A Down.*

Prison Song. Know. Spiders. Chop Suey!. Alles super Nummern. Am besten gefällt Sascha die Textzeile: *They are trying to build a prison.*

Der Sänger ist zu schnell für seinen Kopf. Das passt zu seinem restlichen Leben.

Carsten parkt das Auto vor einem Sportstadion.

»Hier?«, fragt Sascha.

»Ja.«

»Die Zufahrtstore sind zu. Da kann unmöglich sein Auto drinstehen.«

»Schauen wir trotzdem nach?«

Sascha und Carsten klettern über den Zaun. Ein gepflegter Fußballplatz. Umrundet von einer Tartanbahn. Außerdem andere Leichtathletik-Anlagen. Weitsprung. Hochsprung. Es gibt sogar eine gut ausgebaute Tribüne. Als hätte ein Sponsor ein Stadion für die Fußball-Regionalliga errichten wollen, bevor er das Vertrauen verloren hat.

»Hier machen sich die Stabhochspringer vor dem jährlichen Stabhochsprung-Event in der Altstadt warm«, sagt Carsten. »Super. Gibt es auch Fußballspiele hier?«

»Punktspiele?«

»Ja.«

»Nein. Nur Frauenfußball.«

Als sie die Tartanbahn entlanggehen, finden sie den Sender. Zertreten. Die Innereien quellen daraus hervor.

Carsten schüttelt den Kopf.

»Warum zertritt der Typ den Sender auf einem Sportplatz?«

»Ich habe keine Ahnung.«

»Und jetzt?«

Sascha zuckt mit den Schultern.

»Ich schau draußen erst mal, ob wir selber einen Sender unter dem Radkasten haben«, sagt Carsten.

Kira stellt sich neben Alina. Sie starren eine Weile auf das Gehege der Präriehunde. Keines der Tiere ist zu sehen. Nur Löcher in einem Erdhügel.

»Schade, dass sie nicht draußen sind«, sagt Alina. »Sie sind so putzig. So sozial. Sie geben sich manchmal sogar Küsschen.«

»Ich hätte auch keinen Bock, vor uns rumzulatschen und mich von uns begaffen zu lassen, während ich Küsschen gebe. Ich finde, Tiere gehören nicht in einen Zoo.«

Kira schaut sich um.

»Hast du den Stick?«

»Bin ich damit meine Schulden los?«

»Deine Bedingungen sind für Max okay.«

»Und die Grundversorgung?«

»Er lässt niemanden verhungern. Meiner Meinung nach ist er zu nett.«

»Zum Glück ist deine Meinung nicht entscheidend.«

Alina holt aus einem Innenfach ihrer Designer-Handtasche einen Daten-Stick und gibt ihn Kira. Die zieht ein kleines Plastiktütchen mit Kristallen aus ihrer Jackentasche und lässt es in Alinas Handtasche gleiten.

»Wir könnten viel von den Präriehunden lernen«, sagt Alina.

»Die kleinen Tierchen haben ein ausgeprägtes Sozialverhalten. Überlebenswichtige Aufgaben werden clever zwischen den Mitgliedern der Kolonie aufgeteilt.«

»Wir Menschen haben auch ein ausgeprägtes Sozialverhalten. Es ist nur scheiße.«

Ein Präriehund spurtet aus einem Loch, richtet sich auf und schaut sich um.

»Was hast du mit den Typen am Laufen, die Max hinterherspionieren?«, fragt Kira.

Alina flüstert, damit der Präriehund nicht erschrickt.

»Sie machen Filme für mich. Keine Angst, die haben nichts drauf.«

»Ja, aber was ist mit dir? Du könntest verraten, wer dich mit Eiskonfekt versorgt. Und ein paar andere Sachen weißt du auch, weil ich sie dir erzählt habe.«

»Zweifelst du an mir?«

»Du bist ein Star im Internet. Plappern gehört zu deinem Berufsbild.«

Alina lehnt sich mit dem Rücken an das Geländer des Geheges und schiebt ihr Gesicht vor Kiras.

»Auf mich konntest du dich immer verlassen. Du warst es, die sich von mir zurückgezogen hat.«

»Wir hatten eine gute Vergangenheit, aber du musst endlich mal damit klarkommen, dass es eine Gegenwart gibt.«

»Und mit *Gegenwart* meinst du Max?«

»Ja. Was hast du gegen ihn? Bist du eifersüchtig?«

»Eifersüchtig? Echt jetzt? Weißt du, wie viele Klicks ich jeden Tag habe?«

»Wenn du uns verscheißerst, werde ich dir weh tun.«

»Gut, dass wir das geklärt haben. Was ist mit deinem Auge passiert?«

»Sportunfall.«

»Kampfsport?«

»Ja. Ich werde immer besser, auch wenn es nicht so ausschaut.«

Der Präriehund pfeift. Andere Erdhörnchen kommen aus den Löchern.

»Putzig, oder?«, fragt Alina.

»Ja, putzig«, antwortet Kira.

Der erste richtig warme Frühlingstag. Schon nach ein paar Minuten auf dem Rad schwitzt Sascha. Der Winter steckt ihm noch voll in den Knochen. Er ist vollkommen außer Atem, als er mit dem Rad die kurze Steigung hochfährt. Björn Grosch sitzt bereits auf der Bank. Er trägt eine Sonnenbrille. Die beiden Männer nicken sich kurz zu. Sascha ist froh, dass er sich auch für seine Sportsonnenbrille entschieden hat. Sie schützt vor ultravioletten Strahlen und tieffliegenden Insekten, die gerne in suizidaler Absicht entlang der Strecke am Fluss mit vollster Wucht in ungeschützte Augen knallen. Außerdem hilft sie dabei, cool auszusehen. Während Sascha das Fahrrad abstellt, schaut er sich um. Gut gewählter Platz. Björn war schon immer ein guter Taktiker, deshalb hat er meistens bei mitternächtlichen RISIKO-Runden gewonnen. Die Bank steht an einer Gabelung des Radwegs. Im Rücken: eine Brücke. Betonwand. Björn versteht es, sich den Rücken freizuhalten. Links: eine Lichtung. Hunderte von Metern freie Sicht auf grüne Wiesen und auf einen von Weiden umrahmten Fluss. Die Landschaft ist so freundlich, dass man in sie kotzen möchte. Rechts: ein Bahndamm. Gute Location für Kontrollfreaks. Sascha setzt sich neben Björn. Eine Zeitlang sagt keiner etwas.

Manchmal ist es besser, nicht gleich sein Wissen in die Waagschale zu werfen. Nicht sofort die Trümpfe auf den Tisch zu legen. Manchmal verliert der, der zuerst spricht. In ihrer Schulzeit gab es ein Spiel, bei dem der verlor, der zuerst lachte. Am liebsten spielten sie es mit Mädchen. Sascha knabbert auf seiner Lippe herum. Selbst die Landschaft schaut unentspannt aus.

Schließlich erlöst ihn Björn.

»Das ist einer meiner Lieblingsplätze.«

»Warum?«

»Die Aussicht. An einem Tag wie heute, wenn man im Schatten der Brücke sitzt und das ganze Flusstal in Licht getaucht ist.«

Sascha nickt.

»Warum nickst du?«

»Weil ich es sehe. Die ganze Schönheit und so.«

»Du hast eine Sonnenbrille auf. Du solltest es mal ohne Sonnenbrille sehen.«

»Du trägst auch eine Sonnenbrille.«

Die beiden Männer nehmen gleichzeitig die Sonnenbrille ab und schauen auf die Flussauen.

Sascha setzt seine Sonnenbrille wieder auf.

»Ich finde die Aussicht eigentlich gefiltert besser. Als Kameramann würde ich einen Gelbfilter verwenden. Vermutlich bist du öfter hier?«

Björn schiebt die Brille wieder auf die Nasenwurzel.

»Ja.«

»Weil du mit jemandem verabredet bist?«

Björn lacht.

»Du meinst wohl eine Frau? Nein, um Pause zu machen. Man soll sich nicht überanstrengen beim Sport.«

»Ich sitz auch öfter mal hier. Komisch, dass wir uns noch nicht getroffen haben.«

»Und was machst du?«

»Ich zähle die Züge, die vorbeifahren. Das entspannt mich.«

»Gut, wenn man seine Entspannungstechnik gefunden hat. Ich versuche es seit Kurzem mit Progressiver Muskelentspannung.«

Die beiden Männer beobachten durch ihre Sonnenbrillen, wie sich eine Wolke vor die Sonne schiebt und einen Schatten über der Landschaft ausbreitet.

Ein Nahverkehrszug fährt vorbei.

»Nummer eins«, sagt Sascha.

»Du wolltest mir etwas zeigen«, sagt Björn.

Sascha holt sein Smartphone aus der Hosentasche. Er startet das Video. Zwei Männer stehen mit dem Rücken zueinander an einem Leergutautomaten und schieben leere Plastikflaschen in den Schacht. Sascha gibt das Handy weiter. Björn bedeckt mit der Hand das Smartphone, um das Display heller zu machen.

»Zwei Typen an Leergutautomaten«, sagt Björn.

»Genau.«

»Ist das aus einem Hollywoodfilm?«

»Nur, wenn es einen Hollywoodfilm gibt, in dem du die Hauptrolle spielst.«

»Was soll denn das heißen?«

»Der rechts bist du.«

Björn schaut noch einmal genau auf das Display, dann gibt er Sascha das Telefon zurück. Entweder ist er wirklich verwirrt, oder er spielt es verdammt gut.

»Spionierst du mir etwa nach?«, fragt Björn.

»Natürlich nicht.«

»Und worum geht es bei der Stalking-Nummer?«

»Ich hab dich nur zufällig gefilmt.«

»Schaut nicht zufällig aus.«

»Ich war an dem Typen neben dir interessiert. Der auch Pfandflaschen einwirft.«

»Wieso? Wer ist das?«

»Max Thoss.«

»Aha.«

»Kennst du ihn?«

»Meinst du privat?«

»Nein. Beruflich.«

»Du weißt, dass ich dir darüber keine Auskunft geben darf.«

»Also kennst du ihn. Wäre auch seltsam, wenn du ihn nicht kennen würdest. Erstaunlich, dass er dir nicht aufgefallen ist. Nur einen Meter von dir entfernt.«

»Ich bin ein Mann. Zielgerichtet. An einem Leergutautomaten konzentriere ich mich aufs Display. Immer wieder werden Flaschen nicht angenommen. Manchmal muss man den Verschluss aufschrauben und den Kunststoff aufblasen, damit der Strichcode gelesen werden kann. Was willst du eigentlich?«

»Machst du Geschäfte mit Max Thoss?«

»Spinnst du. Wie kommst du auf so was?«

»Ihr habt die Plastiktüten getauscht.«

»Von den Dingern gibt es Millionen identische.«

»Als du aus dem Laden kamst, hattest du eine andere Tüte als beim Rausgehen.«

»Ich hab mir an der Kasse eine andere geben lassen.«

»Sie hatte einen Aufdruck, der nicht mehr verwendet wird.«

»Dann war noch eine alte Tüte dazwischen.«

»Max Thoss hatte die gleiche Tüte, als er in den Laden kam.«

»Zufall.«

»Er hatte die gleiche Tüte wie du, als er rauskam.«

»Zufall.«

»Ich hab das alles auf Video.«

»Ich dachte, wir wären Freunde.«

Sascha und Björn sitzen nebeneinander auf der Bank. Zwei Radfahrer, die Pause machen. Sonst nichts. Helle Sonnenstrahlen zwängen sich durch die Wolken und erleuchten einen Teil der Lichtung, als wäre sie eine Bühne, auf der niemand auftritt. Ein Nahverkehrszug fährt vorbei. Diesmal in die andere Richtung.

»Nummer zwei«, sagt Sascha.

Der Fahrtwind des Zugs streicht kurz über die beiden Männer.

»Hast du ihm eine Waffe gegeben?«, fragt Sascha.

Björn ist entsetzt.

»Bist du irre. Eine Waffe? Damit er mich damit bei der nächsten Gelegenheit erschießt?«

»Vielleicht bist du V-Mann.«

»V-Mann?«

»Oder dieser Max ist einer und du bist sein Verbindungsoffizier.«

»Die Stasi ist Geschichte. Und wenn an deiner Vermutung was dran wäre, dürfte ich es dir natürlich nicht erzählen.«

Wieder fährt ein Zug vorbei.

»Nummer drei.«

Es riecht nach Diesel.

»Ich darf dir keine Auskunft geben«, sagt Björn. »Natürlich könnte ich eine Geschichte erfinden.«

»Okay. Dann gib dir mal ein bisschen Mühe.«

»Ich hab diesen Typen in einem Swingerclub kennengelernt. Seitdem war ich ein paar Mal auf Sexpartys, die er im großen Stil veranstaltet. Woher sollte ich wissen, dass der Kerl ein Gangster ist?«

»Starke Story. Was war in der Tüte, die du Max übergeben hast?«

»Dildos, die ich auf dem Vietnamesenmarkt in Tschechien eingekauft habe.«

»Langsam wird eine Fernsehserie daraus.«

»War natürlich nur Spaß.«

»Logisch. Wenn du mir so eine Scheiße auftischen würdest, könnte ich nur sagen, dass du dir einen extra großen Vibrator in den Arsch schieben sollst.«

»Das wird auf keinen Fall passieren.«

Sascha und Björn schweigen, während eine vierköpfige Familie auf dem Radweg vorbeifährt. Der Vater und der sechsjährige Sohn sind topmotiviert. Die Mutter und die zwölfjährige Tochter sind sichtlich genervt.

»Was war wirklich in deiner Tüte?«, fragt Sascha. Björn verdreht die Augen.

»Leergut. Später mein Wochenendeinkauf.«

»Wie wär's mit Drogen?«

Björn lacht. Er kratzt an einem entzündeten Mückenstich an seinem Knöchel knapp über den Sneaker-Socken.

»Du hattest ein bisschen zu viel Serien-Marathon mit den falschen Inhalten. Warum sollte ich mit einer Einkaufstüte voll Drogen in den Supermarkt latschen? Ich bin Polizist. Außerdem hat dieser Max einen rechten Background. Und Nazis sind gegen Drogen. Wegen der Volksgesundheit.«

»Also kennst du ihn doch. Ich hab ein bisschen recherchiert. Berufskrankheit. Offiziell ist die NPD gegen Drogen, aber in

Sachsen wurde ein Nazi-Familien-Clan wegen Schmuggels von Amphetamin verurteilt.«

»Das waren Vollidioten, keine Nazis.«

»Ach was: Nazis sind voll geil auf Crystal. Es ist die beste Droge, um sich vor einer Prügelei so richtig hochzupushen. Und historisch bedingt mögen sie den Dreck. Die Wehrmachtssoldaten erhielten gezielt Stuka-Tabletten und Panzer-Schokolade. Pervitin hieß das bei den Deutschen. Die Amerikaner schluckten ebenfalls Amphetamin. Die Engländer schworen auf Benzedrin. Und was meinst du, was man braucht, damit sich junge Männer als Kamikaze-Piloten auf feindliche Flugzeugträger stürzen? In Japan ging zuletzt gar nichts mehr ohne Meth. Das ist die Droge, wenn du durchhalten willst.«

»Sascha, wir kennen uns schon so lange. Ich bin Beamter, kein Kamikaze. Ich explodiere nicht auf einem Flugzeugträger.«

»Vielleicht brauchst du einfach Geld.«

»Geld braucht natürlich jeder. Da stehen alle unter Verdacht. Vielleicht macht dich dein Job ein wenig zu investigativ. Zu paranoid. Bist du zu den Verschwörungstheoretikern übergelaufen? Soll sich in den Medien ja super verkaufen. Schau mal hoch. Siehst du die Flugzeuge?«

Sascha hebt den Kopf. Zwei Flugzeuge leuchten hell am kitschig blauen Himmel. Die Kondensstreifen kreuzen sich rechtwinklig.

»Die Abgasfahnen sind in Wirklichkeit Chemie-Wolken«, erklärt Björn. »Psychoaktive Substanzen, mit denen ich um die Weltherrschaft kämpfe.«

»Falls du damit andeuten willst, dass ich irrewerde, muss ich gestehen, dass das passieren kann. Lydia hat mich verlassen.«

»Willkommen im Club.«

»Vielleicht lügst du aber auch einfach.«

»Weißt du, was so raffiniert an Verschwörungstheorien ist? Man kann sie nicht entkräften.«

Björn steht auf. Er stützt einen Fuß an der Bank ab und dehnt sich. »Ich fahr jetzt noch eine Runde Fahrrad. Kommst du mit? Ich kenne einen guten Brauereigasthof, in dem man riesige Schnitzel zu ausgezeichnetem dunklen Bier bekommt. Würde dir alles guttun. Bewegung. Schnitzel. Bier. Ein Freund.«

Sascha schüttelt den Kopf.

»Ich hab viel um die Ohren.«

Björn und Sascha steigen auf ihre Räder und fahren in entgegengesetzte Richtungen.

Sascha schwingt sich aus seinem Fahrradsattel und öffnet das schwere Holztor, das wie immer unverschlossen ist, damit der Paketdienst Päckchen im Hinterhof an einer vereinbarten Ablagestelle verstecken kann. Während Sascha das Mountainbike durch die Hauseinfahrt schiebt, genießt er die kühlere Luft. Im Hinterhof wartet wieder die Hitze eines Rekordfrühlingstags. Außerdem wartet Max Thoss. Mit der Temperatur hat Sascha gerechnet. Mit Max nicht.

Der sitzt tiefenentspannt im Schatten der Pergola. Die Arme hat er breit von sich gestreckt auf die Lehne der Bank gelegt. Einen Moment zögert Sascha. Blöd, zu zögern. Er beschließt Max gar nicht zu beachten. Möglichst unbeteiligt geht Sascha zur Garage, öffnet sie und stellt das Fahrrad hinein. Nachdem er die Garage wieder verschlossen hat, macht er sich auf den Weg zurück zum Haus.

»Lust auf ein Bier?«

Sascha bleibt stehen. Er dreht sich zu Max. Die beiden schauen sich an.

»Also, ich hab Lust«, sagt Max und zieht einen Rucksack unter der Bank hervor. Aus dem Rucksack holt er zwei Dosenbier, die er vor sich auf den Gartentisch stellt. Er öffnet eine der Dosen und trinkt.

»Schön kühl«, sagt er. »Ich hab Kühlakkus im Rucksack.«

Sascha geht zur Bank, setzt sich und nimmt die andere Bierdose. Tatsächlich schön kühl. Er öffnet den Verschluss und trinkt. Schon nach dem ersten Schluck hat er den Eindruck, sich besser konzentrieren zu können. Er trinkt noch einmal.

»Was willst du?«, fragt Sascha.

Max grinst. »Schön, dass wir schon beim *Du* angekommen sind. Erstaunlich, was so ein gemeinsames Bier ausmacht.«

»Also?«, fragt Sascha.

Max dreht sich mit der Bierdose in der Hand zu Sascha.

»Warum schnüffelst du mir hinterher?«

»Ich bin Filmemacher. Ich recherchiere. Rainer Werner Fassbinder sagte einmal: Ich werfe keine Bomben, ich mache Filme.«

»Den linken Rotz schau ich mir nicht an, aber ich versteh schon. Ästhetische Subversion und so. Ich habe zwei Semester Germanistik studiert.«

Max lacht.

»Zumindest habe ich das meinen Eltern erzählt. Eigentlich war ich in den Vorlesungen nur wegen dieser blonden Dreilochschlampe. Natürlich war es dann real life doch nicht so aufregend.«

Sascha und Max schauen auf ihre Bierdosen.

»Ich habe ein paar Videos von dir«, sagt Sascha, »die dich ziemlich belasten könnten.«

Max tut so, als würde er zusammensacken.

»Ich hab Angst«, seufzt er mit übertrieben hoher Stimme. »Was soll ich denn jetzt machen?«

Dann kichert er hysterisch.

»Alles klar. Spricht sich rum. Von mir gibt es jede Menge Videos. Vor allem aus meiner Jugend. Die meisten hat der Verfassungsschutz gemacht.«

»Darin geht es um deine Weltanschauung ...«

»Ich hab überhaupt keine Weltanschauung mehr!«, funkt Max entschlossen dazwischen.

»... nicht um gewerbsmäßigen Drogenhandel.«

Max klopft Sascha freundschaftlich auf die Schulter.

»Du bist lustig. Da gibt man ein Bier aus – und schon ist man als Dealer abgestempelt. Bloß weil du selber mit Alkohol Probleme hast. Keine Sorge. Ich versteh das. In meiner Jugend habe ich mich selbst jedes Wochenende weggeschädelt. Trotzdem war ich immer bei der Fraktion, die den anderen beim Kotzen helfen musste.«

Max prustet los, als würde eine Lachkonserve in einer Sitcom eingespielt.

»Ich habe nur mit legalen Drogen Probleme«, antwortet Sascha ruhig. »Nicht mit Ice. Crystal. Meth.«

Max hört auf zu lachen. Er schaut Sascha direkt in die Augen. Sascha hält dagegen. Wer zuerst den Blick senkt, hat verloren. Sie ziehen es beide lange genug durch. Unentschieden.

»Dafür gibt es überhaupt keinen Beweis, oder?«, fragt Max.

»Die Indizienkette ist ziemlich schlüssig. Mit den richtigen visuellen Mitteln in einem Film aufbereitet, werden alle Zuschauer eine klare Meinung haben. Die Öffentlichkeit. Die Presse. Wenn der Film keinen Verleih und keinen Sender findet, dann stelle ich ihn einfach bei YouTube ein. Das reicht, um dein Geschäft zu ruinieren.«

»Warum solltest du das tun?«

»Weil es mir Spaß macht.«

»Gegen Spaß lässt sich natürlich nichts sagen. Bist du eine Made? Du schaust nicht aus wie ein Kapitalist, aber heutzutage sieht man es den Leuten nicht mehr an. Willst du Geld?«

»Vielleicht will ich dich einfach fertigmachen.«

Max nickt.

»Das wäre ein interessanter Versuch, wenn du es aushältst, dass dir dein eigenes Leben um die Ohren fliegt. Weißt du eigentlich, dass ich auch Filme produziere?«

Max holt sein Handy aus der Hosentasche und fährt geübt mit den Daumen über das Display.

»Hier, schau mal. Leider nicht in HD, aber die Bildqualität reicht, wenn du dich so richtig ekeln willst.«

Max drückt Sascha sein Smartphone in die Hand.

Bevor er die Konturen der nackten Körper auf dem Display erkennen kann, weiß Sascha wegen der eindeutigen Geräusche, was er sehen wird. Ein Sex-Video. Die Hautfarbe ist unnatürlich. Der Beischlafbetrieb ist sehr laut. Das Klatschen. Haut auf Haut. Die Schleimhäute schmatzen. Die Frau gurrt. Seufzt. Der Mann stöhnt. Sascha regelt die Lautstärke nach unten.

»Ich sag's gleich: Es bringt nichts, das Handy zu zerstören«, sagt Max und beugt sich mit überlegenem Grinsen zu Sascha.

»Ich hab noch Kopien davon«, flüstert er.

»Wo hast du das her?«

»Wichtiger ist doch: Was ist zu sehen? Und kann man Alina und dich erkennen? Was meinst du? Ich glaube, das wird ein richtiger Blockbuster beim Zielpublikum.«

»Versuchst du, mich zu erpressen?«

»Auf jeden Fall. Es wird nicht beim Versuch bleiben. Die gute Nachricht: Ich habe es weder deiner Frau zugemailt, noch ist es bisher bei YouPorn eingestellt. Wahrscheinlich würde es bei YouPorn auch nur mittelmäßige Bewertungen bekommen, weil die Bildqualität nicht besonders ist. Genau wie der Sex. Andererseits mögen die User Clips, die authentisch sind. Eine Kameraperspektive. Heimlich aufgenommen. Sexualpartner, die sich Mühe geben und von denen man das Gesicht sehen kann. Das ist der Vorteil an wechselnden Sexstellungen: Man kriegt früher oder später auch über eine einzelne Kamera ein Passfoto.«

»Ich werde meiner Frau sagen, dass das eine billige Fälschung ist.«

Max nimmt Sascha das Smartphone aus der Hand und betrachtet aufmerksam das Display.

»Ich finde, es wirkt ziemlich authentisch. Langweiliger Geschlechtsverkehr, den man mal so macht, ohne sich was Besonderes einfallen zu lassen. Und du darfst nicht vergessen, dass dich deine Frau beim Sex deutlich besser kennt als du selbst. Man kann so ein Video nicht aus jeder Perspektive fälschen.«

»Glaubst du, dass ich jetzt anfange, zu betteln?«

»Das wäre schon sehr peinlich.«

Sascha und Max starren sich direkt in die Augen.

»Immerhin habe ich auch Videos von dir.«

Max nickt.

»Das weiß ich doch. Ich wollte dir ja auch nur mal zeigen, was ich veröffentliche, wenn du deines publizierst oder in die falschen Hände gibst. Eigentlich ist das Fair Trade und keine Erpressung. Denk darüber nach.«

»Ich habe keine Angst vor dir.«

Max trinkt sein Bier aus.

»Was hindert mich eigentlich daran, dir hier an Ort und Stelle eins auf die Fresse zu geben?«, fragt er.

»Vermutlich deine Intelligenz«, sagt Sascha.

Max nickt.

»Vermutlich.«

Max nimmt seinen Rucksack, steht auf und geht. Im Torweg hält er inne, dreht sich um und sagt:

»Hey, Sascha. Tu uns beiden einen Gefallen und spiel nicht den Helden. Das ist für alle besser. Für dich. Für mich. Für deine Familie. Ach so. Die Familie ist ja gerade nicht da, sondern zu Besuch bei den Großeltern. Trotzdem: Denk darüber nach.«

Kurz nachdem Max gegangen ist, piepst Saschas Handy. Eine Nachricht mit einem Schnappschuss aus dem Sex-Video. Alina sitzt auf ihm. Er hat die Hände auf ihren Brüsten. Reflexartig will Sascha das Foto löschen, aber dann schaut er sich das Bild noch einmal genauer an.

Nachdem Alina die Wohnungstür geöffnet hat, drängt sich Sascha an ihr vorbei. Er geht zu Alinas Kühlschrank, nimmt einen bereits geöffneten Rotwein und trinkt aus der Flasche. Fühlt sich gut an.

Alina verschränkt die Arme vor der Brust, lehnt sich an die Wand und kaut auf ihrem Kaugummi.

»Hallo erstmal«, sagt sie.

»Von wem hat Max Thoss das Video?«

»Welches Video?«

»Das kleine Filmchen, das du ihm zugespielt hast.«

»Ich habe keine Ahnung, wovon du redest.«

»Von dem Porno.«

Sie schaut ihn nur ausdruckslos an.

»Dem kleinen privaten Amateur-Porno.«

Alina kaut weiter auf ihrem Kaugummi. Ihre Wangenknochen arbeiten. Sie hat hübsche kleine Grübchen in den Wangen. Und ihre blauen Augen halten jedem Blick stand.

»Geht's noch weiter?«, fragt sie. »Auf YouPorn gibt es Tausende Amateur-Pornos. Ich schau mir die gerne an. Wegen der Wohnungseinrichtung. Manchmal fragt man sich, was unbeweglicher ist: die Akteure oder die Schrankwand?«

»Du hast ja zum Glück keine Schrankwand.«

»Ich bin auch noch ziemlich beweglich.«

»Stimmt. Willst du einen Schnappschuss sehen, den mir gerade Max geschickt hat?«

Sascha holt sein Smartphone aus der Tasche. Er öffnet das Foto und hält ihr das Display so nah ans Gesicht, dass das Glas beinahe ihre Stirn berührt. Alina geht einen Schritt zurück, schaut sich das Foto an und hört zu kauen auf.

»Wow.«

Sascha schiebt Alina zur Seite und drängt sich an ihr vorbei zu der von Bonsais umrankten Couch-Landschaft. Er schaut sich um.

»Von hier aus ist es aufgenommen worden.«

Er wirft Bücher aus dem Regal. Keine Kamera.

»Nichts«, sagt er.

»Was hast du erwartet?«

»Was wohl? Einen Tierfilmer in Tarnklamotten.«

»Glaubst du, ich habe mit einer versteckten Kamera heimlich unseren Sex aufgenommen, obwohl ich vorher nicht wusste, dass er stattfinden wird?«

Sascha steckt das Handy in die Hosentasche und setzt sich

auf die Couch. O'Malley springt Sascha auf den Schoß und zeigt deutlich, dass er gemocht werden möchte. Sascha krault ihn, während er sich umschaut. Es fühlt sich komisch an, auf der Couch zu sitzen. Er setzt den Kater auf den Boden, der sich darauf laut miauend beschwert.

»War es wegen der Kohle? Hast du den Clip verkauft?«

»Bis gerade eben wusste ich ja nicht mal was von seiner Existenz.«

»Na klar.«

»Ehrlich gesagt, bin ich auch nicht gerade davon erfreut, plötzlich eine Porno-Queen zu sein.«

»Richtig geschockt bist du aber auch nicht.«

»Was soll man machen? Früher oder später wird jeder mal Porno.«

»Ach ja.«

»Ein Ex-Freund hat schon mal ein Video mit mir bei YouPorn hochgeladen, um sich an mir zu rächen.«

»Und was hast du unternommen?«

»Nichts. Weist du, wie viele Videos da jeden Tag hochgeladen werden? Du verschwindest in der Masse.«

»Für dich geht es ja auch um nichts.«

»Und was ist mit meiner Würde?«

»Deine Würde kann mich am Arsch lecken. Ich werde erpresst. Was meinst du, was passiert, wenn meine Frau den Clip sieht?«

»Ich hab mir schon gedacht, dass es überhaupt nicht um mich geht. Du hast einfach Schiss.«

Sascha zeigt auf das Bücherregal.

»Siehst du diese Stelle?«

Alina kneift die Augen zusammen.

»Ich weiß nicht, ob wir die gleiche Stelle meinen.«

»Bei den erogenen Zonen waren wir uns schneller einig.«

»War das so? Ich kann mich nicht erinnern, aber bei Sex bin ich mir immer schnell über alles Mögliche einig.«

»Es ist auch dokumentiert.«

Sascha geht zum Bücherregal. Auf dem Weg kickt er einige auf dem Boden liegende Bücher weg. Er dreht sich um. Lehnt sich mit dem Rücken ans Regal.

»Gute Perspektive. Irgendjemand muss die Kamera da versteckt haben.«

»Ich war es jedenfalls nicht.«

»Und irgendjemand muss auf *Aufnahme* gedrückt haben.«

»Vielleicht die NSA?«

»Sehr witzig.«

Sascha holt ein Foto aus seiner linken Jackentasche.

»War er vor Kurzem hier?«

»Warum zeigst du mir das Foto? Weil die das im Fernsehen machen? Das ist Max Thoss. Der ist so ziemlich der Letzte, den ich in meine Wohnung lasse.«

»Warum?«

»Ich mag Psychos nicht in meiner Wohnung. Die gehen meistens nicht freiwillig. Bei dir habe ich eine Ausnahme gemacht.«

Aus der rechten Jackentasche zieht Sascha ein Foto.

»War er hier?«

»Den kenne ich überhaupt nicht, aber er wirkt nett. Fotografierst du gerne Leute beim Einkaufen?«

»Beim Einkaufen können sich Leute nicht verstellen.«

»Ich hab den noch nie gesehen. Wer ist das?«

»Ein Freund von mir.«

»Aha. Und was sollte der in meiner Wohnung wollen?«

Sascha steckt das Foto wieder ein.

»Keine Ahnung. Sag du's mir. Fickt er dich auch?«
»Du bist ja echt scheiße drauf.«
»Bist du ehrlich zu mir?«
»Und wie schaut's mit dir aus?«
»Ich hab zuerst gefragt.«
»Mir ist es wichtig, ein authentisches Leben zu führen.«
»Verarschen kann ich mich alleine. Warum hast du mir nicht gesagt, dass deine Freundin Kira jetzt mit Max Thoss zusammen ist? Das wirst du ja wissen. Immerhin ist sie deine beste Freundin.«
»Das war sie mal. Unsere Lebenswege haben sich voneinander gelöst.«
»Schön formuliert. Machst du demnächst einen Lebensberatungs-Blog auf? Ich hau jetzt ab, bevor ich kotzen muss.«
Sascha geht durch den Flur Richtung Wohnungstür.
»Ist das Verhör beendet?«, ruft ihm Alina hinterher.
»Für heute. Bleiben Sie in der Stadt.«
Sascha lässt absichtlich die Wohnungstür offen. Rennt durchs Treppenhaus. Im Erdgeschoss hört er, wie zwei Etagen höher eine Wohnungstür mit vollster Wucht zugeschmissen wird. Er reißt die Haustür auf und rennt über den Parkplatz. Auf dem Gehweg stößt er mit einem Fahrradfahrer zusammen, der ins Straucheln gerät und in Zeitlupe zu Boden stürzt. Der am Boden liegende Radfahrer starrt Sascha mit aufgerissenen Augen an.
»Kannst du nicht aufpassen? Das ist ein Gehweg, Idiot!«, brüllt Sascha.
Am liebsten würde er den Radfahrer noch einmal treten. Dann hat er sich aber wieder unter Kontrolle und geht schnell in die andere Richtung davon.
»Das ist ein kombinierter Fahrrad-Fußweg«, ruft ihm der

gestürzte Radfahrer hinterher. »Die roten Pflastersteine sind der Radweg. Willst du dich nicht entschuldigen?«

Sascha dreht sich nicht um. Er geht einfach mit aufgeladenen Schritten weiter. Immer die roten Pflastersteine entlang.

»Hey, du Idiot, willst du dich nicht entschuldigen?«, hört Sascha den wütenden Radfahrer. Schon weiter entfernt. Er streckt den rechten Arm hoch in die Luft und fährt den Mittelfinger aus.

»Leck mich!«

Sascha hasst sich dafür, dass ihm nichts anderes einfällt, als zu viel zu trinken. Er schüttet eine halbe Flasche Bier weg. Dann versucht er es mit einer Fernsehserie, aber er kann sich nicht konzentrieren und geht ins Bett. Das Zähneputzen lässt er aus. Erst kann er nicht einschlafen. Wenn man gewohnt ist, neben einem anderen Menschen im Bett zu schlafen, dann klappt es nicht so gut, wenn er fehlt. Schließlich fällt Sascha in einen unruhigen Schlaf. Zu viele Bilder. Träume von einem Einkaufswagen, mit dem er ins Tal donnert. Der Einkaufswagen überschlägt sich und Metall bohrt sich unter die Haut ins Fleisch.

Sascha wacht auf. Er schreckt im Bett hoch. Sucht nach seinem Atem. Der Schweiß ist schon am ganzen Körper da.

Sein Handy gibt einen Signalton. Sascha checkt die eingegangene Nachricht. Anonyme Nummer. Fotos von Lydia, wie sie Judith in einem Kindersitz auf dem Beifahrersitz festschnallt. Julian sitzt bereits angegurtet auf der Rückbank. Im Hintergrund das Haus von Lydias Eltern. Dazu die Textnachricht:

»Keine Angst. Ich habe auch da unten meine Freunde. Die passen schon auf deine Familie auf.«

Sascha wirft das Handy in die Dunkelheit. Dumm. Das wollen ja die Feinde: dass er die Nerven verliert. Angst ist das Wesen des Terrors. Sascha krabbelt auf allen vieren durch das Schlafzimmer. Das Handy ist noch funktionstüchtig. Jetzt nicht mehr überreagieren. Cool bleiben. Er wählt Lydias Mobilnummer.

»Was ist los? Ich hab schon geschlafen. Judith liegt neben mir. Willst du uns alle wecken?«

»Ich wollte nur fragen, ob alles okay ist.«

»Natürlich ist nicht alles okay.«

»Außerdem.«

»Was soll außerdem sein? Ich bin bei meinen Eltern. Sie nerven.«

»Hast du was Verdächtiges gesehen?«

»Willst du mir Angst machen?«

»Natürlich nicht. Ich hab schlecht geträumt.«

»Tut mir leid.«

»Ist etwas Ungewöhnliches passiert?«

»Das Ungewöhnlichste ist dieser Anruf.«

»Dann schlaf gut. Sorry.«

»Entspann dich.«

»Ich bin entspannt.«

Sascha geht kalt duschen. Nachdem er sich abgetrocknet hat, geht er an den Kühlschrank. Ihm fällt nichts Besseres ein, als noch ein Bier aufzumachen und damit nackt auf einem Küchenstuhl zu sitzen. Er schaut nach draußen. Der Vollmond kämpft sich immer wieder durch die Wolken. Wenigstens der Mond gibt nicht auf.

Sascha ist übermüdet. Das Nachdenken fällt ihm schwer. Er kann spüren, dass seine Augen zugeschwollen sind. Müde und verloren geht er den Gehweg entlang, als sein Handy klingelt. Das Display zeigt Lydias Nummer. Sascha nimmt das Gespräch an.

»Hallo.«

»Jetzt ist doch etwas Ungewöhnliches passiert.«

»Was denn?«

»Irgendein Arsch hat unsere Autoreifen zerstochen.«

»Alle?«

»Ja. Jeden einzelnen. Das Auto steht platt vor dem Haus meiner Eltern.«

»Sonst geht es euch aber gut?«

»Sonst geht es uns super. Steckst du dahinter?«

»Was?«

»Hast du die Autoreifen zerstochen?«

»Warum sollte ich meine eigenen Autoreifen zerstechen?«

»Weil du in einer Krise steckst.«

»Ich bin verdammt nochmal in keiner Krise!«

»Das merkt man. Willst du mich einschüchtern?«

»Ich bin gerade vierhundert Meter von unserer Wohnung entfernt und zweihundert Kilometer von unseren zerstochenen Autoreifen.«

»Warum hast du gestern gefragt, ob ich etwas Verdächtiges bemerkt habe?«

»Weil ich mir Sorgen gemacht habe. Und weil ich mit dir reden wollte.«

»Klingt für mich nicht plausibel.«

»Für mich schon.«

»Du lebst halt in deiner eigenen Welt.«

»Soll ich zu euch kommen?«

»Auf keinen Fall. Wenn, dann komme ich zu dir.«

»Die Reifen sind platt.«

»Ich komme sowieso erst, wenn die Zeit reif ist.«

»Aber du kommst?«

Keine Antwort.

»Hallo?«

Lydia hat den Anruf beendet.

»Hallo?«, brüllt Sascha noch einmal ins Telefon. Eine entgegenkommende Passantin macht einen Bogen um ihn. Sascha geht in eine Bäckerei und kauft sich offensiv durch ein paar Sorten Plundergebäck. Zuhause brüht er einen Kaffee auf. Nach der ersten Tasse und nach dem ersten Nougat-Hörnchen ist ihm schlecht. Genug Zucker für den ganzen Tag. Die anderen Gebäckstücke liegen beleidigt und ungegessen auf dem Küchentisch.

»Tut mir leid«, sagt Sascha. Zu den Quarktaschen und Donuts. Und zu der abwesenden Lydia. Er ist am falschen Ort. Eigentlich müsste er bei seiner Frau sein. Und den Kindern.

»Du kriegst nichts auf die Reihe, Arschloch! Keinen Lebenswandel. Keine Ehe. Nicht mal einen Einkauf beim Bäcker.«

Das erste Mal seit Jahren, dass er mit sich selbst spricht, wenn er nicht vollkommen betrunken ist.

Lydia ist immer noch genervt vom Vormittag. Zerstochene Reifen, Polizei, Autowerkstatt.

Ihre Mutter ließ sich sofort von ihren überbehütenden Instinkten leiten und hat sogar angeboten, sie und die Kinder auf den Spielplatz zu begleiten, aber das konnte Lydia gerade noch verhindern.

Der Spielplatz ist schön gelegen in einem Park mit großen

Buchen und Kastanienbäumen, aber Lydia hat kaum Zeit, sich mit den Vorzügen romantischer Landschaftsarchitektur zu beschäftigen, weil sie immer Julian im Auge behalten muss. Auf den Leitersprossen zum Kletterhaus rutscht er aus. Sie muss ihn halten. Der Sprossenabstand ist zu groß. Auf die eingegrabene Metallkugel kommt er nicht ohne fremde Hilfe, ohne dass Lydia ihn am Hosenboden schiebt. Die Kugel ist eindeutig zum Klettern für größere Kinder gedacht. Oder für Muttis. Lydia rennt einmal mit Anlauf auf die Kugel zu. Sie ist überrascht, dass sie beim ersten Versuch nicht hinaufkommt. Julian lacht. Lydia nimmt einen zweiten Anlauf. Diesmal klappt es. Das Geheimnis ist, auf der Kugel schnell hintereinander kleine Schritte zu machen. Andere Kinder sind auch da, aber Julian ist in einem Alter, in dem er noch nicht begreift, dass nicht alle anderen Menschen so reagieren wie er selbst. Er kann nicht verstehen, dass das kleine Mädchen mit den Zöpfen zu weinen anfängt, wenn er sie plötzlich kräftig umarmt. Immerhin kommt Lydia so mit der Mutter ins Gespräch. Eine schöne Ablenkung, auch wenn es Lydia eigentlich ursprünglich nicht nach Quatschen zumute gewesen ist. Gut, dass Sophia darauf keine Rücksicht nimmt, sondern einfach losredet während Julian und Sophias Tochter Emma im Sand spielen. Lydia muss nur aufpassen, dass Julian seiner Spielkameradin nicht unvermittelt mit seiner Plastikschaufel eins drüberzieht. Das macht er manchmal. Mittlerweile kennt Lydia den nachdenklichen Gesichtsausdruck, den er kurz zuvor hat.

Während Lydia auf einer Parkbank sitzend Judith die Brust gibt, erhält sie alle relevanten Informationen aus Sophias Leben. Sie ist im fünften Monat. Ihr Mann Alexander ist Geschäftsführer bei einer IT-Firma in Frankfurt. Sie haben sich entschlossen, dass ihre Kinder auf dem Land groß werden. Da nimmt Alexander gern die längere Fahrtzeit in Kauf. Immerhin kann er mit dem Notebook im Zug arbeiten. Bei der Gartengestaltung orientiert sie sich an japanischen Wandelgärten. Pflaumenblüte. Teiche mit Koi-Karpfen. Schreine. Laternen. Da ist sie detailversessen. Von einer Frau, die sich für japanische Gartenkunst interessiert, erwartet man nicht, zugetextet zu werden. Die Kinder spielen friedlich im Sand. Julian hat seinen fiesen Gesichtsausdruck noch nicht aufgesetzt. Auf eine Parkbank gegenüber setzt sich ein junger Mann, der sich seinem Handy widmet.

Natürlich plagen Sophia auch Probleme. Hier in der Kleinstadt hat sie noch keinen Freundeskreis. Und Alexander ist oft tagelang auf Geschäftsreise. Manchmal auch im Ausland. Dann fühle sie sich schon ein wenig allein gelassen. Der junge Mann auf der anderen Seite des Sandkastens macht Fotos mit seinem Smartphone.

»Ich habe auch erwartet, dass ich glücklich sein würde, wenn ich verheiratet bin, zwei Kinder und einen guten Job habe«, sagt Lydia, »aber so einfach funktioniert Glück nicht. Jedenfalls nicht bei mir.«

Der Mann auf der Parkbank gegenüber fotografiert alles Mögliche. Bäume. Den Sandkasten. Spielgeräte. Kinder.

»Sag mal, Sophia: Der Typ, der da fotografiert – ist der überhaupt mit einem Kind hier?«

Sophia schaut sich um.

»Keine Ahnung. Ich hab nicht aufgepasst.«

Jetzt fotografiert er die beiden Mütter, während sie reden. Während ein Säugling gestillt wird. Lydia wird wütend. Und dann fotografiert der Spanner wieder in den Sandkasten, wo Julian und Emma friedlich mit Sandförmchen kleine Kuchen backen.

»Hey, Sie.«

Der Mann erwidert leicht entgeistert Lydias Blick. Er schaut über seine Schulter.

»Doch, doch, Sie meine ich! Warum fotografieren Sie unsere Kinder?«

Ohne zu antworten, packt der Fremde sein Handy weg, steht auf und geht.

»Warum fotografieren Sie meine Titten?«

Der Mann beschleunigt seine Schritte.

Lydia drückt Sophia ihr Baby in den Arm.

»Kannst du mal kurz auf die Kinder aufpassen, Sophia?«

»Wieso? Was hast du vor?«

»So leicht kommt mir das perverse Schwein nicht davon.«

»Sollen wir nicht lieber die Polizei ...«

»Bis die kommt, ist der über alle Berge.«

Lydia rennt dem Mann hinterher. Er kettet gerade ein Fahrrad ab, das er am Eingang des Spielplatzes abgestellt hat. Schwingt sein Bein über den Sitz. Tritt in die Pedale.

»Bleib stehen!«, brüllt Lydia. Sie beschleunigt ihre Schritte.

Der Mann tritt kräftiger. Schaltet zu schnell in einen anderen Gang. Der Antrieb beschwert sich mit einem krachenden Laut.

Lydia packt den Radfahrer an seinem Shirt und zieht mit voller Kraft. Ein Bild wie aus der Fußballübertragung, wenn der Innenverteidiger mit einem Textiltest den gegnerischen Stürmer aufhalten will. Das Material dehnt sich. Die Nähte knacken. Der Mann schlägt Lydia mit der Faust ins Gesicht. Sie kann spüren, wie sich ihre Zähne in die Unterlippe bohren. Sie fällt voll auf ihre linke Seite. Sie kann jeden Schotterstein einzeln spüren, aber sie ist jetzt auch sehr, sehr wütend. Sie springt auf. Der Radfahrer schaut sich um. Sieht, wie die Frau hinter ihm herspurtet. Einen Moment ist er erstaunt, dann versucht er noch schneller zu fahren.

Lydia atmet heftig. Sie hat nicht gewusst, dass sie so schnell rennen kann. Bei jedem Atemzug schmeckt sie das Blut, in ihrem Mund, ihrem Rachen, in der ganzen Frau.

Spaziergänger bleiben erstaunt stehen und glotzen. Der Radfahrer ist schon nahe am Parkausgang.

»Bleib stehen, du perverses Schwein!«, brüllt Lydia.

Der Mann rast, ohne auf Passanten zu achten, über den Gehsteig und springt über den Bordstein.

Ein orangener Lastwagen schiebt sich von links ins Bild. Ein Schlag. Dumpf. Das Auto schluckt Rad und Radfahrer. Zieht beide unter sich. Das Rad kreischt dabei. Der Radfahrer macht kein Geräusch mehr, als das Auto über ihn rollt.

Lydia bleibt stehen. Hyperventiliert. Kriegt keine Luft in die Lunge. Sie spuckt Blut aus dem Mund. Sie presst ihren Handrücken gegen die Unterlippe.

»Ich glaube, ich habe jemanden umgebracht« ist das Erste, was sie am Telefon sagt.

»Lydia?«, fragt Sascha.

»Ja.«

»Was hast du gerade gesagt?«

»Ich habe einen umgebracht.«

»Wo bist du?«

»Bei der Polizei.«

»Und wo sind die Kinder?«

»Bei meinen Eltern.«

»Was ist denn passiert?«

Lydia erzählt, was passiert ist. Fotos auf dem Spielplatz. Verfolgungsjagd. Der orange Laster hat ihn fünfzig Meter mitgeschleift.

»Egal, ob du zustimmst – ich komme jetzt zu euch«, sagt Sascha.

»Ja, bitte«, antwortet Lydia.

Max ist gerade dabei, die Lebendnahrung im Terrarium auszusetzen, als sein Handy erst heftig vibriert und dann einen aufdringlichen Signalton aussendet.

»Kannst du mal rangehen, Kira? Du siehst ja, dass ich beschäftigt bin.«

Kira hat keinen Bock, ans Handy zu gehen, obwohl sie direkt daneben auf der Couch sitzt. Sie zeichnet gerade einen Mantikor. Der Löwenkörper ist ihr gut gelungen. Beim Drachenschwanz hat sie ihrem Faible für Ornamente freien Lauf gelassen. Nur die drei hintereinanderliegenden Zahnreihen im Gesicht wollen ihr nicht so recht gelingen. Widerwillig nimmt sie das Gespräch entgegen.

»Hi … Es ist Eugen.«

»Sag ihm, ich füttere gerade die Python.«

»Er füttert gerade Quetzalcoatl … Es wäre dringend, sagt er.«

»Ach Fuck. Wieder irgendwelche Russen-Scheiße.«

Max schnappt sich das Smartphone, das ihm Kira gelangweilt von der Couch entgegenhält.

»Was gibt's?«

Eine Minute lang schweigt Max. Hört nur zu. Dann sagt er »Okay … Nein … Ich denke darüber nach« und beendet grußlos das Gespräch. Anschließend starrt er ins Terrarium.

Die Ratte erkundet neugierig die neue Umgebung, während die Königspython vom Kletterbaum leicht depressiv ins Wohnzimmer glotzt. Schließlich trinkt die Ratte aus der Wasserschale der Schlange.

»Ist irgendwas passiert?«, fragt Kira.

»Torben ist tot.«

Kira setzt den Zeichenstift ab.

»Tot?«

»Was gibt's denn an *tot* nicht zu verstehen?«

»Ich weiß schon, was *tot* ist.«

»Ist mit dem Fahrrad in einen LKW gefahren. Torben war schon immer ein Idiot.«

Schnuppernd wagt sich die Ratte sogar in den Versteckplatz der Schlange vor. Max klopft mit einer Fingerspitze an das Terrarium.

»Hey. Lass dir das nicht gefallen.«

»Und jetzt?«

»Jetzt warte ich erst mal, ob unser King die blöde Ratte frisst. Und wie er sich dabei anstellt. Ich kann's nicht leiden, wenn er von den Beutetieren durch Bisse verletzt wird. Königspythons sind zwar schön, aber irgendwie bescheuert.«

»Und was ist mit dem Nazi-Ice, wie du es so gerne nennst? Wenn Torben die Dimension gewechselt hat, liegt der Vertrieb ja brach.«

»Das vertickt ein anderer weiter. Fabian steht schon in den Startlöchern.«

Kira runzelt die Stirn.

»Fabian ist eine Sissi.«

»Er studiert Change Management. Lernt Visionen und Strategien zu entwickeln. Hindernisse aus dem Weg zu räumen. Wahrscheinlich ist Fabian cleverer und wandlungsfähiger als die meisten Typen, von denen du bisher gefickt wurdest.«

»Er ist nicht national. Er hat keine Wurzeln in der Szene.«

»Es gibt immer einen, der wartet. Keiner ist unersetzbar. Dann macht's halt dieser Kamerad von Torben. Robin. Der ist rechts und ein erfahrener Konsument. Deshalb braucht er sicher Geld.«

Kira verdreht die Augen.

»Robin ist eine hohle Fritte. Dem fehlt die Intelligenz, einen Lotto-Schein auszufüllen.«

Max zuckt mit den Schultern.

»Man kann halt nicht alles haben.«

Langsam setzen sich die Muskeln der Königspython in Bewegung, während sie majestätisch vor sich hinzüngelt.

»Na bitte. Geht doch!«, sagt Max zufrieden.

Kira bemalt nach dem Schwanz auch den Rest des Mantikors mit dem Muster der Königspython.

Max schüttelt den Kopf.

»Ich glaube, Quetzalcoatl ist depressiv. Vielleicht sollten wir ihn essen. Schlangenfleisch schmeckt angeblich wie Hühnchen.«

Kira hält ihre Zeichnung Max entgegen.

»Hey, was hältst du davon, wenn ich mir das auf die Schulter tätowieren lasse?«

»Der Körper ist gut, aber an der Schnauze musst du noch mal arbeiten.«

Kira verdreht die Augen.

»Du bist immer so negativ.«

Judith und Julian schlafen. Durch das Auto wackeln fröhliche Kinderlieder, die grenzwertig instrumentiert werden. So, als würde sie ein kinderhassender Alleinunterhalter engagiert auf einem Kindergartensommerfest vortragen. Carsten hat die Lieder vor der Fahrt schnell bei YouTube runtergeladen, nachdem ihm Sascha erzählt hatte, was der Zweck des Ausflugs in Lydias mehr als 200 Kilometer entfernten Heimatort ist. Für eine Überraschung ist Carsten immer gut. Sascha wirft verstohlen einen Blick vom Beifahrersitz nach hinten.

Lydia sitzt zwischen den Kindern auf der Rückbank und weint. Zwischen den klobigen Kindersitzen wirkt sie klein und hilflos.

»Ich bin schuld, dass jemand tot ist«, seufzt sie.

Carsten schaut kurz in den Rückspiegel.

»Hören Sie, Lydia«, sagt Carsten. Seine Stimme klingt wirklich beruhigend. Geschult von hundertfachen Einsätzen als Türsteher. »Wenn der Typ so ein Perverser war, hat er es sich selbst zuzuschreiben.«

»Ich weiß doch gar nichts über ihn«, schluchzt Lydia.

»Ich habe Ihre Verletzungen gesehen«, antwortet Carsten. »Wer einer Frau so ins Gesicht schlägt, ist auf jeden Fall ein Stück Scheiße.«

Tatsächlich beruhigt sich Lydia. Sascha ist froh, dass Carsten das Reden übernimmt.

Zuhause vor der Haustür angekommen, trägt Sascha die Kinder nach oben. Carsten kümmert sich um das Gepäck. Lydia legt sich auf die Couch und weint. Julian wird wach und weint auch. Sascha legt ihn zu seiner Mutter auf die Couch.

Die beiden drücken sich. Trösten einander streichelnd. Knuddeln innig. Das wird Lydia guttun.

Sascha begleitet Carsten nach unten. Vor der Tür umarmt er ihn.

»Du bist echt ein Freund, Carsten!«

Carsten macht sich ganz steif, aber schließlich klopft er Sascha noch ein paar Mal freundlich auf die Schulter.

»Na klar. Ich muss jetzt weiter, Companero.«

Ein Auto hält vor dem Haus. Eine kleine blonde Frau steigt aus.

»Sieht nach Polizei aus«, sagt Carsten.

»Findest du?«

Carsten zieht die Augenbrauen nach oben und sagt:

»Alter, das kann ich riechen.«

Die blonde Frau lächelt die beiden Männer kurz an und geht weiter zur Haustür.

»Kann ich Ihnen helfen?«, fragt Sascha.

Die Frau dreht sich um.

»Schau ich hilfsbedürftig aus?«, fragt sie.

»Nein. Sie schauen aus wie Polizei.«

»Wie kommen Sie darauf?«

»Ich habe lange für das Regionalfernsehen gearbeitet.«

Sascha streckt seine Hand nach vorn.

»Sascha Rost.«

Die Frau schüttelt seine Hand.

»Hauptkommissarin Feller. Sie sind der Ehemann von Lydia Rost?«

»Ja.«

»Ich möchte gern mit Ihrer Frau spechen.«

»Das ist gerade schlecht. Sie hat einen Schock. Es geht ihr echt mies.«

»Dann komme ich ein anderes Mal wieder.«

Sie mustert Sascha.

»Aber vielleicht können Sie mir auch ein paar Fragen beantworten.«

»Gerne.«

Beide lächeln.

»Ich muss sowieso dringend weiter. Wir telefonieren«, sagt Carsten eilig und geht.

»Ein Freund?«, fragt Hauptkommissarin Feller.

Sascha nickt.

»Ja. Was für Fragen haben Sie denn?«

»Kennen Sie Torben Rebhahn?«

»Nein, aber ich habe ein schlechtes Namensgedächtnis.«

»Ich auch.«

Sie zückt ein Notizbuch und schreibt sich etwas auf. Vielleicht das Kennzeichen von Carstens Auto, der gerade wegfährt.

»Torben Rebhahn sagt Ihnen also nichts?«

»Nein, wer ist das?«

»Der Mann, der Ihre Frau geschlagen hat und anschließend von einem Lastwagen überfahren wurde.«

»Warum sollten wir den kennen?«

»Das ist das Seltsame. Er wohnt hier in der Gegend. Nur ein paar Kilometer entfernt. Dabei hat sich der Vorfall am Wohnort Ihrer Schwiegereltern zugetragen.«

»Das ist schon komisch.«

»Ja. Finde ich auch.«

»Müssen wir uns Sorgen machen?«

»Ich weiß nicht. Wissen Sie es? Wurden Sie von irgendjemandem bedroht?«

»Nein.«

Hauptkommissarin Feller gibt Sascha eine Visitenkarte.

»Rufen Sie mich an, wenn Ihnen etwas einfällt. Ihre Frau besuche ich in den nächsten Tagen.«

»Gerne.«

Als Sascha die Wohnungstür öffnet, hört er Günther Jauch. Dann sieht er ihn. Noch nie hat er ihn so gern in seiner Wohnung begrüßt. Sascha ist froh, dass Lydia den Fernsehapparat angemacht hat. Dass er nicht reden muss. Dass der Kandidat bei *Wer wird Millionär?* an der 500-Euro-Frage scheitert.

Judith wacht gerade auf. Sie schaut Sascha aufmerksam an, als er sie aus dem Kindersitz hebt. Er drückt sie an sich. Julian sitzt in seinem Kinderzimmer und errichtet Türme aus Holzbauklötzen. Dann reißt er sie wieder ein und lacht. Judith schaut ihm interessiert zu. Sie würde gerne mitmachen.

Gemeinsam mit Lydia bringt er die Kinder ins Bett. Danach verbringt Lydia den restlichen Abend auf der Couch vor dem Fernseher. Sie versucht es mit einer Talkshow. Einer Serie. Einem Verkaufssender. Schließlich gibt sie müde das Zappen auf und geht ins Bett.

Sie umarmt Sascha, der damit nicht gerechnet hat.

»Es ist schön, wieder zuhause zu sein«, sagt Lydia.

Für einen Kuss reicht es noch nicht.

Nachdem sie die Tür zum Schlafzimmer geschlossen hat, googelt er die digitalen Fußabdrücke, die Torben Rebhahn hinterlassen hat. Auf einer Antifa-Seite findet er eine ganze Bildgalerie. Torben mit seinen kampfbereiten Kameraden auf dem Weg zu einer Kundgebung. An der Spitze einer Demonstration. Mit Mikrofon zwischen 2 kantigen Fahnenträgern. Die Sonnenbrille nach hinten geschoben. Auf dem T-Shirt der Aufdruck *Kämpfe!*.

Als Sahnehäubchen das Video eines Nazi-Konzerts.

Deutsch ist das Blut, das in unseren Adern rinnt. Und deutsch ist die Faust, die den Tyrannen bezwingt.

Die Band hat nicht viel drauf, aber sie ist schnell und laut. Die Leute bewegen sich vor der Bühne wie Plastikabfall auf dem Meer. Rempeln sich an. Driften wieder auseinander. Wogen auf und ab. Starker Seegang. Torben taucht kurz auf, hebt die Hand zum Hitlergruß und wird wieder in die Masse gespült.

Auf keinem der Fotos aus den letzten Jahren ist Torben mit Max Thoss zu sehen, der offensichtlich clever genug ist, sich nicht publicityträchtig bei Nazi-Aufmärschen in Szene zu setzen. Man muss schon sehr lange klicken, bis man ein gemeinsames Foto findet: Torben, Max, Kira und Alina beim Feiern. Sie schneiden Grimassen in die Kamera. Jetzt ist einer tot, aber die anderen drei sind noch im Spiel.

Alina öffnet die Tür in Jogginghose. Die Haare sind zerfranst. Das T-Shirt ist linksrum mit den Nähten nach außen. Sie war gerade noch im Bett und jetzt verdreht sie die Augen.

»Du schon wieder.«

»Wen hast du erwartet?«, fragt Sascha.

»Den Paketboten.«

»Mit einer Crystal-Lieferung?«

»Fünf Paar Schuhe aus dem Sale.«

»Tut mir leid, dass ich dich geweckt habe.«

»Hast du gar nicht. Ich war schon beim Morgen-Yoga. Nackt natürlich.«

Sie lächelt herausfordernd.

»Ich habe uns Kaffee mitgebracht.«

Alina schaut skeptisch auf die beiden Pappbecher in Saschas Hand.

»Hoffentlich schmeckt er nicht zu scheiße.«

»Und ein paar Leckerlies für O'Malley mit natürlichen Zusatzstoffen.«

Er folgt ihr in die Küche. Während Sascha den Kater füttert, stellt Alina das Internetradio an. *Dark Of Garage* von *South San Gabriel.* Eigentlich kein Morgensong. Sie sitzen sich am Küchentisch gegenüber und trinken Kaffee.

»Ich hatte gehofft, dass du wiederkommst«, sagt Alina.

»Deshalb bin ich nicht hier. Also, deshalb.«

»Das habe ich schon befürchtet.«

»Ich will Fakten.«

»Aber du weißt, dass man sie unterschiedlich interpretieren kann?«

»Wer hat die Kamera aufgestellt?«

»Welche Kamera?«

»Sehr witzig. Die versteckte Kamera, mit der eine Episode von Geheimnisse des Tierreichs in deiner Wohnung gedreht wurde.«

»Das würde ich auch gerne wissen. Vermutlich steckt irgendein Geheimdienst dahinter.«

»Ich interpretiere die Antwort mal post-ironisch. Für mich kommen nur drei Personen in Frage.«

»Da bin ich gespannt.«

Alina hebt die Augenbrauen. Sie zieht die Beine an und nimmt einen Schluck Kaffee.

»Max könnte es gewesen sein.«

»Meinst du Max Thoss?«

»Natürlich. Können wir mal das Zwischenspiel weglassen, bei dem wir uns blöd stellen?«

»Den Irren würde ich niemals in meine Wohnung lassen.«

»Vielleicht, wenn er dir deine fünf Paar Schuhe geliefert hätte.«

»Was willst du damit sagen?«

»Beliefert dich Max? Du nimmst das Zeug doch auch.«

Alina schaut ihn wütend an.

»Ich finde, es wird Zeit, dass du gehst. Ich muss ein neues Video davon machen, wie ich meine Möbel umstelle. Das gibt viele Klicks.«

Sascha nimmt einen Schluck von seinem Kaffee.

»Als du mit dem Popo-Rutscher den Berg runter bist, warst du voll drauf. Carsten hat das auch gemerkt.«

Alina lächelt bitter. Sie spielt mit dem Kaffeebecher in ihrer Hand.

»Ich bin eurem selbsternannten Profiler-Team echt keine Auskunft schuldig. Wer soll denn die zweite verdächtige Person sein?«

»Kira.«

»Kira?«

»Überrascht dich das? Sie war deine Freundin. Die Partys. Das Leben. Der Tod. Danach wolltest du jedes Jahr mit ihr an das Grab von Dennis, der leider nicht überlebt hat.«

»Ich habe Kira seit Monaten nicht gesehen.«

Alina starrt Sascha wütend an und nimmt einen Schluck Kaffee. Sascha grinst.

»Wenn du nicht in eine Kamera sprichst, merkt man, dass du lügst. Sie ist jetzt die Freundin von Max Thoss.«

»Ich kann ja nichts für die schlechten Entscheidungen von anderen Leuten. Bringen wir das zu Ende. Dann werfe ich dich aus meiner Wohnung. Wer könnte die dritte Person sein?«

Sascha kratzt sich kurz am Kopf.

»Das erscheint mir mittlerweile am wahrscheinlichsten. Du hast selbst die Kamera aufgestellt.«

Alina lacht.

»Cool. Und warum? Weil ich so wahnsinnig darauf abfahre, mir beim Sex zuzuschauen?«

»Weil du Max einen Gefallen tun wolltest. Entweder ist er dein Geliebter. Oder du hast Schulden bei ihm, weil er dich mit Drogen beliefert hat. Eventuell beides.«

»Ich merk schon, du machst hier auf dicke Hose und investigativem Ermittler, hast aber keine Ahnung.«

»Vielleicht warst du auch einfach eifersüchtig, weil er mit Kira zusammen ist. So ein Frauending.«

Alinas Augenbrauen ziehen sich zusammen.

»Ich war überhaupt nicht eifersüchtig!«

Sascha zuckt mit den Schultern.

»Vielleicht wolltest du nur Kira zeigen, dass du noch da bist. Dass es eine Freundin für sie gibt, obwohl sie doch mit so einem Wichser zusammen ist. Die Freundschaft mit einer übergroßen Geste deutlich machen, weil du sie mit Worten nicht mehr erreicht hast. Oder du hattest einfach nur ein schlechtes Gewissen und wolltest, dass jemand die Wahrheit erfährt.«

»Und warum sollte ich dann so ein Video von uns machen?«

»Weil du weißt, dass ich nicht lockerlasse, wenn ich bedroht werde.«

»Du hältst dich für cooler, als du wirklich bist.«

Alina wirft den leeren Kaffeebecher auf den Boden.

»Mein Kaffee ist leer. Mehr Zeit war nicht ausgemacht. Ich möchte, dass du gehst.«

»Gib mir Kiras Mobiltelefonnummer.«

»Warum?«

»Weil du immer noch ihre Freundin bist und es verabscheust, dass sie mit Max zusammen ist.«

»Du würdest ihr nur schaden.«

»Ich bin mehr an Max als an Kira interessiert. Hast du eigentlich mit ihm gefickt?«

»Wofür hältst du mich?«

»Du bist authentisch und offen.«

»Und du bist ein Arschloch, Sascha.«

Alina schiebt ihr Handy über den Tisch. Sascha gibt Kiras Nummer in sein Smartphone ein.

Er trinkt seinen Kaffee aus. Dann hebt er Alinas Becher auf und stellt ihn auf den Tisch. Anschließend presst er genüsslich seinen eigenen Becher in Alinas Becher. Pappe auf Pappe.

»Mach's gut«, sagt er.

»Wollen wir nicht vögeln?«, fragt sie.

»Wollen schon, aber es ist keine gute Idee.«

»Kommst du wieder?«

»Nein.«

»Schade eigentlich. Wir hätten eine interessante Beziehung haben können.«

»Ich bin verheiratet.«

»Verpiss dich.«

Kira zeichnet einen Hund in ihr Skizzenbuch, als das Smartphone brummt. Der Hund schaut aus, als ob er gerne umarmt werden würde, aber natürlich ist das nur Projektion. Menschen drücken gerne ihre Haustiere an sich und ihre Liebe aus, aber bei Hunden erzeugt das Stress. Sie wollen lieber ein Leckerli. Max hätte den Hund nicht unbedingt erstechen müssen. Das

Handy vibriert weiter und jetzt setzt auch der Signalton ein. Kira schaut auf das Display. Unbekannte Nummer. Eigentlich soll sie bei unbekannten Nummern vorsichtig sein, aber sie ist auch neugierig. Deshalb nimmt sie das Gespräch an.

»Hi.«

»Hier ist Carsten. Ich würde gerne mit Max sprechen.«

»Augenblick.«

Kira reicht das Smartphone über den Tisch, wo Max vor seinem Notebook sitzt.

»Hier. Für dich.«

Max schaut skeptisch.

»Ich bin nicht deine Sekretärin«, sagt Kira genervt.

Max nimmt das Handy und Kira beschließt etwas anderes zu zeichnen. Etwas mit eigenem Willen.

»Hallo«, sagt Max.

»Hier ist Carsten. Der Türsteher von der *Tanzfabrik*.«

»Ich weiß schon, wer du bist. Du spionierst mir hinterher.«

»Weil ich gerne weiß, wer meine Geschäftspartner sind.«

»Auf so einen Scheiß stehe ich überhaupt nicht. Wo hast du die Telefonnummer meiner Freundin her?«

»Von einem Freund.«

»Schon gut. Ich kann mir denken, wer sie dir gegeben hat. Was willst du?«

»Ich war dabei, mit Torben ein Geschäft abzuschließen.«

»Torben ist nicht mehr aktiv. Er hatte einen Fahrradunfall.«

»Hab ich schon gehört. Sehr bedauerlich. Deshalb wollte ich mit dir reden. Ich bin an dem Geschäft immer noch interessiert.«

»Ich kann mich gar nicht erinnern, dass ich etwas bei Ebay eingestellt habe.«

»Es geht nicht um deine scheiß Einbauküche, sondern um das blaue Schlumpf-Eis.«

»Das Schlumpf-Eis ist nur im Fernsehen blau.«

»Ich kenne trotzdem viele Leute aus der *Tanzfabrik*, die es gerne kaufen würden.«

»Das sollten wir nicht am Telefon besprechen.«

»Meinetwegen. Ich finde auch, dass am Telefon viel verloren geht. Wie wäre es mit einer Eisdiele?«

»Wie wäre es mit einem seit Jahren geschlossenen Hallenbad?«

»Ich geh gerne baden.«

»Das Schwimmerbecken ist leer, aber die Hintertür zum Saunabereich ist offen.«

»Warum treffen wir uns an so einer Lost Location? Hoffentlich bietest du mir nicht so einen Softeis-Scheiß an.«

»Beste Schlumpf-Eis-Qualität, aber für den erfahrenen Konsumenten. Mit Diskretion. Wir treffen uns morgen um 14 Uhr. Ich schicke dir die Location via Google-Maps aufs Handy.«

»Okay. Ich mag's, mit Profis zu arbeiten.«

»Wir sehen uns.«

Max drückt das Gespräch weg und knallt das Handy vor Kira auf den Tisch. Sie zeichnet ungerührt weiter.

»Deine scheiß Freundin Alina hat deine Handy-Nummer weitergegeben. Wie krank ist das denn?«, brüllt Max.

Kira zeichnet Haare. Sie zeichnet gerne Haare. Man muss viel Arbeit investieren, aber sie sind nicht so schwer wie Hände.

»Was hast du dir denn erwartet?«, fragt Kira. »Die machen Filme zusammen.«

»Sie verrät uns.«

»Ich glaube, sie liebt diesen Videojournalisten. Sie war schon immer romantisch veranlagt.«

Max beobachtet Kira noch eine Weile beim Zeichnen.

»Was soll das eigentlich werden?«

»Eine Frau mit langen Haaren.«

»Und was macht sie damit? Die macht doch irgendwas mit den Haaren.«

»Das weiß ich noch nicht genau, aber es wird gut.«

»Und der Hund?«

»Der ist einfach da.«

»Scheiß Köter.«

Carsten prüft seine Ausrüstung. Die Klinge des Taschenmessers lässt sich leicht mit einer Hand herausklappen. Als Nächstes der Teleskopschlagstock.

»Es empfiehlt sich, Selbstverteidigungswaffen zu wählen, die persönlich zu einem passen«, sagt Carsten.

Der Teleskopschlagstock fährt geschmeidig aus. Carsten lacht zufrieden.

»Wie der Knüppel aus dem Sack. Jetzt brauch ich nur noch den Tisch, der sich von selbst deckt, und den Goldesel. Der wäre mir am liebsten.«

Sascha schaut skeptisch.

»Das ist in Deutschland verboten. Du darfst eigentlich weder das Messer noch den Schlagstock besitzen.«

»Genau genommen darf man sie besitzen. Man darf sie bloß nicht mit sich führen. Wenn du mehr Vertrauen in die Polizei hast, kannst du deinen Freund Björn anrufen. Der hat aber vielleicht mittlerweile andere Hobbys. Die SoKos wachsen wie Pilze aus dem Boden, aber unsere Ordnungshüter schaffen es nicht mal, die Brandstifter zu finden, die so nebenbei Autos anzünden. Oder Flüchtlingsunterkünfte. Die kriegen es ja nicht auf die Reihe, den Mörder ihrer beiden Kollegen zu finden. Und des Freaks, der in der Telefonzelle erschossen wurde.«

Sascha fasst sich an die Stirn. Denkt nach.

»Wir müssen das Mikro noch befestigen.«

Er gibt Carsten den Sender.

»Steck ihn in die Hosentasche und stell den Sender ein, bevor die Show losgeht.«

Sascha schiebt das T-Shirt zur Seite und klebt das Mikro mit Pflaster auf Carstens Brust. Dabei spürt er am Bauch einen harten Gegenstand.

»Sag mir, dass du die Pistole nicht dabeihast.«

Carsten schiebt seine Jacke zur Seite und zeigt Sascha die Knarre in seinem Hosenbund.

»Komm schon, Sascha. Du kennst doch den Witz, der darauf hinausläuft, dass man nie mit einem Messer zu einer Schießerei kommen soll.«

»Wir dürfen keine Scheiße bauen. Wir sind Journalisten. Wenn wir was Illegales machen, werden wir unglaubwürdig. Oder landen im Knast.«

»Hör mal, großer Meister, ich bin kein Journalist, sondern eher so was wie dein Hausmeister oder dein Bodyguard.«

»Du bist keins von beidem.«

»Ich bin für den praktischen Teil zuständig. Und in dieser Funktion sag ich dir: Wir treffen uns nicht mit so einem Nazi-Idioten auf Crystal, ohne vorbereitet zu sein. Also, ich nicht. Bloß, dass das mal klar ist. Ich glaube nicht an das Gute im Menschen. Nicht an das Gute im Dealer. Und an das Gute im Nazi erst recht nicht.«

»Ich will Max nicht besiegen, sondern überführen. Mit einer Kamera.«

»Du kannst dafür sorgen, dass dein Equipment funktioniert,

aber mit Menschen läuft's nicht immer störungsfrei, weil sie eine beschissene Software haben. Die machen irgendwas. Meistens ticken sie aus. Und darauf will ich vorbereitet sein. Der General, der eine Schlacht gewinnt, stellt vor dem Kampf viele Berechnungen an. Der General, der verliert, stellt vorher kaum Berechnungen an.«

Sascha fährt sich durchs Haar.

»Vielleicht sollte ich wirklich Sun Tzu lesen.«

»Würde dir guttun. Totale statt Nahaufnahme.«

»Lass uns fahren, bevor du mir auch noch ein Filmseminar gibst.«

Carsten und Sascha steigen ins Auto.

»Ich hab dir sogar ein paar Folk-Songs heruntergeladen.«

Carsten stellt die Audio-Anlage ein. *Blowin' In The Wind.* Sascha stöhnt.

»Ausgerechnet Dylan.«

»Kam als Erstes bei YouTube.«

Carsten fährt sportlicher aus der Parklücke, als es *Blowin' In The Wind* erlaubt.

Carsten fährt ein paar Runden über den verlassenen Parkplatz. Einmal stellt er sich in eine Markierung, obwohl keiner Wert darauf legen würde, dann fährt er wieder los.

»Was ist los?«, fragt Sascha.

»Ich kann mich nicht entscheiden, wenn ich zu viel Auswahl habe.«

Schließlich bleibt Carsten doch in einer Parkbucht stehen und stellt den Motor ab.

»Warum parkst du so weit weg vom Ausgang?«

»Instinkt.«

»Damit meinst du, dass du es nicht erklären willst. Oder kannst.«

»Instinkt.«

Während sie über den autofreien Parkplatz gehen, schaut sich Carsten aufmerksam um.

»Wenig los hier«, sagt er.

»Was soll an einem schönen Frühlingstag schon vor einem verlassenen Hallenbad los sein?«

»Es ist halt ein bisschen zu ruhig.«

»Hast du das aus einem Western?«

»Ich wette, Max beobachtet uns. An seiner Stelle würde ich es tun.«

»Wir beobachten ihn ja auch nicht.«

»Aber nur, weil wir ihn in eine Falle locken wollen. Da muss man auf bescheuert machen.«

Das Hallenbad schaut erstaunlich gut erhalten aus für eine Ruine, in der der Badebetrieb bereits vor Jahren eingestellt wurde. Die Stadt konnte sich den Unterhalt nicht mehr leisten. Die Außenfassade präsentiert sich immer noch blütenweiß. Der Baubeginn war mehr als ein Jahrzehnt, bevor alle Bäder bunt wurden.

Sascha und Carsten sehen zu, wie ihre Spiegelbilder an den großen Panoramascheiben der Schwimmhalle entlanglaufen.

Der Hintereingang liegt in einer kleinen gepflasterten Senke, die komplett vermüllt ist. Kippen, Glasscherben, Kondome, altes Laub und Überreste der Bildzeitung. Natürlich der Sportteil. Man will nirgendwo hintreten. Manchmal knistert es unter den Schritten. Oder irgendwas bricht. Kein Geräusch ist auch nicht schöner. Die Metalltür liegt vor dem Türrahmen auf dem Boden. Auf sie zu treten, ist, wie über eine Brücke zu gehen. Hinter dem Eingang ist es stockdunkel.

»Erinnert mich an *Herr der Ringe*«, sagt Carsten, »wenn die Gefährten Moria betreten.«

»Wart mal. Ich fahr die Kamera hoch.«

»Jetzt schon?«

»Wer weiß, was drinnen passiert. Ich habe Ersatz-Akkus.«

Nachdem er durch die Tür getreten ist, macht Carsten seine LED-Taschenlampe an. Der Strahl der Taschenlampe fällt auf eine ergonomisch geschwungene Saunaliege aus Akazienholz. Mit Wippfunktion. Sie gehen weiter durch den Saunabereich. Der Whirlpool. Nicht mal Schimmel am Boden. Die Finnsauna, die Aromasauna, das Dampfbad. Alles leer. Carsten und Sascha überprüfen jeden neuen Raum und sind froh, wenn keine Leiche drin liegt. Oder sie nicht aus dem Hinterhalt angegriffen werden.

»Ich bin nicht so der Sauna-Typ«, flüstert Carsten.

»Die Haut ist das größte Organ des Menschen. Saunieren ist vorteilhaft für die Haut und stärkt das Immunsystem«, antwortet Sascha leise.

»Wenn du mir jetzt noch eine Quarkmaske empfiehlst, mach ich aus deinen Ohren einen Wäschetrockner. Max kann uns von überall angreifen. Halt die Augen offen.«

Sascha und Carsten kommen in die Bereiche, in denen wieder Tageslicht ins Gebäude fällt. Die Deckenabdeckungen liegen am Boden.

Sascha schaut nach oben. Die leeren Kabelbahnen schauen aus wie ein Skelett.

»Die Leitungen wurden rausgeklaut. Das Kupfer.«

»Schon klar. Ich hab beim Sender mindestens zehnmal über Kupferdiebstähle berichtet.«

Sie erreichen die Schwimmhalle. Das Becken ist leer.

»Ich könnte vom Sprungturm aus filmen oder von der Kabine des Bademeisters«, sagt Sascha.

»Wenn du auf dem Sprungturm bist, sieht dich Max sofort.«

»Stimmt. Ich gehe in die Kabine. Vergiss nicht, das Mikro einzustellen.«

»Ist längst passiert.«

Carsten hantiert kurz unter seinem T-Shirt, zieht die Pistole hervor und drückt sie Sascha in die Hände.

»Was soll ich damit?«

»Du bist mein Back-up.«

»Ich kann mit so einem Ding nicht umgehen.«

»Wenn es eng wird, ballerst du in die Decke. Das wird reichen, um Eindruck zu machen.«

Sascha starrt die Pistole an. Carsten legt eine Hand auf seine Schulter und rüttelt ihn.

»In die Decke. Nicht auf Personen zielen. Ich will nicht getroffen werden. Verstanden?«

Sascha nickt.

Carsten legt sich in eine der Plastikliegen neben dem Becken. In der Kabine des Bademeisters bringt Sascha die Kamera in Position.

Carsten winkt ihm von der Liege aus zu. Das Bild ist scharf.

Sascha mag das Warten nicht besonders, obwohl er es sich als Kind spannend vorgestellt hat. Damals wollte er Tierfilmer werden. Man muss Geduld haben und ganz still sein und irgendwann treten Tiere auf die Lichtung. Dann paaren sie sich. Oder einer frisst den anderen. Unter Fressen konnte er sich als Kind was vorstellen. Unter Paarung erst in der Pubertät.

Etwa eine Viertelstunde passiert nichts. Dann kommt Max seelenruhig in die Schwimmhalle spaziert. Eigentlich hätte man Schritte erwartet. Scheiße, denkt Sascha und filmt. Auf einmal ist der Moment da. Der Tiger betritt die Lichtung. Carsten ist nur einen Moment erstaunt. Dann presst er sich freundlich grinsend aus dem Liegestuhl. Als Türsteher vor einem Schuppen mit Samstagnacht-Belustigung und Drogenwahnsinn lernst du, dich nicht beeindrucken zu lassen. Die beiden Männer gehen aufeinander zu. Sie achten darauf, dass genug Platz zwischen ihnen bleibt. Beim Gehen hat Carsten die Kacheln abgezählt, um dort zu stehen, wo ihn der Kameramann haben möchte.

»Wo ist Sascha?«, fragt Max.

»Ich leite die Verhandlungen. Ich bin dein Geschäftspartner.«

»Okay, aber wo ist Sascha?«

»Er ist nicht hier.«

»Hältst du mich wirklich für so blöd? Ich habe euch schon auf dem Parkplatz beobachtet.«

»Dachte ich mir schon. Ich bin hier, um dir einen Deal anzubieten.«

»Cool. Ich steig nicht darauf ein. Eigentlich hatte ich Sascha auf dem Turm erwartet. Von dort kann man super filmen.«

»Nur, wenn man einen Porno machen will. Sascha ist eher der Arthaus-Typ.«

»Dann ist er vermutlich da hinten in dieser ... wie nennt man das ... Kabine, von der der Bademeister früher seine Durchsagen gemacht hat. Nicht von der Seite ins Becken springen und so.«

Sascha geht etwas tiefer in die Hocke. Schweiß läuft überall hin. Die scheiß Hirnsauna lässt alles aus den Poren laufen.

»Ist ja eigentlich egal, wo er ist. Ich bin ja hier«, sagt Carsten.

»Das ist cool. Ich bin gespannt, was du mir anbieten willst. Wo ich weiß, dass ich mit einer Kamera gefilmt werde. Und in meinem Gewerbe Diskretion oberstes Gebot ist. Wie eigentlich bei jedem Geschäft zwischen erwachsenen Leuten.«

Carsten lacht.

»Dass wir mit Diplomatie nicht weiterkommen, habe ich schon vermutet. Ich bin immer wieder von meiner Menschenkenntnis begeistert.«

Max zuckt mit den Schultern.

»Nur Typen mit Menschenkenntnis können Türsteher werden. Deshalb genießt der Job ja auch so ein hohes gesellschaftliches Ansehen.«

»Pass mal auf! Der Türsteher sagt dir jetzt Folgendes: Du hast Saschas Familie gestalkt.«

»Überhaupt nicht.«

»Du hast miese Fotos verschickt.«

Sascha weiß nicht, was er machen soll. Es läuft nicht nach Drehbuch. Carsten improvisiert.

»Die Bilder waren nicht mies. Die kannst du Weihnachten in jedes Fotobuch reinbasteln«, bemerkt Max mit einem herausfordernden Lächeln.

Die beiden Männer schauen sich an. Die leere Schwimmhalle verstärkt jeden Atemzug.

»Wenn Sascha oder seiner Familie mehr widerfährt als zerstochene Autoreifen, dann kriegst du es mit mir zu tun«, sagt Carsten.

Max hebt eine Hand.

»Wow. Widerfährt. Du hast so eine gepflegte Ausdrucksweise. Lass uns mit dem Blabla aufhören. Sparen wir Zeit. Wir können es auch jetzt gleich und hier erledigen.«

Carsten und Max schauen sich noch kurz an.

Sascha beobachtet die Szene auf dem Display. Es läuft wie im Western. Er greift kurz zu der Waffe im Hosenbund, um sich zu versichern, dass sie noch da ist.

Carsten zieht seinen Teleskopschlagstock und stürmt auf Max zu, der plötzlich eine Pistole in der Hand hält. Carsten lässt sich im vollen Lauf auf die Kacheln fallen und schlägt Max mit dem Schlagstock in eine Kniekehle. Der Schuss geht in die Decke. Schlag mit dem Teleskopschlagstock nach oben. Trifft den Unterarm. Die Pistole fliegt nach hinten und landet ausgerechnet auf einem Badestuhl. Max tritt mit dem Fuß gegen Carstens Kinn. Carsten liegt einen Moment benommen am Boden. Max rennt zum Liegestuhl.

Sascha zieht die Heckler & Koch aus dem Hosenbund. Starrt sie an und dann wieder durch das Glas der Bademeisterkabine. Er hat noch nie im Leben eine echte Waffe in der Hand gehabt.

Carsten rappelt sich auf. Max dreht sich mit der Pistole in beiden Händen um und schießt. Er trifft Carsten in den Kopf. Das kann er irgendwie. Carsten fällt nach hinten in das leere Schwimmbecken. In Zeitlupe, als würde es sich um einen besonders kunstvollen Sprung vom Beckenrand handeln. Ohne genug Erdanziehungskraft. Als würde Carsten jederzeit seine Flügel entfalten können, um von oben seinen Feind anzugreifen. Wie ein X-Men. Oder ein Engel. Dann klatscht Carsten mit einem hässlichen Geräusch auf die nackten Kacheln. Der Körper seltsam verdreht, in einer Blutlache, die vom Nichtschwimmerbereich dorthin fließt, wo das Becken tiefer ist.

Jetzt ist alles aus, denkt Sascha.

Unter dem Schreibtisch verstecken oder flüchten? *Flüchten*, brüllt der Überlebenstrieb.

Geduckt rennt er aus der Kabine des Bademeisters. Über ihm schlagen Kugeln ein. Die Schüsse hallen ohrenbetäubend durch die Schwimmhalle. Glassplitter prasseln auf seinen Rücken. Sascha flüchtet durch die nächste Tür.

Umkleidekabinen.

Er rennt an ihnen vorbei. Die nächste Tür ist verschlossen.

Sascha tritt gegen die Tür. Metall. Das Echo hallt durch die ganze Schwimmbadruine. Sascha läuft zu einer Umkleidekabine im hinteren Teil des Raums. Er verriegelt die Tür und macht sich ganz klein. Er hält die Kamera vor sich und filmt weiter. Die Tür der Umkleide im Display. Wenn sie aufgeht, sterbe ich, denkt Sascha.

»Hallooooo.«

Max lacht.

»Ich hab die Tür nach draußen abgesperrt. Super Idee, oder? Nur ein Ausgang. Drei gehen rein, einer kommt raus.«

Sascha hört, wie Schritte näherkommen. Er hält den Atem an, obwohl er weiß, dass es nichts nützen wird. So wenig wie Flucht. Eine Tür ist verriegelt. Die freie Tür ist nur durch die Schwimmhalle zu erreichen. Dort ist man die perfekte Zielscheibe. Vielleicht geht es auch dort nicht weiter. Sascha verändert möglichst leise seine Position. Legt sich auf den Rücken. Er platziert die Kamera auf seiner Brust und umfasst die Pistole mit beiden Händen. Zielt auf die Tür. Um sich zu beruhigen, schaut er in das Display der Kamera. Die Schritte kommen näher. Ab und zu wird die angelehnte Tür einer Umkleidekabine so heftig aufgestoßen, dass sie gegen die Wand stößt. Schließlich stehen Füße vor der Tür.

»Hey, Sascha, glaubst du eigentlich, dass dich diese Fake-Tür schützt? Das ist irgend so eine gepresste Holzwerkstoff-Scheiße. Vielleicht ist sogar Asbest drin.«

Ein Schuss. Kunststoffsplitter und Holzspäne prasseln auf Sascha herunter.

Max lacht.

»Das ist echt der letzte Schrott. Man muss schon wie du ein Naturopfer sein, wenn man seine letzte Hoffnung auf so einen Müll setzt. Oder bist du etwa schon tot?«

Zehn Sekunden Stille.

Dann ein Tritt. Das Schloss bricht aus den Angeln. Die Tür fliegt auf. Max mit Pistole im Türrahmen. Sein Gesicht ist hassverzerrt. Einen Sekundenbruchteil lang funkelt Erstaunen in den Pupillen.

Sascha schießt.

Max fliegt aus der Umkleidekabine.

Als Sascha über die Kamera schaut, sieht er ein paar Turnschuhsohlen, die unrhythmisch hin und her zucken. Der ganze Körper krampft. Eine Blutpfütze breitet sich auf den Fliesen aus. Durch die Fugen fließt das Blut schneller. Ein Auge von Max ist ganz weg.

Sascha stellt die Kamera ab. Einen sterbenden Menschen hat er noch nie gefilmt. Auch nicht in Unfallautos.

Sascha versucht seinen eigenen Atem einzufangen. Einen Rhythmus zu finden. Vielleicht zu lange angehalten. Oder der Schock. Der Sauerstoff, das Blut, die Hormone sind irgendwo im Körper, wo sie nicht hingehören. Die Orientierung und das Bewusstsein auch. Sascha will aufstehen, aber die Beine machen nicht mit.

Schritte auf den Fliesen.

Sascha kann im Gegenlicht und durch die Tränen nicht sehen, wer auf ihn zukommt. Er hebt die Pistole.

»Hey, Sascha, ich bin's.«

Als er Björns Stimme erkennt, lässt er die Pistole sinken.

Grosch schaut sich Max an, holt ein paar Einweghandschuhe aus seinen Jackentaschen und zieht sie an.

»Ziemlich guter Treffer für jemanden, der sonst nur seine Kamera schärfer stellt.«

»Ich kann meine Beine nicht bewegen«, sagt Sascha.

»Der Schock. Deine Waffe nehme ich mal an mich, bevor es

weitere Verletzte gibt.« Grosch geht zu Sascha, zieht die Pistole aus seiner Hand und steckt sie in eine Jackentasche. Er nimmt die Kamera von Saschas Oberkörper und begutachtet sie.

»Die ist aus, oder?«

»Ja.«

»Hattest du sie laufen?«

»Die ganze Zeit. Ich hab sie abgestellt, nachdem ich auf den Wichser geschossen habe.«

»Dann nehme ich das Beweismittel mal an mich.«

Grosch trägt die Kamera aus der Umkleidekabine und legt sie auf den Boden.

Sascha richtet sich mit Hilfe seiner Ellbogen und Handflächen mühevoll auf.

»Das kann ja kein Zufall sein, dass du da bist«, sagt er.

Björn geht neben der Leiche von Max Thoss in die Hocke. Er hebt dessen Arm. Die Einweghandschuhe schließen sich um die Hand des Toten und um die Ceska.

»Tut mir leid, Sascha.«

Grosch krümmt den leblosen Zeigefinger von Max.

Kira sitzt auf den Holzdielen des Wohnzimmerbodens und starrt den Oneliner an der Wand an: *leer* hat sie kleingeschrieben und ohne abzusetzen mit schwarzer Lackfarbe auf die Tapete gesprayt.

Während der Hausdurchsuchung fragte eine Polizistin, wer die Aufschrift an der Wohnzimmerwand angebracht hat.

»Ich«, antwortete Kira.

»Sprayen Sie öfter?«

»Nur zuhause. Wenn ich Ihnen sage, dass ich mit meinen

Tags die Stadt rocke, dann habe ich ja sofort ein Verfahren am Hals.«

»Warum *leer*?«

»Es ist Ausdruck meines persönlichen Lebensgefühls. Ich lass mir das auch als Tatoo stechen.«

»Der Verlust einer geliebten Person ist natürlich …«

»Können wir jetzt wieder normal weitermachen? Ohne Zuwendung?«

»Wenn Sie die Unterstützung eines Psychologen wünschen, werde ich gerne für Sie tätig.«

»Ich gehe auf keinen Fall in die Bezirksklinik.«

Die Bullen beschlagnahmten bei der Hausdurchsuchung die Computer, Handys und alle internetfähigen Geräte. Bisher hat sie keiner zurückgebracht. Und auch sonst wurde Kira nicht gestört.

Sie hatte ausgiebig Zeit, sich den Schriftzug auf der Wohnzimmerwand anzuschauen. Freestyle. Gleich beim ersten Versuch perfekt.

Kira steht auf und holt Quetzalcoatl aus seinem Terrarium. Während sie ihn ins Freie trägt, züngelt er ununterbrochen, als würde er der frischen Luft nicht trauen. An einem nahegelegenen Bachlauf lässt sie die Schlange frei. Quetzalcoatl schaut sich misstrauisch um, dann verschwindet er im Unterholz.

»Mach's gut«, sagt Kira. »Und danke, dass du es so lange mit dem Idioten ausgehalten hast.«

Sie geht zurück zum Haus und packt ihren Rucksack. Manchmal wägt sie aus Platzgründen zwischen zwei Dingen ab. Die Zeichenutensilien nimmt sie auf jeden Fall mit. Die Zeichnungen nicht. Sie breitet sie überall auf dem Boden aus. Dann geht sie in den Schuppen, holt einen Benzinkanister und entleert ihn mit schwungvollen Bewegungen über den Blättern. Die letzte Zeichnung bei der Haustür hebt Kira auf. Eine Samurai steht mit gezücktem Katana in einer Blutlache. Sie holt ein Feuerzeug aus der Hosentasche, zündet das Papier an und wirft es ins Haus. Sofort fangen die anderen Blätter zu brennen an.

Kira geht den Hügel hoch. Oben angekommen, dreht sie sich noch einmal um. Fett und ungesund qualmt schwarzer Rauch aus der Haustür. Im Wohnzimmer brennt es lichterloh. Kira wandert ein paar Kilometer bis zur nächsten Bushaltestelle. Sie muss noch einen Besuch abstatten.

Grosch macht die Musik aus, um sich besser konzentrieren zu können. Er wartet zehn Minuten im Auto und beobachtet den hell erleuchteten Parkplatz des *Travel-Free*-Markts unmittelbar hinter der Grenze. Nur Leute, die Zigarettenstangen und kistenweise Alkohol in ihren Kofferraum laden.

Grosch fährt langsam mit einem Einkaufswagen zur Eingangstür des Markts. Sicherheitshalber dreht er sich noch einmal um, bevor er zielstrebig durch die Kaffee-Abteilung auf die Alkoholika zufährt. Vor dem Regal mit Malt-Whiskys steht bereits ein Mann. Björn stellt sich neben ihn. Eine Zeitlang sagt keiner etwas. Zwei Typen, die auf Whisky-Etiketten und edel designte Verpackungskartons starren.

»Ich bin auf Whisky-Diät«, murmelt Grosch seine Parole.

»Das ist sehr schlecht«, antwortet der Mann. »Man muss dem Leben immer um mindestens einen Whisky voraus sein.«

Sie schauen sich kurz an. Dann studieren sie wieder die Whisky-Kartons.

»Was wollen Sie, Ludvik?«

»Bisher kannte ich nur Ihre beiden Kollegen von der Bundespolizei. Ich wollte wissen, wie Sie aussehen. Vertrauen, wissen Sie: Vertrauen ist sehr gut.«

»Ich werde nicht mehr über die Grenze kommen.«

»Ihr Vorgänger war risikofreudiger.«

»Er ist tot. Welchen Whisky empfehlen Sie?«

»Den japanischen.«

Ludvik klopft auf den Karton.

»Ich mag die Schriftzüge.«

Dann geht er durch die Schnaps-Regale und verschwindet zwischen Auslagen mit Schokoladentafeln und Karlsbader Oblaten.

Grosch öffnet den Karton, den Ludvik berührt hat. Um die Flasche sind kleine Plastiktüten in den Karton gestopft. Fast könnte man sie für Luftpolster halten, die den edlen Schnaps vor Erschütterung schützen sollen, aber Björn weiß, dass nicht nur Luft in den Tütchen ist. Mit dem Inhalt kommt man sogar besser durchs Leben als mit Whisky. Jedenfalls, wenn man etwas Zuspruch braucht. Oder, wenn man an der Lebenshilfe verdient. Grosch legt den japanischen Whisky in den Einkaufswagen, geht zur Kasse und zahlt. Nachdem er den Einkaufswagen abgestellt hat, schaut er sich noch einmal um. Ein hässlicher Parkplatz mit hässlichen Leuten. Nichts Verdächtiges. Im Auto schiebt Grosch den Whisky-Karton unter den Sitz und fährt los.

Nachdem er die Landesgrenze überquert hat, winkt er zwei Kollegen von der Bundespolizei zu, die in einer Seitenstraße warten, um sich an potentielle Drogenschmuggler zu hängen. Sie winken zurück. Jetzt kommt der unangenehme Teil des Tages.

Grosch fährt zu Lydia.

Kreisverkehr. Autobahn. Abfahrt. Bundesstraße. Stadt. Er parkt ein und geht die drei Stockwerke nach oben. Vor der Wohnungstür zögert er einen Moment, bevor er klingelt.

Lydia öffnet mit dem Baby im Arm.

»Hallo«, sagt Grosch und lächelt teilnahmsvoll.

Auf eine unbeholfen wirkende Art streichelt er Lydia mit der Hand kurz über den Oberarm. Grosch beugt sich nach vorn zu Judith, die ihr Köpfchen an die Brust ihrer Mutter lehnt. Er streicht dem Baby mit dem Rücken des Zeigefingers sanft über die Wange. Julian fährt ihm mit einem Plastik-Kipplader gegen die Schienbeine. Dazu macht er Motorengeräusche. Immer wieder nimmt das Spielzeugauto Anlauf und knallt gegen das Hindernis.

»Wir müssen los«, sagt Grosch.

Er geht in die Knie und packt Julian samt dem Plastikauto. Auf dem Weg durchs Treppenhaus brüllt Julian wie am Spieß und trommelt mit seinen kleinen Fäusten auf Grosch ein, bis Lydia die Hände packt und streng »Jetzt ist aber Schluss!« sagt. Ab diesem Moment heult Julian nur noch.

Lydia verfrachtet die Kinder in ihre Sitze auf die Rückbank.

»Soll ich fahren?«, fragt Grosch.

Lydia nickt.

Als Grosch das Auto startet, hört Julian auf zu weinen.

»Tut mir leid, was du durchmachen musst«, sagt Grosch. »Und natürlich die Kinder.«

»Die Kids sind zu klein, um es zu begreifen.«

Sie bleiben an einer roten Ampel stehen. Zwei Erzieherinnen mit Kindergartenkindern in gelben Signalwesten überqueren die Straße. Vor dem Friedhof ist in der Nähe des Eingangs ein Parkplatz frei.

Mitten in der Trauergemeinde zu stehen, macht Björn unruhig. Die Eltern sind mit ihren Tränen beschäftigt. Sogar die Schwiegereltern. Saschas Kollegen vom Fernsehsender glotzen ihn an. Er schaut weg. Macht offensiv auf betroffen. Journalisten sind genau wie Polizisten an guten Geschichten interessiert. Das ist gefährlicher Scheiß.

Sofort nachdem der Pfarrer begonnen hat, seine Trauerrede zu halten, drückt sich Judith an ihre Mutter. Als könnte sie spüren, dass die es braucht. Lydia streichelt über den zerbrechlichen Körper. Julian spielt mit seinem Kipplaster. Während die Erwachsenen Erde ins Grab schaufeln, macht er Motorengeräusche.

Als die Reihe an ihm ist, stellt sich Björn Grosch vor das ausgehobene Grab. Schaut hinein. Aus der Innentasche seines Jacketts holt er ein zerlesenes Batman-Comic. *Two-Face Strikes Again.* Er wirft es ins Loch. Danach schaufelt er noch Erde darauf. Auf dem Weg zu den anderen Trauergästen wischt sich Grosch eine Träne aus dem Gesicht. So, dass es jeder sehen kann.

Ines Vidon ist die einzige Ex-Kollegin aus dem Sender, die zu Lydia kommt, um zu kondolieren. Sie steht in einem schwarzen Satinkleid vor ihr und schaut unverschämt gut aus. Lydia legt ihren Kopf auf das schwarze Satinkleid und Ines weint zurück.

Auf dem Nachhauseweg weint Lydia ununterbrochen weiter. Die Kinder auf dem Rücksitz sind ganz still.

»Wenn du was brauchst …«, sagt Grosch.

»Danke«, antwortet Lydia schnell.

Nachdem sie die Haustür aufgesperrt hat, trägt sie Judith durchs Treppenhaus. Björn schleppt den Jungen und den Spielzeuglaster hoch in die Wohnung. Julian heult wieder und trommelt die ganze Zeit auf Groschs Schulter. Nachdem er ihn abgesetzt hat, rast Julian mit dem Kipplader durch den Flur.

»Soll ich bei dir bleiben?«, fragt Grosch.

Lydia schüttelt den Kopf.

»Ich komm klar.«

»Du kannst jederzeit anrufen.«

Lydia nickt, während sie mit den Tränen kämpft.

»Sonst ruf ich an«, sagt Grosch.

Nachdem Alina die Wohnungstür geöffnet hat, steht sie stocksteif da. Alles an ihr wird steinhart. Die Haut. Die Adern darunter. Schnell schmeißt Alina die Wohnungstür zu, aber Kira bekommt einen Fuß dazwischen. Alina drückt mit aller Kraft gegen die Tür, aber Zentimeter für Zentimeter werden die Gummisohlen ihrer Stoffturnschuhe über den Boden geschoben.

Sie lässt die Tür los und flüchtet in die Wohnung. Sie nimmt das Handy vom Küchentisch und will den Notruf wählen, aber Kira reißt ihr das Telefon aus der Hand und hält es triumphierend in die Höhe.

»Das hat Zeit. Willst du mir nicht was anbieten? Ein Getränk oder so? Wie man es macht, wenn man von Freunden Besuch kriegt.«

Die beiden Frauen starren sich an, bis sie sich wieder an die Augenfarbe ihrer ehemaligen Freundin erinnern.

»Wie wär's mit Tee?«, fragt Alina immer noch mit flacher Atmung. »Ist Ingwer-Zitrone okay für dich?«

»Ingwer-Zitrone ist super.«

Alina kocht Wasser und gießt den Tee auf. Die beiden Frauen sitzen sich gegenüber. Keine sagt etwas. Zwei dampfende Tassen Tee stehen zwischen ihnen.

»Ich hab dich früher erwartet«, sagt Alina. »Wo warst du in den letzten Tagen?«

»Zuhause. Allein. Ein bisschen Wunden geleckt.«

»Und jetzt?«

»Jetzt bin ich fertig damit. Warum hast du Max und mich verraten?«

Alina schüttelt den Kopf.

»Ich hab euch nicht verraten.«

»Nein?«

»Ich wollte dir nur helfen.«

»Das kommt aufs Gleiche raus. Max ist tot.«

»Max hat dich nur ausgenützt.«

»Hat er nicht.«

»Das ist ja das Schlimme: dass du es nicht gemerkt hast.«

»Das war alles freiwillig. Ich habe ihn geliebt.«

»Also war es nicht freiwillig.«

Die beiden Frauen trinken Tee. Er schmeckt sauer.

»Ich wollte dir helfen«, sagt Alina.

»Da kann ich drauf verzichten. Wenn, dann hätte ich ihn umbringen dürfen.«

»Du bist meine Freundin.«

»Ich bin nicht deine Freundin.«

Blitzschnell zieht Kira ein Kampfmesser aus ihrem Rucksack und springt auf.

Sie stößt die Klinge mehrmals wütend in Alinas Richtung. Die weicht zurück. Alina stemmt sich an der Küchenzeile ab und schiebt den Küchentisch mit den Schuhsohlen nach vorn. Presst damit Kira an den Kühlschrank. Kira schreit auf. Ihre Augen sind riesengroß. Sie zwängen sich aus den Höhlen. Jeder Kira-Muskel will Alina würgen. Alina presst ihre Füße weiter gegen den Tisch. Kira nimmt das Messer zwischen die Zähne, damit sie beide Hände frei hat. Sie fasst unter die Tischplatte und kippt den Tisch um. Die Teetassen zerplatzen auf dem Boden. Kira tritt den Tisch in Alinas Richtung und geht mit dem Messer auf sie los. Angriff von unten. Alina weicht aus. Aus der Drehung knallt sie ihren rechten Unterarm gegen Kiras Hals, während sie mit dem linken Arm deren rechten Arm umklammert hält. Das Messer ist blockiert. Mit dem Knie stößt sie ihr ein paar Mal in den Bauch. Dann dreht sie sich mit einem kräftigen Ruck herum. Das Messer fliegt hinaus in den Flur. Alina rennt los, aber Kira stellt ihr ein Bein. Wie ein Sack knallt Alina auf den Boden. Kira springt mit beiden Knien auf ihren Rücken. Mit einem brachialen Grunzgeräusch entweicht die Luft aus den Lungen. Kira packt Alinas Haare und zieht daran. Sie legt ein Bein um ihren Hals und drückt zu. Dann robbt sie mit der keuchenden und um sich schlagenden Alina zum Messer. Sie nimmt es, schneidet Alina damit quer über die Stirn. Und dann noch mal in die entgegengesetzte Richtung. Alina windet sich. Ein heiserer Hilfeschrei. Kira hält ihr den Mund zu. Blut tropft auf ihre Hand. Sie entspannt ihre Beinmuskeln und löst die Umklammerung.

Alina richtet sich auf und legt beide Hände auf die Stirn. Sie versucht zu schreien, aber es kommt nur ein Krächzen, obwohl sie das in die Augen laufende Blut immer hektischer macht.

»Beruhig dich mal«, sagt Kira. Sie holt aus einer Seitentasche ihres Rucksacks eine Damenbinde und klebt damit die Wunde ab. »Gibt auf jeden Fall eine Narbe.«

Alina ringt nach Atem.

»Du darfst mich nicht umbringen.«

»Für lebenslänglich bist du zu langweilig. Wenn ich gehe, wirst du nicht die Polizei rufen. Sonst sieht deine Community dich bei schlechtem Sex.«

Kira zieht einen Stick aus der Hosentasche und hält ihn Alina vors Gesicht. Dann steckt sie ihn wieder ein und holt ihren Rucksack aus der Küche. Sie bleibt vor Alina stehen. Schaut ihr beim Weinen zu. Unter der Binde tropft Blut heraus. Der Kajal ist auf jeden Fall voll im Arsch.

Kira verlässt die Wohnung. Ein paar Straßen weiter legt sie zwei Grillanzünder auf den Vorderreifen eines fetten Geländewagens und zündet sie an. Dann geht sie zügig weiter zum Busbahnhof. Es dauert circa zehn Minuten, bis die Reifen brennen. Genug Zeit, um zu verschwinden.

Sie steigt in den nächsten Fernbus. Die Richtung ist ihr egal. Hauptsache: weg.

Schon bevor der Bus auf die Autobahn fährt, ist Kira eingeschlafen. Nach zwei Stunden wacht sie wieder auf. Sie holt ihr Skizzenbuch aus dem Rucksack und zeichnet. Einen Drachen. Einen Dämon. Eine bewaffnete Fuchsfee. Einen Hund.

Kira ist bereit für eine neue Stadt.

An der Fahrbahnbegrenzung hält der Fuchs kurz inne. Der Boden fühlt sich anders an. Immer wieder wird er geblendet, weil Licht vorbeirauscht. Er mag das Licht nicht, aber auf der anderen Seite ist es so schön. Er läuft los.

Reifen quietschen.

Der Fuchs schaut ins Licht. Es bleibt direkt vor ihm stehen. Das Licht nervt. Blendet.

Er springt davon. Rennt. Bis es wieder dunkel ist und ruhig. Dann schaut er sich um.